文春文庫

かわたれどき

畠中 恵

文藝春秋

目次

登場人物相関図

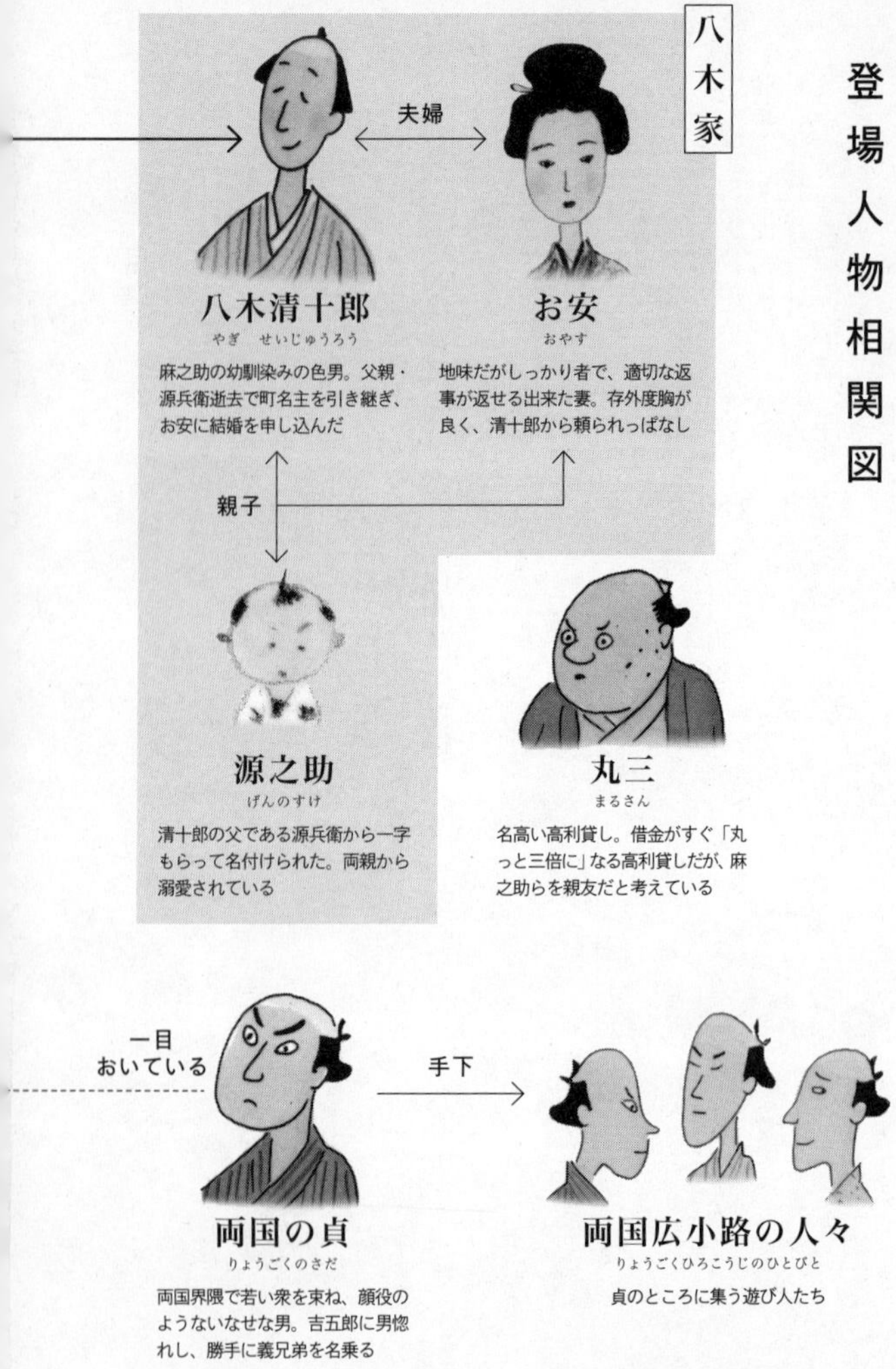

八木家

八木清十郎
やぎ せいじゅうろう

麻之助の幼馴染みの色男。父親・源兵衛逝去で町名主を引き継ぎ、お安に結婚を申し込んだ

←─ 夫婦 ─→

お安
おやす

地味だがしっかり者で、適切な返事が返せる出来た妻。存外度胸が良く、清十郎から頼られっぱなし

親子

源之助
げんのすけ

清十郎の父である源兵衛から一字もらって名付けられた。両親から溺愛されている

丸三
まるさん

名高い高利貸し。借金がすぐ「丸っと三倍に」なる高利貸だが、麻之助を親友だと考えている

一目
おいている

手下 ─→

両国の貞
りょうごくのさだ

両国界隈で若い衆を束ね、顔役のようないなせな男。吉五郎に男惚れし、勝手に義兄弟を名乗る

両国広小路の人々
りょうごくひろこうじのひとびと

貞のところに集う遊び人たち

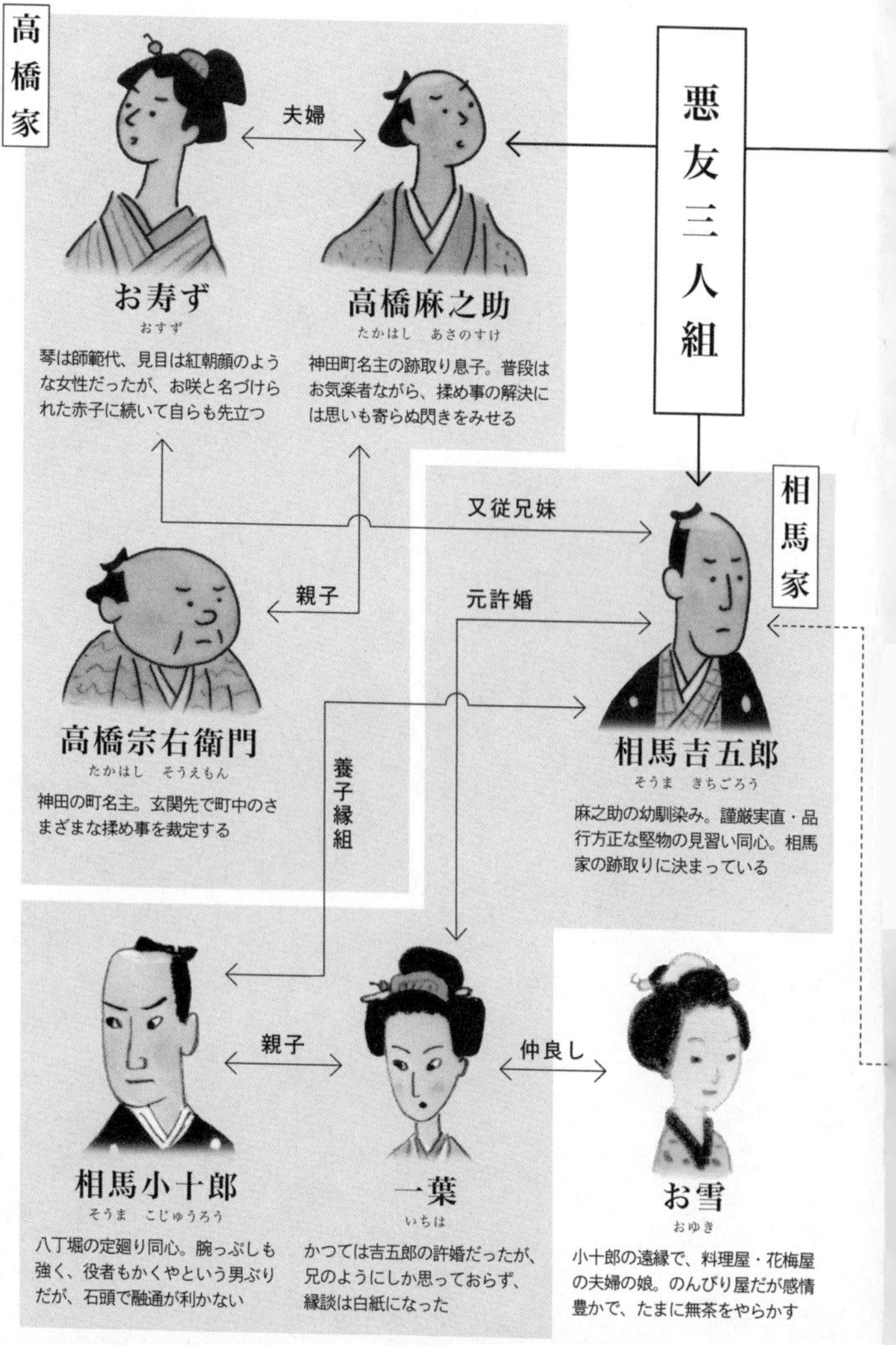

高橋家
悪友三人組
夫婦
お寿ず《おすず》
琴は師範代、見目は紅朝顔のような女性だったが、お咲と名づけられた赤子に続いて自らも先立つ
高橋麻之助《たかはし　あさのすけ》
神田町名主の跡取り息子。普段はお気楽者ながら、揉め事の解決には思いも寄らぬ閃きをみせる
又従兄妹
相馬家
親子
元許婚
高橋宗右衛門《たかはし　そうえもん》
神田の町名主。玄関先で町中のさまざまな揉め事を裁定する
養子縁組
相馬吉五郎《そうま　きちごろう》
麻之助の幼馴染み。謹厳実直・品行方正な堅物の見習い同心。相馬家の跡取りに決まっている
親子
仲良し
相馬小十郎《そうま　こじゅうろう》
八丁堀の定廻り同心。腕っぷしも強く、役者もかくやという男ぶりだが、石頭で融通が利かない
一葉《いちは》
かつては吉五郎の許婚だったが、兄のようにしか思っておらず、縁談は白紙になった
お雪《おゆき》
小十郎の遠縁で、料理屋・花梅屋の夫婦の娘。のんびり屋だが感情豊かで、たまに無茶をやらかす

かわたれどき

イラストレーション　南　伸坊

きみならずして

1

世の中は、昨日と同じようなふりをしつつ、実は勢いよく移り変わってゆく。

江戸の古町名主《ふるまちなぬし》、高橋《たかはし》家にも、時の移り変わりが人の姿を取って現れ、跡取り息子の麻之助《あさのすけ》を、大いに慌てさせた。

昼下がりのこと、屋敷の玄関へかわいい娘御が現れると、とんでもないことを口にしたのだ。

「あたし……わたくし、楓屋《かえでや》の娘、りょうと申します。このたび、高橋家とご縁ができたと、仲人さんから聞きました」

それで。

「あの……結納前に、相手の方のお顔を拝見したくて。その、お会いしなきゃいけない気がしまして、参った次第です」

振り袖姿の娘から、何故だか真剣な面持ちで言われ、麻之助は寸の間言葉を失った。

(最近、縁談が来たことがあったっけ？)

大急ぎで考えてみたが、思い当たることがない。いよいよ後妻を迎えるとなれば、悪友達が騒ぐ筈で、麻之助が忘れているとも思えなかった。

それに高橋家は代々町役人、身分は町人だ。余程身分高きお武家ならば別だろうが、跡取り息子当人が、縁談のことを聞いてもいない内に、嫁が決まるはずもない。

麻之助はひょいと、首を傾《かし》げた。

(でもこの娘さん、大真面目に見えるよね)

わざわざ、楓屋の娘だと名乗ったのだ。嘘をついているようにも、ふざけているようにも思えない。着物や帯を見る限り、裕福な家の娘のようだし、ものの言い方もしっかりしていた。

(だけどさ……ならなぜ、この娘さんがうちの玄関に現れたんだろう)

麻之助には、そこが分からないのだ。

「楓屋の、おりょうさん、ですか？」

「はい。高橋家の麻之助さんですよね？」

「え、ええ」

娘は大きな目に光をたたえ、手をきゅっと握りしめて、こちらを見てきている。しかし、これから先、何を話したらよいのか、麻之助にはとんと思い浮かばなかった。まるで真昼に夢でも、見ているかのようであった。

2

最近、高橋家の周りでは、祝い事が続いていた。まずは同じ町名主の八木《やぎ》家で、当主清十郎《せいじゅうろう》の妻お安《やす》が、無事赤子を産んだ。

「命名、源之助《げんのすけ》！　麻之助、良い名だろう。おとっつぁんの名から一字もらった」

親となった清十郎が、町名主の勤めも放りだしかねない勢いで、親ばかな様子を見せているというので、麻之助は祝いの品を持参し八木家へ見に行った。すると友は、しじゅう源之助に構っているらしく、仕事へ戻るよう、しっかり者のお安に叱られていた。

「わたしの母が、しばらく八木家にいてくれますから、源之助もわたしも大丈夫。お前さまは、ちゃんと町名主の勤めを果たして下さらなきゃ。町の人たちが困ってしまいますよ」

父親が渋々息子の側から離れたので、麻之助は笑いだし、友の背を、ばんと大きく叩いてから、柔らかな反物を贈った。

そして次に。

麻之助の亡き妻お寿《す》ずの縁者で、吉五郎《きちごろう》の姪でもあるおこ乃《の》の、縁談がまとまった。

以前、三つ重なってきた時の話とは違い、この度の相手はおこ乃の親がよく知る、同じ藩士の息子であったらしい。それゆえか、話はあっという間に決まり、麻之助の耳へ噂が届いた時には、祝言《しゅうげん》の日取りまで決まっていたのだ。

そして縁談には、驚くような話もくっついていた。相手の武家はおこ乃の父親と違い、ずっと江戸で暮らす、江戸定府の侍ではなかったのだ。つまりおこ乃は嫁いだ後、じきに江戸を離れ、夫と国元へ向かうという。

（ああ、縁づいたら多分、二度と会うことはないんだな）

そういうこともあると、頭では分かっていたが、何か不思議な気がした。今まで、すぐ側にいた人が、突然毎日の中から消えてゆくのだ。

（おこ乃ちゃんには、お寿ず亡き後、世話になった）

心ばかりの祝いを届けたいが、相手は武家で、しかも大名屋敷の内に住む陪臣だ。おこ乃の叔父である吉五郎へ、祝いの品を託せないか問うと、おこ乃は近々相馬《そうま》家へ来るので、その時己で渡せと言われた。

よってその日、小さな包みを手に向かったところ、麻之助は相馬家の客間で、一瞬、立ち尽くすことになった。

「あ、あれ？　おこ乃ちゃんだよね」

おこ乃はしばらく会わない内に、大分、大人びていたのだ。今まで、何度も妻と見間違えてきた娘は、今も変わらずお寿ずと似ている。

けれど。

（不思議だ。私は多分……もう、おこ乃ちゃんとお寿ずを、間違えたりはしないだろう）

先に縁談があると聞いてから、麻之助はおこ乃と会うことを控えていた。下手に噂になっては、以前のお寿ずのように、おこ乃が困るからだ。

すると、しばらくぶりに見るおこ乃は、麻之助に、春に咲く桜草を思い起こさせた。一方、亡き妻のお寿ずは、朝顔の花のような人であった。

（ああ、人は変わっていくんだ）

分かっていても、また狼狽《うろた》える。そこへ、静かな声が聞こえてきた。

「麻之助、ぼうっと立ってないで、座れ」

部屋うちには吉五郎の他に、義父小十郎《こじゅうろう》もいたのだ。友が苦笑を浮かべ、声を掛けてきた。

「麻之助、おこ乃へ祝いを持って来たんだろう？」

慌てて座ると、まずはおこ乃へ祝いを口にした。それから小さな風呂敷包みを差し出すと、贈り物へ添えたい言葉があると言う。おこ乃が桐箱の中から、半透明で美しい品を取りだすのを見て、吉五郎が柔らかく笑った。

「鼈甲《べっこう》の簪《かんざし》か。奮発したものだ」

麻之助は頷《うなず》くと、簪に託したことをおこ乃へ告げる。

「簪だから、普段は髪に差しておくものです。でもこの品なら、幾らか必要になったとき、直《す》ぐ銭に換えられるから」

先々困り事があっても、遠い江戸にいる麻之助達は、力を貸せない。

「まとまった銭があれば、切り抜けられることは、世の中に多いです。でも嫁いだら、嫁が自分の勝手にできる銭は、そうはないと思うので」

だから麻之助は祝いの品として、金に換えやすいものを選んだのだ。

「必要な時は、遠慮なく売り払って」

そう告げる麻之助の真剣な顔を見て、小十郎が笑みを浮かべる。

「ふふ、さすがは困り事の裁定を山ほどしてきた、町名主の家の者だな。重みのある言葉だ」

おこ乃には、幸せな日々の中にいて欲しい。鼈甲の簪は、そういう思いの詰まった品であった。

頷くと、おこ乃はありがたいと言い、深く頭を下げる。そしていつかはこの簪を、そのまま子へ渡したいと麻之助へ言ったのだ。

「うん。そうなることを願ってます」

麻之助は、精一杯の思いを込め頷いた。

おこ乃に、恋しいと言ったことはない。好かれていると言われたこともない。おこ乃を見て亡き妻を思い出し、胸がつまったことすらあった。

（だけど……幸せになって欲しい人だ）

そして今、おこ乃は幸せを摑《つか》み、国元へ旅立つことになった。すると願い通りになったというのに、何ともいえない寂しさが胸を過《よ》ぎって、麻之助はいささか戸惑っている。

「叔父様、麻之助さん、過分な祝いの品、本当にありがとうございました」

今日は少し堅い言葉で、おこ乃はまず、きちんと礼を口にする。そしてその後、以前のように、にこりと笑うと、麻之助を見て、思いがけない言葉を口にしたのだ。

「あの。わたしは婚礼前ということで、最近色々な方とお会いすることがありまして」

そんな中でおこ乃は、麻之助に謝らねばならぬことが、できてしまったという。

「へっ？　私にですか？　はて、はて」

「先日、お寿ずさんの兄上に当たる、野《の》崎《ざき》様がうちへおいででした。遠縁でもあり、うちと野崎家は行き来がありまして」

野崎家からも、婚礼の祝いをもらった。そしてその時、麻之助の話が出たのだ。

「私の、話？」

「麻之助さんも、そろそろ後添《のちぞ》えをもらってはどうだろうか。宗右衛門《そうえもん》さんも心配なさっているだろうと、野崎様が言われて」

その時おこ乃は、麻之助が困るだろうと思い、話を変えるつもりで、麻之助の友清十郎が、父親になったことを口にしたのだ。心配しなくても、物事は何とかなっていくものと、そう話を続ける気であったという。

「ところが、ですね。それを聞いた父上までが、ならば麻之助さんも急ぎ、次の縁を考えた方が良かろうと言い出して」

ただ大名家陪臣の武家が、町人の縁談を世話するといっても、無理がある。それで町方に詳しい者へ頼もうと、父親は言い出した。

「私の縁談を、ですか？　だ、誰に頼むと言われたんですか？」

話が、何やら妙な方へ向かっていくのを感じ、麻之助が身を乗り出して問う。おこ乃はここで、馴染みの名を口にした。

「その、父は、吉五郎叔父上に頼もうと言ったんです」

吉五郎は同心見習いだから、並の武家よりはずっと、町人の知り人が多いからだ。

「おやおや、そんなことを言われたら、吉五郎も困っただろうな」

友は極めつきの朴念仁《ぼくねんじん》だから、麻之助に縁談を持ってくるなど、無理というものであった。麻之助はほっと一息つき、そして……首をかしげる。

「あの、それでどうして、おこ乃さんが謝るんですか？」

その話の流れだと、麻之助は困ったりはしない。

するとこの時、小十郎が珍しくも声を殺して笑い出した。その横で、吉五郎が顔を赤くしつつ、話を引き継ぐ。

「実は、な。頼町《よりまち》殿は本気で、当家へ使いを寄こされたのだ。そのとき、あの貞《さだ》達が屋敷に顔を出しておった」

両国で顔を利かせている、顔の良い連中だ。麻之助へ、後妻を世話して欲しいとの話を聞くと、何故だか大層張り切ったという。

「は？」

「俺はまだ、独り者。仲人役をしろと言われても困るでしょうと、貞は気遣ってきた」

だが大丈夫、父の大貞《おおさだ》にも頼んで、きっちり良いお人を見つけると、貞は約束してきたのだ。何しろ貞は、吉五郎を兄貴分として慕っている。

「何だ？　つまり、ことが両国橋一帯の顔役、大貞さんにまで伝わったのか？」

麻之助は、何やら怖い気がしてきた。だが、話はそれだけで、終わらなかったのだ。

「すると、だ。貞の手下《てか》が何故だか、丸三《まるさん》さんにも話をしてしまったらしい。丸三さんは、自分が仲人をしたいと言い出したんだ」

自分は麻之助の友なのだ。己の方が、きっと、良き相手を探せると言ったものだから、大貞と有名な高利貸し、丸三の競争に化けてしまいそうであった。慌てた吉五郎が、清十郎に相談したところ……ことは更に、ややこしくなった。

「これ以上、こんぐらがったのかい？」

顔が強ばってきたのを、麻之助は感じる。

吉五郎によると、清十郎は、子供への祝いを持って来てくれた義母お由有《ゆう》に、後妻の件で、話がもつれていることを話した。するとその件を、お由有の父、大倉屋《おおくらや》が聞く事になった。

「大倉屋さんは、大貞さんと丸三さんが喧嘩をするくらいなら、両方に引いてもらった方がいい。そして、自分が麻之助の縁談の、面倒を見ると言い出したんだ」

「な、何故大倉屋さんが……」

この辺りから、麻之助は居住まいを正すことになった。気がつけば己の縁談に、地回りの大親分と高利貸し、それに大金持ちの札差《ふださし》が、絡むことになっていたのだから。

「あっ」

麻之助はここで、小さな声を上げる。

「そういえば先日、高橋家と縁談がまとまったという娘御が、突然来たんですよ」

あのときは娘御が、訪ねる先を間違えてきたのだと思った。

「娘さんは、別の高橋家と御縁があるのだと考えたんだ。娘さんへもそう言いました」

それでおりょうという娘御は、慌てて謝り、帰ってしまったのだ。楓屋の娘と聞いただけで、どこにある店なのかも聞かなかった。

だが、今思えばひょっとして。

「お三方のどなたかが、おりょうさんへ、私との縁談を持っていってたのかな？」

呆然とする麻之助の側で、吉五郎が手を合わせて謝り、小十郎が声をあげて笑い出した。

「一つ縁を失ったか。まあ、次は上手くいくといいな、麻之助」

縁談話を語り、座はしばらく笑い声で満ちる。しかしおこ乃はじき、屋敷から帰ることになり、吉五郎が送るというので、麻之助も共に出ることにした。

二人が、吉五郎より一足先に玄関から出たとき、おこ乃が麻之助へ小声で囁《ささや》いた。

「今度の縁談を頂いたとき、父が聞いてまいりましたの」

麻之助を好いていて、嫁ぎたいと思っているのか、と。

「えっ……」

「わたし、返事ができませんでした。そうだとも、違うとも」

おこ乃の父はそれを承知して、縁談を進めたようだという。

「麻之助さんが同じことを聞かれたら、やっぱり返事ができなかったのではと、ふと思いました」

ならば、こうして明日へ踏み出せて良かったのではと、おこ乃は思っている。そして。

「麻之助さんも、今度どなたかとご縁ができたら、お会いになるといいと思います」

まとまらなくとも、その縁が、何かを運んでくる気がする。随分年下のおこ乃から言われて、麻之助は大人しく頷いた。

優しい声が続く。

「お元気で。良い方と巡り会って、幸せになって下さいね」

「おこ乃ちゃんこそ、達者で。早く国に馴染めるといいな」

天の星よりも多く、あれこれ言いたい気もするのに、平凡な地上の言葉しか、口から出てくれない。おこ乃とは、もはや会う用もない。吉五郎が屋敷から出てきて、二人が別の方角へ歩み出すと、この場が今生の別れになるのだろうと、不意に気がついた。麻之助は思わず、おこ乃の姿を目で追う。

おこ乃は一度振り返り、麻之助を見て、また柔らかく頭を下げた。そして八丁堀の道へ踏み出し、遠のいていった。

3

地回りの親分と、高利貸し、それに札差に勝手をさせておいたら、己の毎日がどんな風に化けてしまうか、想像もつかない。麻之助は翌日早々に、勝手な縁談を止めるべく、大物三人の所へと向かった。

まずは両国へ向かうと、運良く大貞を、道沿いの茶屋で捕まえることができた。

(でも、なんと言おうか。いきなり、まだ来ても居ない縁談を、寄こすなって言うのも……妙な話だよな)

往来にある店だから、人目もある。それで麻之助はまず、先日高橋家へ来たおりょうのことについて、問うてみた。すると大貞が、床几《しょうぎ》に腰掛けつつ首を傾げる。

「塗り物問屋のおりょうさん？　おれが仲立ちした見合い相手じゃないよ。なんだ、もう麻之助さんへ、話が行っているのかい」

丸三からの話だろうか。うちも急がなきゃと、大貞が言い出す。麻之助は慌てて、それを止めにかかった。

「親分さん、見合いを世話したいんなら、まずは貞さんの手下方へ紹介して下さいよ。今日はそれを、頼みに来たんです」

麻之助がぼやくと、大貞が笑い出す。

「ははっ。麻之助さん、うちの貞の身内は、嫁のことは心配いらねえんだ。みんな、顔だけはいいからね。毎日、おなごに追いかけられてら」

茶屋内で、どっと笑い声が立った。

「……そうでした」

地回りの親分を阻止するのに失敗し、麻之助は仕方なく、次に丸三の店を訪ねる。すると、高利貸しには客がいたものだから、問答が妙なものになった。

「おや麻之助さん、久しぶりだ。ちょうど良かった。嫁さんを世話したいんだ。どんな娘さんが好みか、聞きたいと思ってたんだよ」

関わると、借金が丸っと三倍になるという高利貸しは、既に張り切っていた。麻之助は、店に腰掛けるとまずは、気になっていることを語り出す。

「丸三さん、おりょうさんというお人のことを、知りませんか?」

「おりょうという名前の人が、好みなのかい? 麻之助さん、何だか変わってるね」

すると客である番頭が、早く金を貸せとせかしてきた。麻之助は咄嗟《とっさ》に己のことより、目の前の男の明日を心配する。

「番頭さん、どんな利を払って、丸三さんから幾ら借りる気なんです? は? そんなに高い利で借りて、払っていけるんですか?」

もちろん金に困っているから、借りに来たのだろう。だが無謀な利息が付いては、じき、今より困るに違いない。

「ちなみに丸三さんは、金を返せない、ない袖は振れないと言っても、簡単には引き下がりませんよ」

丸三は、相手が誰であっても臆したりしない。手下を連れて奉公先の店へ押しかけ、客がいる所で、金返せとわめきかねないのだ。

「そういうことをするから、ほとんどの人が、結局金を返すことになるんです。返すあてがないなら、借りない方がいいですよ」

麻之助が真剣に言うと、番頭の腰が引ける。途端、丸三の顔が険しくなった。

「ありゃ、この番頭さん、端から返す当てもなく、うちに来たのかな。名の知れた高利貸し相手に、度胸の良いこった」

丸三が怖い声を出し始めたので、麻之助は急ぎ番頭へ、借金をするより良い手を勧めた。口入れ屋から賃仕事でも回してもらい、寝る時を削って、頑張ってみたらと言ったのだ。

ちなみに麻之助は、町名主の家の生まれだから、跡を取ると他の仕事は禁じられる。だが、まだひよっこなのをいいことに、最近は料理屋で太鼓持ちのように座を賑わし、結構稼いでいるのだ。

「目出度い事が続き、祝いの品を買う金が足りなかったんでね」

麻之助がそう言うと、丸三が、その席でおりょうと出会ったのかと、妙な問いを向けてくる。首を傾げた。

「違いますって。いや、そんなことを聞くってことは、丸三さん、おりょうさんを知らないんですね」

つまり、麻之助へ縁談を持ちかけたのは、丸三ではないのだ。ほっとしていると、丸三が、おりょうは知らないが、心配するなと言ってくる。

「急いで、良い話を探すからね。麻之助さん、違うって？　何が違うというんだい？」

答えようとすると、客である番頭が丸三へ、金はどうしたと言ってくる。麻之助が、ため息をつくことになった。

「番頭さん、こんなに言っても、直ぐに金を欲しがってるってことは……もしかして、店の金を使い込んじまったのかな？　それとも博打《ばくち》の借金か」

それで見つかる前にと、何としても金を用意したいのだろう。だが。

「多分金を返すあて、ないんでしょうに」

そうなればやっぱり、店を出奔《しゅっぽん》するしかなくなる。麻之助は町役人の息子として、何度もそういう話のけりを、つけてきたのだ。

「お前さんが住んでる町の、町名主さんのところへ行って、金を借りなきゃならないわけを、あらいざらい話しなさいな。きっと、力を貸してくれるから」

このまま追い込まれるより、余程いいと言うと、番頭の顔が赤くなってくる。麻之助が心配して、その肩に手を掛けた途端、番頭は帳場の前から土間へ飛び降り、そのまま表へ走り出してしまった。

麻之助が「ありゃあ」と言い、友へ頭を下げる。

「丸三さん、済まない。客を一人、減らしてしまった」

筋金入りの高利貸しは、あの番頭は返金できそうもなかったから、構わないと言って笑う。そして。

「それよりね、麻之助さんは、娘御の名前以外に、好みはあるかい？　明るい人がいいとか、小柄な人に引かれるとか」

麻之助は、深い深いため息を漏らした。

「丸三さん、私に縁談は、まだ早いよ。うん、今日はそれを伝えにきたんだ」

「ええっ、それじゃつまらないよぅ。見合い、しようよ」

すがる丸三へまた来ると言い、麻之助は急ぎ店から逃げ出した。そして道ばたで大きく息を吸い、吐き出した後、今度はいよいよ札差、大倉屋へ向かうことにした。

大貞と丸三は、麻之助へまだ、縁談を持ち込んでいない様子だった。つまり、あのおりょうを高橋家へ寄こしたのは、大倉屋かもしれないのだ。何故だか今までで一番、気を引き締めねばならない気がした。

「大倉屋さんは、立派なお人だ。うん」

しかし、小十郎とどちらが怖いか、じっくり考えると、分からなくなる御人でもあった。

大倉屋の娘、お由有は縁を得て、今、落ち着いている。ならば昔関わりのあった麻之助にも、真っ当な暮らしをさせたいと、あのお大尽が思うかもしれない。となると……その考えを跳ね返せるか、大いに怪しいのだ。

「柔和な顔をしてるけど、力尽くでことを動かすことに、慣れているよな」

触《さわ》らぬ神に祟り無し、いつもであれば、麻之助は札差の所へなど、顔を見せたりはしない。しかし今回ばかりは、それでは拙《まず》いのだ。

「とにかく大倉屋さんには、見合い話から手を引いていただかなきゃ」

蔵前の店へ向かうと、主は店におり、直ぐに奥へ通してくれた。縁談の件を問うと、大倉屋は麻之助に世話する気だと、あっさり頷く。ただ。

「楓屋の、おりょうさんという娘さんが、高橋家へ来たのかい。いや、知らないね」

あの娘御のことには、関係ないと言ったものだから、麻之助は目を見開いた。

「ありゃ？　じゃあ、おりょうさんの親へ、うちとの縁談を勧めたのは誰なんだろう」

「おやおや、大貞さんでも丸三さんでも、うちでもなかったってわけか。おお、面白い話を聞いたね」

その言葉で、寝ている子を起こしてしまったらしい。大倉屋はおりょうという娘に、ぐっと興味を示し始めた。

「わはは、こりゃいいわ。我ら三人が、麻之助さんへ縁談を勧めようとしてる間に、出し抜いた奴がいたのか」

たとえ、たまたまのことであったにせよ、楽しみにしていたことを先にやられたようで、何か悔しいと大倉屋は言い出した。麻之助は、子供のようなその言い分を聞きつつ、大倉屋は小さい頃、遊ぶ子らの中で大将格だったのだろうと、見当をつける。

そしてそういう大将は、我《わ》が儘《まま》なことが多い。やはりというか目の前の大倉屋も、無茶を言い出した。

「楓屋のおりょうさん、とな。その縁、誰が何で、高橋家へ持っていったのか、分かったら教えてくれないか。麻之助さん、気になるんでね」

麻之助が今も分からないのだから、知り合いの町役人あたりが、真っ当に世話した縁ではないはずだ。大倉屋が楽しそうに言うと、麻之助は大きく首を横に振った。

「大倉屋さん、どこの楓屋さんか知らないのに、そりゃ無理ですよ。娘さんは帰ってしまいましたし」

楓屋も、おりょうも、珍しい名ではない。あの娘御との縁談を受けたい訳でもないのに、楓屋を捜して家を空け続けたら、間違いなく、父の宗右衛門が怒りそうであった。

「だから、きっぱりお断りします。大倉屋さん、町役人の仕事の邪魔をしちゃ駄目ですよ」

するとと、否と言われることなど滅多にないためか、大倉屋が口を尖らせる。

「なんだい、不精者だね。そこを、この大倉屋に調べさせようっていうのかい？」

「大倉屋さん、私が言ったこと、ちゃんと聞いてましたか？」

だが大倉屋は、さっさと手を打って店の者を呼ぶと、楓屋という店を知らないか、奉公人達に聞いておくれと言いつける。

「私に、こんな手間を掛けさせたんだから、おりょうさんとの縁談のこと、しっかり調べるんだよ。そして、うちへ知らせておくれ」

麻之助は顔を顰《しか》め、そもそも自分の縁談で遊ぶ前に、親として、息子に嫁御を持たせるのが、先ではないかと言ってみた。跡取り息子はまだ、嫁御を迎えていなかった筈と言うと、大倉屋は頷く。ただ。

「でもね、許婚《いいなずけ》は決まっているから」

息子は出来が良く、堅くてちっとも面白くないと、大倉屋は今日も口にする。

「そんな息子だからね。似た立場の店から、大人しい娘さんを迎えることで、あっさり話が整ってるんだ」

不可はないが遊べない縁組みで、さっぱりわくわくしないと、大倉屋は言うのだ。おまけに息子へそう告げたら、とんでもない親を持って大変だと、返されたという。

「息子はね、縁談は遊びじゃない、面白がるもんでもないって言うんだよ。やだよねえ。思わず、相手の娘さんに惚れてるのかって、あいつに聞いちまった」

「息子さんに、そんなことを問うたんですか」

麻之助は思わず主から少し身を引き、こんな親がいるのでは、確かに大変に違いないと、大倉屋の息子へ同情を寄せる。会った当初は、娘のお由有を介して関わるばかり。ただ、威圧されるような大商人だと思っていた男は、互いに慣れてくると、思わぬ無茶な面を見せるようになった。

（このお大尽、周りにいる人で、遊ぶ癖があるみたいだ）

ため息を漏らしていると、部屋の外から声がして、客間の障子戸がするりと開く。顔を見せたのは、手代さんと呼ばれた男で、楓屋の名と場所を書き連ねた紙を、主の前へ差し出した。

（おんや、早い）

それぞれの楓屋が、何を商っているのかまで書き連ねてあり、娘がいると書かれている店もあった。奉公人達が、世情に詳しいことが見て取れる。大倉屋が、にやりと笑った。

「麻之助さん、これ欲しいよね？　何しろお前さんの、縁談が関わっているんだもの」

違うなら今日、この大倉屋へ来てはいない筈だ。笑う札差からそう言われて、麻之助は降参するしかなかった。

そして、調べたことはご報告はしますと約束してから、書き付けへ手を伸ばした。

4

大倉屋がくれた書き付けは、麻之助を蔵前から、神田の方へと向かわせた。近い所にも楓屋という店は多くあり、大倉屋近くの蔵前から、神田、日本橋辺りにまで散らばっていたのだ。

神田川を渡り、両国橋の西側を南へ向かって、楓屋や周りの店を巡っていった。すると六軒目に入った酒屋で、ちょうど店表にいたおかみから、麻之助は妙なことを言われたのだ。

「あら、何でおりょうさんのことを、お聞きかと思ったら。お前様のところに、楓屋さんとの縁談が来たんですね」

そのことで、楓屋の近所へ話を聞きに来たのですねと、おかみは頷く。店表にいた奉公人も、丁度酒を買いに来ていた客達も、納得した顔になって、麻之助へ目を向けてきた。

縁談が上手くいくと、持参金の一割は、仲人へ礼金として支払われる。だからこの世には、せっせと男女の縁をまとめ、懐を豊かにする御仁達がいるのだ。よって仲人口という、不思議なものすらあったりする。

強引にでも縁談をまとめるため、大げさなことを言う口のことだ。その口が開くと、並のおなごが小町娘に化けたり、金持ちが、ごろごろいることになる。

(だからさ、縁談の返事をする前に、相手方の近所へ噂を聞きに行くってのは、よくある話だ。うん、うちの支配町の皆だって、やってるよねえ)

麻之助が深く頷いていると、おかみは何故だか、初対面の麻之助の方へ寄ってきて、店の端近へ座った。

「それは、ご心配なことでしょう。うちで分かることなら、お話ししますよ」

「おや、嬉しいですね」

麻之助はそう言ったが、首を傾げもした。

(何で今、ご心配なことでしょうって言ったんだろ？)

試しにおかみが知る、楓屋の娘の名を聞くと、おりょうだという。

(ああ、うちに来た、あの娘御かもしれない。年頃で、同じ名の娘を持つ楓屋さんは、多くはないだろうから)

となると、心配という言葉の意味が、益々分からなくなる。おりょうの身なりは、かなり良かったから、楓屋が傾いているようには思えない。かわいかったし、話し方もしっかりしていた。一度会っただけの麻之助には、あの娘に心配されることがあるとは、とんと思えなかった。

すると。店表の話が伝わったのか、この時奥から、振り袖を着た娘が顔を出してきた。おかみがお竹《たけ》と呼ぶと、娘は母親へ、きっぱりとした声で言う。

「おっかさん、店のお客さんの前で、おりょうちゃんの噂なんかしたら、駄目じゃない」

それではおりょうが、かわいそうではないかと、お竹は続けたのだ。酒屋の客達が、一斉におりょうの名を、小声で口にし始める。

「おりょうちゃんのことは、お琴の先生も心配なすってたの。おっかさん、もっと気を遣ってあげて」

娘から言われて、おかみは頷いたものの、初めて会った麻之助を、いきなり奥の間へ通す訳にもいかないと言う。

「だからね、店の端で話すのが、いいかなと思ったんだよ」

「おっかさん、その人には台所へ回ってもらえばいいでしょ。あなた、おりょうちゃんの話を聞きたければ、裏手の板間へ行って」

お竹はそう言うと、自分はさっさと奥へ引っ込んでゆく。おかみが困った顔で、どうするか問うてきたので、麻之助はお手数をおかけしますと言い、一旦表へ出た。そして横手の路地から、台所のある奥へ回ったのだ。こういう手間を掛けねば聞けない噂とは何なのだろうと、気になってきていた。

すると。

(おや、お竹さんだったっけ、さっきの娘さんも台所に来てるよ)

土間から一段高い、台所の端に腰掛け、自分は麻之助という名の町役人だと名乗ると、お竹やおかみの目が、髪の結い方から履いている草履までを、目でなぞる。そしてまず話し始めたのは、おかみであった。

「あのぉ、こうしておりょうさんの評判を、聞いておいでなんです。麻之助さんは、まだ縁談、受けた訳ではないんですよね？」

「えっ？　ええ」

「じゃあ……遠慮をしてる時じゃないですね。ええ、噂は伝えておかなきゃ。だって、おりょうさんとの縁談は、剣呑《けんのん》なんですから」

「は？　危ない縁談？　何なんですか、それ」

首を傾げると、横からお竹が話し始めた。

「あのね、おりょうちゃんには、前にも縁談がきてたの。だけど相手だったお医者様は、直ぐに亡くなってしまったのよ」

　急な病を得たということで、その時は皆でおりょうを慰めた。まだ見合い前だったし、運が悪かったと言って、ことは終わったのだ。

　だが、問題はその後であった。

「おりょうちゃん、かわいいでしょ？　だからお嫁さんに欲しいって人、結構いたの」

ところが、だ。その頃、おりょうとの縁談を望むと、不幸をうつされるという噂が立った。

「うつる不幸なんてないと、噂を信じない人もいたのよ。だけどね」

　その後、不思議なことに、噂は変わっていったのだ。

「おりょうちゃんのことを好きになると、死ぬって噂になったの」

　これも、最初は信じる者がいなかったが、その内まず、桶職人の弟子が亡くなった。そしてその後、今度は米屋の次男が亡くなったのだ。

「その人達、おりょうちゃんのこと、好いていたんですって」

　その為かおりょうの噂は、不吉な重みと共に伝わっていったと、お竹は口にする。しかし麻之助は、どうにも信じられなかった。

「娘御を好きになると、死ぬって噂ねえ。それはまた、無茶な話だ」

「あたしは初めて会ったお前様に、親切にも、大事なことを教えてあげてるのよ。感謝なさいな。疑うんなら、この辺りで事情を聞いてみたらいいでしょう」

近くの筆屋や、小間物屋に行けば分かると言ってきたが、麻之助が素直に頷かない。お竹はぐっと不機嫌になって、台所から消えてしまったので、麻之助は仕方なく、礼を言って酒屋を出た。

しかし気になったから、辺りで噂を聞き続けてみたのだ。すると。

(ありゃま、剣呑な噂は本当にあるらしいや)

同じ通りの米屋でも桶屋でも、おりょうの噂は承知していた。三軒後に入った筆屋では、娘のお梅《うめ》が、おりょうの不幸の大本を告げてくる。

「おりょうちゃんはね、お医者のくせに、病を得て早死にした許婚から、不幸をうつされたの。だから、かわいそうなことになったんです」

「あのぉ、そもそも、不幸をうつすなんて、できるんですか?」

麻之助が悩んでいると、お梅は顔を赤くして、本当のことだと言い張った。

「つまりこのままだと、麻之助さん、縁談相手のお前様も、ただでは済まないわ」

嘘だと思うなら、近くの小間物屋で聞いてみたらいいと言い、お梅の話は終わった。

「あそこのお松《ま》っちゃんなら、噂を詳しく知ってるから」

(おや、近所に住む、似た年頃の娘さん達、名前が松、竹、梅と、揃ってるんだね)

筆屋から出て一人になると、麻之助は店が並ぶ賑やかな道で、独り言を漏らす。

「でもねえ、右に行けと言われると、つい、左へ行きたくなっちまうんだよねえ」

そもそもこの世に、うつる不幸などという珍しいものがあるなら、見てみたい。麻之助はつい、そう考えてしまうのだ。

「それに、さ。私が危なくなることは、ないもの」

話を聞いて回るため、おりょうの縁談相手だと言ってはいたが、本当は、一度顔を見たきりの他人なのだ。仲人は高橋家へ来ていないし、おりょうとは好いた、好かれたという間柄でもなかった。つまり。

(どう考えても、私が死ぬはずないよねえ)

それより問題は、不幸がうつると聞けば、あの大倉屋が面白がるに違いないことだ。本当に、おりょうと縁のあった男が亡くなるのか、詳しく調べておかないと、大倉屋は承知しないだろう。

(ありゃ大変。これは思ったより、時がかかりそうだ)

麻之助は、ほてほてと道を歩きつつ、眉をひそめた。

(早めに屋敷へ帰らないと、おとっつぁんがまた怒りそうなのに。遊んでやらないと、猫のふににも、引っかかれるかもしれない)

そうなったら、たまに台所で貰うなまり節の尻尾を、ふにへ差し出すしかなくなる。好物の危機を感じ、麻之助は焦ってきた。

「ええと、さっきお梅さんが言ってたっけ。おりょうさんの不幸は、許婚からうつされたって」

ならば、その医者の身内に会ってみるべきだろうか。それともお梅が口にした、お松という娘と、先に会うべきだろうか。まずは筆屋で、医者の家がどこにあるのかを聞こうと思い立ち、麻之助は道で立ち止まると、振り返った。

すると。後ろから、若い男がこちらを見ていたことに、気がついたのだ。

「はて、知り合いか？　いや違うな」

それは、優しい面立ちの大男であった。その上、粋な帯や着物が更に、男ぶりを引き上げている。麻之助よりも、少しばかり年下に思えた。

「あの男、誰なのかしらん」

たまたま、目が合っただけなのだろうか。一寸《ちょっと》悩んでいると、何故だか空が急に陰った。咄嗟に顔を上げたところ、日の光を遮っていたのは雲ではなく、もっと堅いものだと分かる。それは酒屋の店先に積み上げられていた、大きな空き樽の山だったのだ。

その山が何故だか崩れ、麻之助の上へ落ちてきていた。

「ありゃ？」

若い男が、必死に麻之助の方へ駆けてくるのが分かった。手を差し出してくる。麻之助を助けようとしてくれている。だが。

大きな樽が、まず麻之助の頭に当たり、嫌な音を立てた。

（おりょうさんを好いた男は、死ぬ）

あの物騒な話が、麻之助の頭をかすめたとき、次の痛さで目の前の風景が吹っ飛んだ。

5

塗り物問屋楓屋の店先が、大騒ぎになった。若だんなの藤吉《とうきち》と、その知り合いだという若者が、崩れてきた道ばたの空き樽に当たって、怪我をしたからだ。

急ぎ医者が楓屋へ呼ばれ、店の者達も慌ただしく動き回る。するとそこへ近所の娘、お松が顔を見せてきた。

「おりょうちゃん、いますか？　ああ、いた。どうしたの？　お医者様が呼ばれたみたいだって、おっかさんが言ってたわ」

気になって来てみたと、お松は言う。おりょうは、兄達が怪我をしたが、大事にはならなかったと、幼なじみに伝えた。

「えっ、そうなの？　でも表にいた振り売りが、落ちた空き樽で二人、大怪我をしたって言ってたわよ。気になるわ。話してよ。いいじゃない、おっかさんも心配してたわ」

お松が引かないものだから、おりょうが仕方なく口を開く。お松はあれこれ、問いを挟んでいった。

「おりょうちゃんのお兄さんが、怪我をしたのよね。無事なの？　ああ良かった」

一緒にいた人も頭を打ったと伝えると、熱心に問うてくる。

「その人、何という名なの？　ああ、麻之助さんていうのね」

お松は、大いに頷いた。

「あら、そのお人、おりょうちゃんと縁談があるって方じゃ、なかったっけ？」

「えっ？　あたしに新しい縁談は、来てないわよ」

「ううん、縁談相手のはずよ。あら、怖い。また、例の不幸が来たのね」

お松は一人、心得た様子で頷くと、ここで早々に楓屋から帰っていく。その後ろ姿を、おりょうが目で追った。


少し、前のこと。麻之助は大きな空き樽で、頭をしたたか打った。だが、その時急に横から手を引っ張られ、道へ転がったので、酷《ひど》い怪我をせずに済んだ。

「大変だっ、楓屋の藤吉さんが怪我をしたっ」

その時、辺りに大声が響いて、わっと人が集まってくる。頭を切った麻之助と、助けたとき肩を打った様子の男は、あっという間に楓屋の奥の間へ連れて行かれ、医者に診てもらうことになった。

（楓屋さんの娘御を捜してただけなのに。何でこんなことに）

奥の一間で、医者から染みる薬を塗られた麻之助は、新たな痛さに涙目になりつつ考える。するとそこへ、いきなり入ってきた娘を見て、麻之助は涙目を見張った。

先日、高橋家の玄関で出会った、おりょうが目の前に現れたのだ。確か、藤吉という名の男を兄さんと呼び、怪我を気遣っている。

「おんや、また会えるとは、偶然だね」

おりょうの名を呼び、ひらひらと手を振ってみると、今度はおりょうが目を見開き、麻之助の名を口にした。すると横にいた藤吉が、じっと二人を見てくる。

そして。

手当が済むと、おりょう達と麻之助は、互いにぺこぺこと頭を下げ、改めて挨拶をすることになった。それから今、それぞれが抱えている事情を、相手へ伝えたのだ。

「あらま、麻之助さんはやもめなんですか。それで、周りの方が後妻さんを世話すると、張り切っておいでなんですね」

麻之助は頷くと、楓屋の部屋で、正直に言葉を続けた。

「私はまだ、次の縁を考えていないんですけどねえ。仲立ちを思い立った人が、三人もいて」

思わず愚痴をこぼしてしまう。

「どの御仁も、そりゃ断りづらいお人で。その上三人とも、別の人に先を越されるのは、嫌みたいなんですよ。で、おりょうさんが誰の紹介でうちに来たのか、気にしてるんです」

よって麻之助は、おりょうが現れた事情を、調べることになったのだ。おりょうも藤吉も、迷惑をかけたと、また頭を下げてきた。

「済みません、うちのおりょうが、そちらへ伺った訳ですが。以前縁のあった仲人さんが、麻之助さんとの話を考えたようで」

仲人は知り合いから、町名主の跡取り息子が、縁を探していることを耳にしたらしい。それならば、一つ縁談が増えても歓迎だろうと、勝手に思い込んだのだ。それで仲人は早々に、良き縁を見つけたと、おりょうへ知らせた。それでおりょうは、高橋家へ行ったという。

「おや、ま。そういうことでしたか」

突然縁談相手が現れた訳は、あっさりしたものだった。面白い事情はなく、大倉屋が口をへの字にしそうであったが、本当のことだから仕方がない。

だが、おりょう達の話には、まだ続きがあると、藤吉が口にした。

「それで、その。仲人さんがおりょうの相手を、近所の人から選ばなかったのには……訳がありまして」

「もしかして、それ、あの嫌な噂ですか？」

おりょうのことを捜している時、耳にしたと言うと、兄妹は一寸顔を見合わせる。縁の薄い麻之助までが、色々噂を聞いていると知って、藤吉がため息をついた。

「妹を好くと、不運になるという噂がありまして」

おりょうが最初の縁談相手を失った後、じきに聞こえてきたらしい。

「妹の最初の縁談相手は、医者でした。よい方だったのですが、突然の病で、見合いする間もなく亡くなりまして」

医者とおりょうとは、まだ深い縁もなかった。なのになぜそれが、嫌な噂に繫がったのか、分からないと藤吉が言う。

「その後、噂で他の男のことも、耳にしました。おりょうと関わって亡くなったというけれど、妹は顔も知りませんよ」

藤吉の声が低い。

「しかも噂は、段々腹が立つものになっちまった。初めの頃、不運になるという話だった噂が、じき、命がなくなるという話へ化けましたから」

噂というものは、とかく大げさになってゆくものだが、それにしても酷いと言う。

「おかげで、おりょうへ来る縁談が、ぴたりと無くなって。それで仲人さんが、遠くの縁を求め……多分麻之助さんへ、行き着いてしまったんです」

藤吉は、おりょうが麻之助の身を心配して、会いに行ったことは承知していた。

「正直に言いますと、妹を少し離れた場所へ嫁がせるのも、悪くないと思い始めてました」

すると先刻近所の人が、縁談相手が、この辺りへおりょうの噂を聞きに来ていたと、藤吉に教えてくれたのだ。麻之助まで、妙な噂を耳にするのは拙いと思った。それで藤吉は、麻之助の格好を聞き、姿を捜したのだ。

「まさか、空き樽が降ってきている下で、見つけるとは思いませんでした」

「そういう事情で、助けてもらえたんですね。ありがとうございました」

やっと話が繋がったと、麻之助は笑みを浮かべる。それから、今日聞いた噂話を数え上げ、しばし考えた後、深く頷いた。

「噂の出所は、まあ、分かりやすいですね。でも不運になるという話が、直ぐに〝死ぬ〟という話に化けた方は、訳が分かりません」

おまけに麻之助は今日、本当に怪我をしたのだ。崩れてきた空き樽は大きなものだった。打ち所が悪ければ、亡くなっていたかもしれない。

「そもそも、あんな大きな空き樽が、道ばたで突然崩れるなんて、妙な話です。危なくって、表を歩けやしない」

麻之助は、珍しくも真面目に話し続けていたが、ここで急に言葉を止めた。藤吉とおりょうが、揃って麻之助の袖を握り、こちらを見つめていたのだ。

「あの麻之助さん。噂の出所が分かりやすいって、本当ですか。誰があの噂を流したか、直ぐに見当が付いたんですか？」

　そちらへ話を振られて、麻之助がうんと頷く。何しろ麻之助は、町名主の跡取りなのだ。

「噂ってやつは厄介な上に、喧嘩の元なんですよ。つまり町名主が裁定をする玄関には、溢れてるんです」

　自分は、噂から逃げられないのだと言って、笑った。

「いつも関わってるんで、縁談絡みの困った噂の元は、大体見当がつきます」

　それくらい分かるようにならないと、親から小突かれると言った途端、教えて下さいと言い、兄妹がすがりついてきた。麻之助は、今回は分かりやすい話なのにと、二人の人の良さを感じてしまう。

「私は今日、おりょうさんを捜して、蔵前からこちらまで来ました。あちこちの楓屋さんや、その近くの店で、話を拾ってきたんです」

　この近所の店まで来たとき、ちょいと首を傾げる話を聞いた。麻之助は初対面の相手から、驚くほど詳しく、おりょうを好くと不幸になるという噂を、教えてもらったのだ。

「そこの店では、他にも噂を教えてくれる人の名を、告げてきました。どこも、若い娘さんのいる店でしたよ」

娘達は一見、おりょうを心配しているようであった。しかしどの娘もしっかり、剣呑な噂を麻之助へ話してきた。

「あの娘さん達、おりょうさんと顔見知りのようでした。噂の出所は、あの辺でしょう」

確か娘達の名前は、松、竹、梅だったと言うと、おりょうの顔が青ざめる。藤吉が、その三人はおりょうの幼なじみで、小さい頃は自分も遊んだ娘達だと言った。

「だからその、まさかと思っちまうんですが」

すると麻之助が、にこりと笑う。

「なに、ちょうど空き樽が落ちて、楓屋さんで一騒ぎ起きたところだ。もしあの娘達が噂を広めた当人なら、今回も三人のうち、誰かが事情を確かめにくるでしょう」

そうして聞き出した話を使い、おりょうの不幸な噂をまた広めるのだ。

「でも……三人は幼なじみです。友達です。前の縁談が駄目になったときも、慰めてくれました」

なのに、噂を流す筈がない。おりょうからも必死に言われて、麻之助は頭を掻く。

「そうか、大事な友達なんですね」

麻之助はため息をつき、もし誰かが楓屋へ、藤吉の怪我について聞きに来たら、帰る時、己がその後をつけようかと言ってみた。

「お友達が噂を流しているかどうか、確かめたいでしょうからね」

すると。

麻之助がまだ話をしているうちに、奥へ小僧がやってきた。そして店表へ、おりょうの友がきたと告げたのだ。


おりょうから、あれこれ聞き出した後、お松は表通りから細い道へと入り、じき、長屋近くの小さな稲荷へ行き着いた。そして待っていた娘二人と、直ぐに楓屋の話を始めた。

「まあ。兄さん、お竹ちゃんとお梅ちゃんがいるわ」

「おりょう、静かに」

結局麻之助だけでなく、兄妹と三人でお松の後を追ったのだ。稲荷近くの塀脇に隠れた麻之助達は、小声を出すことすら恐れたが、お松達はそれに気がつくことなく、話を続けていく。

跡取り息子の藤吉が、先程、落ちた空き樽で怪我をしたこと。

でも、大事には至っていないこと。

おりょうの縁談相手だという麻之助が来ていて、同じく災難にあったこと。

しかし、死んではいないこと。

お松が要領よく話し終えると、お竹の声が続いた。

「あら、あの麻之助さんてば、死ななかったのね。お松っちゃん、それじゃ大きな噂にはならないかもしれないわ」

「でもね、お竹ちゃん。今度は縁談相手が怪我をしたんだもの。おりょうちゃんたら本当に、怖い不運に捕まってるんじゃないの？」

こういう噂は皆、話したがると、お松は続けた。

「おりょうちゃん、今回の縁談も、駄目になりそうね。うん、きっと上手くいくわ」

三人は大きく頷くと、直ぐに稲荷神社から離れ、別れて歩んでゆく。お梅は、近くにあった長屋の井戸端へゆき、さっそく皆におりょうの不幸を教え、話に花を咲かせた。

すると、娘三人が去った稲荷神社では、おりょう、藤吉、それに麻之助が、ようよう話し始める。

「驚いた。麻之助さんの、言った通りだったんだ」

つぶやく藤吉の横で、おりょうは、いささか呆然としている。

「本当にお竹ちゃん、お梅ちゃん、お松っちゃんが、あの嫌な噂を流したんだ。あたしを好いた御人は不幸になるって、近所へ言いふらしてたんだ」

言っている間に、おりょうの目から涙がこぼれ落ちてきたので、藤吉と麻之助は、急ぎ稲荷神社から離れることにした。

「お竹さん達三人が、今日はどんな噂を流してるか、確かめてきましょうか？」

麻之助は問うてみたが、藤吉は妹を慰めつつ、首を横に振る。

「今の話を聞いただけで、十分だ。やれやれ、幼なじみなのに。きついことをしてくれたもんだ」

空き樽が肩に当たり、打ち身の薬を塗っている藤吉は、一寸痛そうに肩へ手を当ててから、ため息を漏らしている。

おりょうは横で、ただ泣いていた。

一方麻之助は、自分の思いつきが当たったというのに、渋い顔で腕を組んでいた。

「それにしても、なぁ。お松さんは今、怖い不運はやっぱりあるんだと、他人事のように話してたよね」

つまり、ということは。

麻之助は兄妹の傍らで、そのまま、しばし考え込んでしまった。

6

ぽろぽろ、ぽろぽろ。おりょうは楓屋の部屋へ戻ってからも、涙を流し続けた。

「だって……あたし、思いつかない。何でお竹ちゃんたちは、あんな噂を流したの？」

歯を食いしばっても、おりょうは涙を止められずにいるのだ。

すると麻之助は、ここで藤吉の方を向いた。そしてゆったりした話し方で、藤吉にはまだ、嫁も許婚もいないのだろうと言ってみる。

大男が、目をしばたたかせた。

「え、ええ。そうです」

「でも先々、嫁に欲しいと願っている相手は、もう、いるんじゃないかな」

ただ兄妹は歳が近そうだから、親たちはきっと藤吉の嫁取りより、おりょうの嫁入りを先に考えているはずだ。男ならば、少しは縁組みを待てても、おなごはそうはいかない。縁を摑みそびれていると、直ぐに大年増と呼ばれる歳になってしまう。

ここで麻之助は、深く頷いた。

「きっとそのせいで、おりょうさんに嫌な噂が、流れたんだね」

「えっ？」

おりょうが顔を上げ、麻之助を見てくる。

「あの噂のおかげで、実際何がおきたか。おりょうさんへ縁談が来なくなった。これだ」

親は今までよりも一層、妹を嫁がせようと、焦るだろう。藤吉だとて、妹より自分の縁談を急ごうとはしないはずだ。藤吉は兄だから、待てる。

「でも、さ。藤吉さんが好いている娘御は、待たないと思う」

その娘と藤吉には、まだ何の縁もないのだ。だからあちらの親は、藤吉が縁組みを考えられずにいる間に、さっさと娘を嫁に出すはずであった。

「つまり藤吉さんは、振られるだろうね」

はっきり言われて、藤吉は顔色を蒼くする。おりょうは涙を止めた。

「だからお竹ちゃんたちは、あの噂を流したの？」

暫《しばら》くの間、おりょうに一人でいてもらうために。藤吉に、今考えているのとは別の、嫁御を探してもらうために。麻之助は出されていた茶へ手を伸ばしてから、頷いた。

「あの三人のうちの誰かが、藤吉さんのこと、好きなんだろう」

証《あかし》がある話ではなかった。

「でもうちの支配町で、おりょうさんと同じような困り事が起きて、相談されたら、私は今言ったような筋書きを、考えてみると思う」

呆然とする兄妹へ、麻之助は言葉を続けた。

「三人の娘さん達、そんなに悪い事をしたって、思っていないかもしれない。きっと藤吉さんを好いている一人は、頭の天辺《てっぺん》まで、恋に浸《ひた》っているんだよ」

だから後の二人は、長年の友を救う気で、一肌脱いだのだ。おりょうとて、幼なじみなのだ。だから万一ことが知れても、きっときっと許してくれるだろう。そう、軽く考えていても驚かない。

「何しろ娘さん達は、恋のために動いているんだから。若いもの。恋は他の何より、ずっと大切なものだって、思ってるのかもしれない」

そう言ってから、麻之助は少し眉をひそめた。

「ただねえ。気になることも、残ってるんだけど」

おりょうと藤吉は、呆然とした顔で、麻之助を見つめていた。

「そんな事情で、あたしにあんな酷い噂を立てたの？」

おりょうは、どうにも納得できない様子であった。

「いくら兄さんが好きでも、あの三人が、人の生き死にまで口にするとは、思えないんですけど」

「あ、不思議なのはそこなんだ。鋭いね」

ここで麻之助は、大きく頷いたのだ。そして今の今、噂は娘三人の仕業だと言ったのに、ぺろんと言葉を変えた。

「そうなんだよねえ。私の推察には、おかしいところがあるんだ」

今し方、麻之助が口にした話だと、麻之助と藤吉が、空き樽で怪我をした訳が、分からなくなるのだ。

「あれは噂を信じさせるのに、真に都合の良い出来事だったよね？」

麻之助があの世へ行けば、おりょうの相手は本当に死ぬと、皆が信じる。怖い噂は、真実味を増す。もしかしたらその為に、わざわざ誰かが、道ばたにあった空き樽の山に、崩れそうな感じで幾つか、積み足したのかもしれない。そして麻之助が通りかかったとき、樽をちょいと押したのだ。

「だけどさ」

そんな芸当は、娘三人にはできないと、麻之助は言い切った。

「そもそも、私と藤吉さんに怪我を負わせたあの空き樽。大きな代物だったしね」

つまり娘三人では、麻之助を狙って樽を道ばたへ崩すどころか、あの場所へ、樽を積むことすらできそうもないのだ。

「うん、あの三人娘は今日、怖い事をしちゃいないんだ」

なのに樽は崩れた。麻之助達は怪我をした。

「さて、何でかね」

座ったまま腕を組み、一人考え込んでいる麻之助を、おりょうが睨んでくる。もう、涙は流れていなかった。

「麻之助さん、言ってることが、さっきと逆さまなんですけど！」

一体、三人娘が噂を流したのか、流さなかったのか。おりょうが麻之助へ詰め寄り、問うてくる。

すると麻之助は、涙が乾いて良かったと言って笑った。そして今話したことは、どちらもあったことだろうと、そう口にしたのだ。

「あの……」

「おりょうさん、先程言ったとおりだ。三人娘は藤吉さんへの恋ゆえに、甘い気持ちで、怖い噂を流したんだと思う」

ただ、おりょうが考えたように、最初から人の生き死にまで、話した訳ではなかろう。

「何しろ、松、竹、梅の内誰かは、その内おりょうさんと、義理の姉妹になりたいんだから」

さすがに、誰かが死ぬと言ってしまっては、後が心配になるというものだ。それに。

「三人はおりょうさんの縁談相手に、死んで欲しいわけじゃないんです。ただ藤吉さんが好いているお人が、他の縁を探すまでの時を、稼ぎたいだけだ」

なのに。三人が言わなかった筈の嫌な噂が、途中から流れた。おりょうを好きになると、相手が死ぬと、噂が変わった。

「つまり、三人娘が始めた噂に乗っかって、余分なことを付け加えた誰かが、いるんじゃないかと思うんですよね」

「は？」

藤吉とおりょうが、顔つきを硬くする。

「何で、ですか？」

真剣に問われたと思い、麻之助は正直に、そして真っ当に、二人へ答える。

「あ、分からないです」

「はあっ？」

「ただ、元の噂と、付け加えられた話の差は、〝人が死ぬ〟というところだと思うんです」

そして物騒な噂が流れた後、麻之助と藤吉が、実際に怪我をした。もはやことは、噂の中では終わらなくなったのだ。

「だからここから先は、頭の中で考え、話をこしらえることは、しちゃいけない」

本当は何があったのか、きっちり調べ、証を得ていかなければならないのだ。そしてそういう役目は、麻之助がするべきことではなかった。

「私が、やっていいことでもないんで」

ちょうど友に、そういうことを調べるお役目の者がいるので、来てもらおう。麻之助はお気軽に口にする。

「噂が元になってる話だから、あいつ、嫌がるかもしれないけど。でもねえ、私の縁談話を盛り上げてくれた一人だもの。今回は無理を聞いてもらいます」

「あの……はあ」

楓屋の兄妹は、未だ、よく分からないという顔をしている。麻之助はへらへらと笑いつつ、楓屋から使いを、八丁堀へ出してもらった。

そして、一刻ばかりの後。

楓屋の近くに、見慣れぬ同心見習いが顔を見せてきたのだ。吉五郎の旦那と、珍しくも名前で呼ばれている同心見習いは、岡っ引きの手下二人と町役人を連れて、まずは楓屋辺りの店で聞き込みを始めた。

その内、今日、積み上げてあった空き樽が、急に崩れたという場所へ向かい、店で事情を聞き始める。居酒屋の店主が言い訳をし、後で引き取るから、店脇に空き樽を置かせてくれと言っていた、桶職人を呼びにやることになった。

「あれ……桶職人て、どこかで聞いたな。うん、噂に出ていたような」

「麻之助、どういう話を聞いたのだ？」

吉五郎に聞かれたが、軽く耳を通り過ぎた言葉を、どうにも思い出せない。

「駄目だ、分からん」

多分、おりょうの噂を聞き歩いていた途中で、耳にしていたに違いない。だから吉五郎がもう一度、苦労して最初から噂を聞いて回れば、きっと耳にできると言うと、石頭の友が目を半眼にした。

「阿呆！　思い出せっ。お前さんが思い出せないと、皆に大きな手間がかかるんだぞ」

「だって、忘れちまったんだもの」

麻之助が堂々と言った途端、吉五郎が何と、怪我をした麻之助の頭へ、拳固《げんこ》を降らしてきた。麻之助は悲鳴を上げ、手で頭を庇って吉五郎の側から飛び退く。

すると丁度そこへ、呼ばれてきた桶職人が、手ぬぐい片手にやってきたのだ。同心見習いが怖い顔をして、若い男へ拳を振るっているのを、目にすることになった。

「ひっ、ふえっ」

職人は妙な声を漏らすと、いきなり向きを変え、今来たばかりの道を駆け戻り始める。

「おいっ、何で戻るんだ。まだ何も聞いておらんぞっ」

吉五郎が驚いた声をあげると、手下達が直ぐ、逃げる男を追い始めた。足の速い連中が、あっという間に職人を取り押さえた時、麻之助がようよう、以前耳にした話を思い起こした。

「ああ、分かった。おりょうさんを好いていたんで、亡くなったという人が、桶職人の弟子だった」

噂に出てきた人で、実際に亡くなったのは、その弟子と米屋の次男、それと最初に死んだ医者、三人だけだ。

「でもお医者が亡くなった時には、まだ変な噂はなかったんだよね」

そもそも噂では、おりょうは死んだ医者から、不幸をうつされたことになっているのだ。

「となると、途中で変わった噂と、お医者は関係ないな」

麻之助が言うと、吉五郎も頷く。桶職人の弟子の死と、米屋の次男の死。では、どちらが不吉に変わってしまった噂と、関係があるのだろうか。

麻之助がぶつぶつ言って悩んでいると、居酒屋の主が店の入り口から、米屋の息子について話してきた。

「あの……亡くなった米屋の息子さんですがね。あのお人は長患いでしたよ。誰にせよ、娘さんと惚れた腫れたの噂になることは、なかったと思いますけど」

「おやおや」

となると、残ったのはただ一人だ。麻之助と吉五郎、二人の目が向くと、押さえつけられていた桶職人が、手を振り切って逃げだそうとする。

「おりゃあ、何もしてない。噂なんか流してない。弟子も殴ってない。してないんだ、離してくれっ」

もちろん手下二人は、逃がすようなことなどしなかった。

7

三日後のこと。

麻之助は約束通り、蔵前にある札差の店へ、顔を見せた。すると、一体どこから耳にしたのか、大倉屋は既に、吉五郎が手柄を立てたことを承知していた。よって麻之助から話を聞けることを、楽しみにしていたのだ。

「いやいや、どうして縁談の話で、吉五郎さんが動くことになったんだろうね。ああ、事情を聞くことに決めておいて、良かったよ」

主が上機嫌なおかげか、今日は麻之助の前に、美味そうな饅頭と濃いお茶が出ている。麻之助はさっそく饅頭を食べてから、ゆっくり、おりょうと、その噂の顚末について語り出した。

「うちに顔を出したおりょうさんが、かわいかったことは、先にお話ししましたよね。あの、おりょうさんには、大男で優しげな兄さんがいたんです」

そして、おりょうが怖い噂を立てられ、困り果てていたことや、噂話が不吉になっていった事情を口にする。話が進み、麻之助が樽で潰されかけた時のことを告げると、大倉屋はとても楽しんでいる様子であった。

そして三人娘が恋ゆえ、友へ馬鹿を仕掛けた次第を語り始めたところ、口を歪めた。

「友だから無茶をしても、おりょうさんは、恋しい気持ちを分かってくれる。三人は、高をくっていたのかもしれません。先々兄の藤吉さんと結ばれ、姉の立場になれれば、やったことが知れても、何とかなると思ったのでしょう」

いや、もしかしたら、おりょうのことなど、ろくに考えていなかったのかもと麻之助は続けた。松、竹、梅の娘三人で、恋しい男のために周りを動かす。凄いというその気持ちに、揃って浮かれていたのだ。

大倉屋が、口の端を引き上げた。

「若い娘の、病みたいなもんだな」

己と関係ない話なら、仕方ないと笑えることもあるのだろう。実際巻き込まれたら、当人は、たまったものではなかった。

麻之助は、一つ息を吐いてから続ける。

「それで、この話の顚末ですが」

桶屋は吉五郎が捕えたと知ると、大倉屋は、勧善懲悪の結末だと、気持ちが良いねと言い、にやりと笑った。

「つまり、やはりあの桶職人が、おりょうさんの怖い噂を流してたんだね？」

麻之助が頷く。

「吉五郎が後で、何でそんな馬鹿を、桶職人がやったのか、教えてくれました」

追い詰められていたのだ。

「桶職人には、若い弟子がおりました。あの親方は平素も、弟子に厳しかったそうです」

したたか酔ったある日、箍《たが》が外れた。桶職人は酒を取り上げた弟子を、殴り殺してしまったのだ。

「職人は、二階のある表長屋の、端に住んでました。近所の家は直ぐ近くだ。物音が、聞こえたのでしょう」

それで。

弟子が亡くなった訳を、職人は、転んで火鉢で頭を打ったためとした。だが葬式の日にはもう、あの職人が殺したのではと、疑うような言葉が、漏れ聞こえていたという。

「桶職人は、ちょうど聞こえてきたおりょうさんの噂話に、己にとって都合の良い噂を重ねたんです。そうやって、自分が弟子を殺したのではなく、弟子がおりょうさんを好いたので、不幸にも死んだということにしました」

だから同じような時分に亡くなった、米屋の次男の名も、ついでに噂へ盛り込んだのだ。ただ次男は長患いで、恋どころではなかったことを、知らなかったらしい。

「それでも、いつ事が露見するか、桶職人は日々不安だったみたいです」

麻之助がおりょうの噂について、聞いて回ると、空き樽を落とすという余分なことをした。それがやがて、真実を露見させてしまったのだ。

「桶職人は吉五郎が、奉行所へ連れて行きました。これから厳しく調べられるのでしょう」

大倉屋は頷き、噂が、人が死ぬという方へと変わった件は、得心したと言った。そして。

「後は、おりょうさんの身に降りかかった、噂話の後始末がどうなったか、だな。それを聞かせてくれ。麻之助さん、知ってるよな？」

そうでなかったら、盛大にがっかりするぞとでも、言い出しそうな口調であった。

「それで、藤吉さんに惚れていたのは、娘三人の内、誰だったのかい？」

麻之助は唇を尖らせたい気持ちを抑え、最後の物語を語った。崩れた空き樽の件で、吉五郎が関わりの者を調べたので、分かったのだ。

「その人は……お竹さんだそうです」

「おや、麻之助さんが会った、酒屋の娘さんだね」

藤吉は今、お竹の気持ちを承知しているのかと、大倉屋が問う。麻之助は首を縦に振った。

「今回の件では、おりょうさんも奉行所に呼び出され、話を聞かれています。そのとき与力の方が、お竹さんが噂を流したと、名を教えたそうです」

　するとおりょうは、友の顔をした娘三人が何をやったか、さっさと親へ伝えたらしい。友達だから、噂くらい許してくれるはずという三人娘の考えは、見事に外れた訳だ。

「それどころかおりょうさんは、藤吉さんのために、ここで動きました」

「おや、何をしたんだい。話が面白くなってきた」

　おりょうは仲の良い兄から、恋しい相手の名を聞いていたのだ。近所の店の娘であったから、それで。

「おりょうさんは、藤吉さんが好いている相手に、会いに行ったんですよ。噂話の件を正直に話し、その上で、藤吉さんがその娘さんを、好いていると告げたようです」

　是非姉になって欲しいと、願ったのだ。すると。

「おなごは強いですね。親も動いて、その縁談、あっという間にまとまったとか。藤吉さんは惚れた娘さんを、妻にすることになったようです」

「おやおや。結局お竹さんは、藤吉さんへ嫁げなかったんだな」

　ここで大倉屋が、苦笑と共に首を横に振った。

「お竹さんは、やり方を間違えたな。おりょうさんの義姉になりたいなら、剣呑な噂を流すより何より、おりょうさんを味方にすべきだったと思うが」

　なぜわざわざ、おりょうを嫌な目に遭わせたのかと、大倉屋は首を傾げる。麻之助は笑って、兄と仲の良いおりょうが、好いた相手との縁を、応援していたからでしょうと言った。つまり、おりょうは噂が流れた時、既に敵方だったのだ。

「でなければ、兄の嫁御になって下さいと、直ぐに相手の娘さんへ、言えないんじゃないかな」

「なるほど。後は、その内おりょうさんも良き縁を掴めるよう、祈るのみか」

もはや三人の娘に、おりょうへの悪い噂を流す利はない。桶職人が人殺しで捕まれば、嫌な話は全てそいつが流したらしいと噂され、その内、収まっていくと思われた。

楓屋は今、藤吉の婚礼に向け、皆忙しい。既に三人娘達の方へ、目は向いていないように、麻之助には思えたと言うと、大倉屋が笑った。

「楓屋さんやその周りの皆は、縁談で気持ちを切り替えたんだね。利口な事だ。幸運は、明るい気持ちの方へ寄っていくから」

楓屋はさっさと、明日へ踏み出したわけだ。このとき麻之助の心を、同じように明日へ歩み出した人達の後ろ姿が、ふと過ぎり消えていった。

(ああ、そろそろ私も、新しい毎日へ向かわなきゃいけないんだろうな)

何故だかこみ上げてくるものを感じ、麻之助は慌てて首を振る。そして顔を上げ、開いた障子戸の向こう、青い空へと目を向けた。

まちがい探し

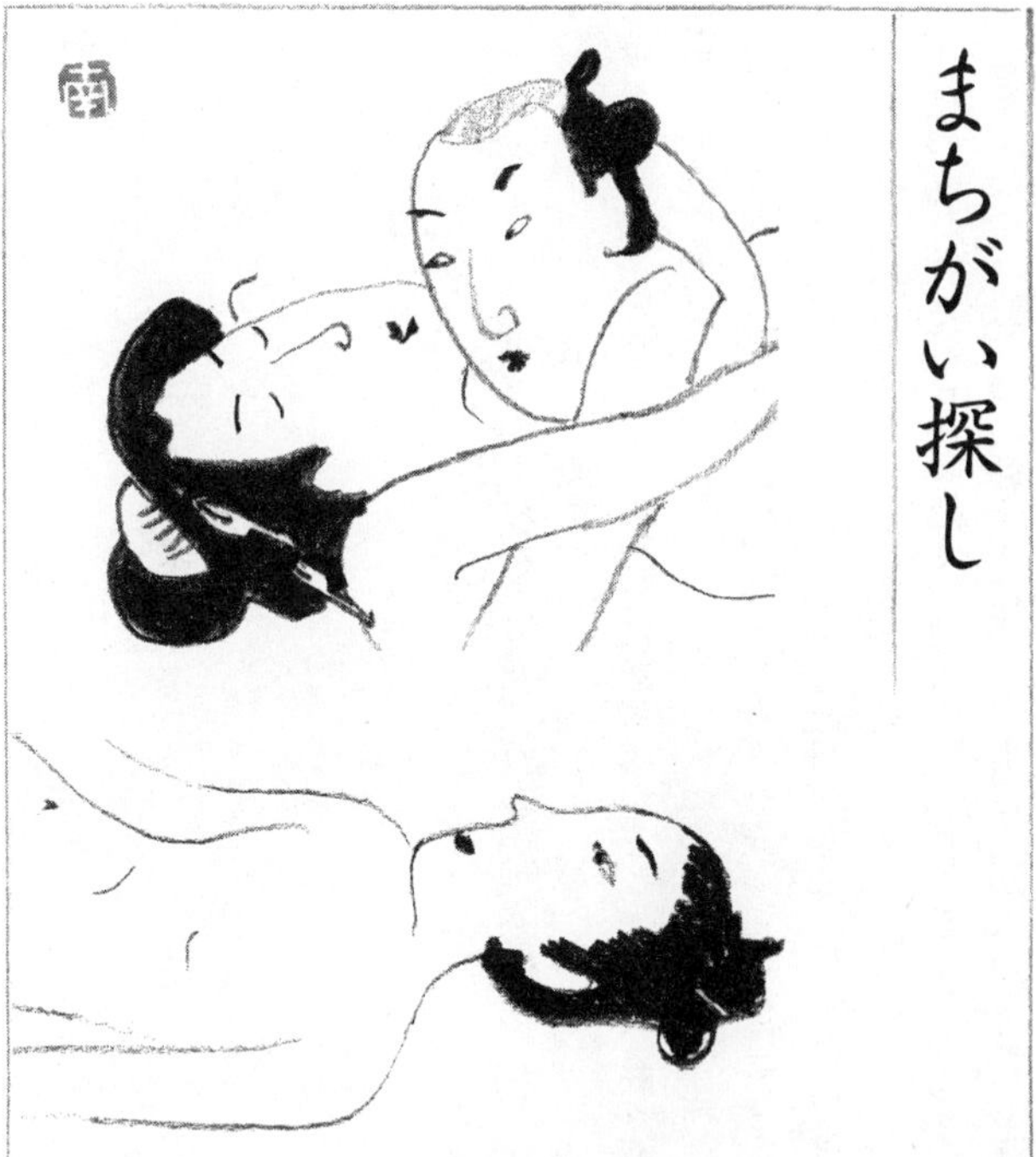

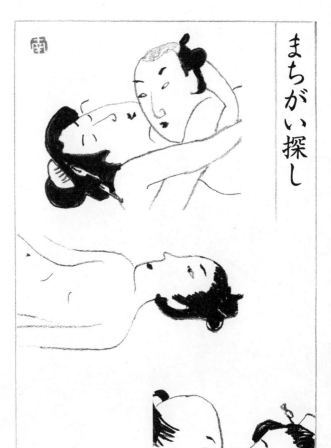

1

「麻之助《あさのすけ》さん、お前さんだけが頼りだ。うちの地本問屋《じほんとんや》を救っておくんなさい。このままだと、喜楽屋《きらくや》が潰れちまう」

町名主高橋《まちなぬしたかはし》家の玄関で、支配町にある店の主と手代が、麻之助を拝むように見てきた。跡取りの麻之助は今日、何故だか父親の代わりに、地本問屋の悩み事を聞いているのだ。

喜楽屋は、ぐっとくる枕絵、つまり春画を売っていることで高名な地本問屋で、色気大好きな男どもに好まれ、長く商いを続けている。

ところが、最近その商いに影が差した。

「枕絵の売れ行きが良かったんで、つい、気が大きくなっちまって」

喜楽屋は伸び盛りの絵師三人に頼み、男どもが大いに喜びそうな絵を十枚ずつ描かせ、まとめて出すことにしたのだ。

「若手絵師三人の、きわどい絵が沢山並ぶんだ。売れると思ったし、絵師も張り切って、良い絵を仕上げてくれたんだけどね」

ところが、だ。余りにも力作が多かったからか、その一連の枕絵は、売ることができなくなってしまったのだ。訳は察しが付き、麻之助は玄関で深く頷《うなず》いた。

「絵を売るには、決まり事がありますものねえ。商い物にする前に、肝煎《きもいり》名主さんに見せて、売る許しを得ねばなりません」

つまり、あまり思い切った絵柄の枕絵だと……世に広めるには難ありとされて、肝煎名主にそっぽを向かれるわけだ。喜楽屋は頷き、酷《ひど》いことになったとこぼした。

「うちはとうに絵師さん達へ、結構な金を払ってる。彫り師にも摺師《すりし》にも、仕事を空けてもらってる。紙も注文済みだ。なのに肝心の絵を、売ることができなくなったときた」

「旦那様、だから枕絵をまとめて出すのは、拙《まず》いと止めましたのに。ああ、奉公先が危ういなんて」

手代の熊助《くますけ》が泣きそうな顔になっている。しかし麻之助は、首を横に振った。

「でもねえ、この相談事、何とかするのは無理ですよ。肝煎名主さんが決めたことを、ひっくり返すことなど、私にはできません」

すると。喜楽屋はここで大きく、手を横に振ったのだ。

「いやいや麻之助さん、今日の頼み事は、肝煎名主さんのことじゃないんだ」

「へっ？　じゃあ今の話は何なんです？」

熊助が、顔を顰《しか》めた。

「今言いましたように、旦那様は追い詰められてるんです。あげく、また妙なことを思いつきまして。それで困ってるんです」

喜楽屋は麻之助の側へにじり寄ると、肝心の用件を話し出した。

「実はね、枕絵が出せなくなったころ、若い男が、喜楽屋へ絵の売り込みに来たんだよ」

どこかの絵師の、弟子ではないと言っていた。なのにいきなり地本問屋から、仕事を得ようとしたのだ。たまにあることだと喜楽屋は言った。

「まあ持ち込まれる絵というのは、大抵、金になる代物じゃないんだけど」

そもそも師匠に付いていない者の絵は、やはり鍛錬不足が透《す》けて見えるという。おまけに描き手が売りものになる絵かどうかという肝心要な点を、考えていないことも多い。

「地本問屋がいけると思った絵師でも、売れなかったってことは、ままあるんだ。ただね、こりゃ駄目だと思った絵師が売れたことは、喜楽屋じゃ、一度もない」

だから良き絵師との出会いは、地本問屋にとって宝なのだそうだ。そして。

「魂消《たまげ》たよぉ。その時、持ち込まれた絵には、色気があったんだ。うん、一目で気に入った。あの絵師の絵は売れる！」

本当に困っていた時、喜楽屋は良き絵師と巡り会えたのだ。神仏の恵だと、喜楽屋は直《す》ぐ、他の絵も見せて欲しいと男へ言った。

「ところが、だ！」

思いもかけない返事が返ってきたのだ。

「何故だか、他に絵はないって言うんだよ」

「えっ、そのお人は地本問屋に、絵を売り込みにきたんですよね？　なのに、どうして絵がないんでしょう？」

熊助が、横から事情を話す。

「その御仁、絵師になることを、親に反対されているんだとか。だから絵を描いても、取ってはおけないと言ったんです」

そんなわけだから、男は名乗れない。家へ来られるのも困ると言い出した。

「やれ、よっぽどご大層な家の、跡取り息子なのかしらん」

麻之助の言葉に、喜楽屋は顔を顰める。

「いや、そんな見てくれじゃなかったけどねえ。麻之助さん、お前さんの方がよっぽど、見栄えの良い身なりをしてるよ」

「そうです、旦那様。ありゃ行商人だと言ってもおかしくないような、なりでした」

「おんやま」

町名主の跡取り息子に負ける程だと、大店《おおだな》の息子ではなさそうだ。しかも。

「それでも絵師になりたいのか問うたら、頷いたんでね。じゃあ墨の絵でいいから、この場で描いてくれと頼んだんだ」

ところが、熊助が絵を描く用意をし、一旦筆を手にしたというのに、何故だか男はいつの間にか、店から帰ってしまったのだ。

「信じられないよ。わざわざ絵を持ち込んできたのに。何で帰っちゃうんだい？」

だがその出来事が、夢、幻ではない証《あかし》に、主が見ていた絵は手の中に残った。

「あれま、それこそ黄表紙の、物語のような話ですね」

何だかわくわくしますねと言い、麻之助は喜楽屋へ頼み事をしてみた。

「続きが気になるじゃありませんか。喜楽屋さん、その絵師さんが見つかって、事情が分かったら、後で教えてくれませんか」

もしその絵師の一枚絵が売り出されたら、自分も買わせてもらうと言ったところ、喜楽屋は大きく頷いた。

「もちろん、そのつもりだよ。つまり麻之助さん、お前さんにその絵師を、捜してもらおうと思っているんだから」

それが喜楽屋の頼み事なのだ。
「は？」
「いの一番に言ったろう。麻之助さんだけが頼りだ。うちの地本問屋を救ってくれっ
て」
麻之助は三つ数え、大きく息を吐いてから口を開いた。
「あの、それは町内の困りごとじゃないですよね。喜楽屋の金儲けの、片棒担ぎです」
つまり枕絵を描かせたい絵師を捜すのは、町名主の仕事ではない。麻之助が珍しくも
きっぱり否と言うと、喜楽屋は更に側へにじり寄ってきた。
「あのね、喜楽屋が続くかどうかは、この町の大事だと思うんだよ。だから麻之助さん、
力を貸しておくれよ」
「喜楽屋さん、顔の広い人にでも頼んで、捜してもらって下さいな」
「とっくに、あちこちに頼んだよ。でも、だれも捜し当ててくれないんだ」
他の地本問屋に問うたし、絵の具を売っている店にも聞いた。絵を描いている若者の
話を、髪結いで拾ってもらった。しかし絵描きになることを、親に反対されている若者
のことを、誰も知らなかったのだ。
「不思議ですね。どうしてだろ」
ここで熊助が、口元を歪める。

「あの一枚絵、持ち込んできたお兄さんが、描いたものだったのかなぁ。他の絵が無いのは、拾ったものだからかも知れませんよ」

するると、喜楽屋が手代に問う。

「じゃあ、どこで絵を拾ったと言うんだい？　そもそも誰が描いた絵なんだい？」

「旦那様、例えば手前とか」

自分は喜楽屋も承知のように、元々、絵師の内弟子であったと熊助は言い出した。すると喜楽屋は眉尻を下げ、手代を見る。

「そうだったね。そしてお前は師匠に、絵に見込みがないときっぱり言われて、うちへ奉公にきたんだよね」

絵が、分かりやすいほど下手で良かったと、喜楽屋は言った。それで熊助は地本問屋で、早めにやり直しが出来たのだ。

「つまりあの絵は、お前さんが描いたもんじゃないよ」

「旦那様、その言い方は酷いですよ」

未だに絵に未練があるのか、熊助がふくれている間に、喜楽屋は麻之助へもう一度頼んできた。しかし、それでも諾と返さないでいたら、店主は手代のように頬を膨らませ、とんでもないことを言い出した。

「うちが絵師を見つけられず、潰れたら、麻之助さんのせいだからね。喜楽屋のお馴染みさん達から、多分恨まれるな」

何しろ喜楽屋の枕絵は、長く一帯の野郎どもから、ありがたがられてきたのだ。

「それに枕絵を作っている職人達や、絵師達からも、文句を言われるよ」

地本問屋の安泰は、関わっている職人達にとって大問題であった。その上だ。

「ああそうだ。店が無くなったら、毎年気前よく出してる祭りの為の寄進も、なくなるからね」

「旦那様、強引ですねえ」

熊助が呆れた途端、横手の襖がさっと開き、忙しいからと座にいなかった宗右衛門《そうえもん》が、顔を見せてくる。そして町名主は跡取り息子に、人捜しをするよう促してきたのだ。

喜楽屋が、満面の笑みを浮かべた。

「やってくれるのかい。ああ助かった」

今度は麻之助がふくれ面になって、父親を見る。

「おとっつぁん、私の代わりに返事をしちゃ、駄目ですってば」

だが宗右衛門は謝りもせず、正面から息子に問うてきた。

「麻之助、お前が断るっていうんなら、私には止められないよ。麻之助は上手に、逃げちまうだろうからね」

ただ。

「もし喜楽屋さんの寄進が消えたら、次から麻之助が己の才覚で、その分を集めるんだよ」

「ありゃりゃ」

今、人捜しで苦労するのと、後々金で苦労するのと、どちらがいいか。親からそう聞かれて、麻之助は玄関の隅で肩を落とした。

「……分かりました。人捜し頑張ります」

喜楽屋が両の手を、天へ突き上げたのを見つつ、麻之助は渋々、懐から矢立《やたて》と紙を取り出した。そして喜楽屋へまず、絵師の姿形を描きたいから、見てくれを話して欲しいと言ったのだ。それから、地本問屋に残ったという絵も見なければならない。

「その二つを頼りに、捜すとします」

ところがしばしの後、麻之助は頭を抱えてしまった。絵師を知る喜楽屋と熊助の話は、全く頼りにならなかったのだ。

「絵師だけど、背は高からず低からず。歳は、十代の終わりから三十の半ばくらいだった。太ってても痩せてもいなかったかな」

「ううむ、喜楽屋さん、分かりにくいですね。じゃあ熊助さんに聞きましょうか」

「絵師は、目立たない男でした。低くも高くもない鼻で、大きくも小さくもない目と口でした」

細縞で灰色の着物を着て、地味な帯を締めていたと、主従の言葉が揃う。麻之助は途中で、似顔絵を描くことを諦めた。

「おとっつぁん、確かなのは、武家じゃないってことくらいですかね」

「こりゃ、今まで見つからなかったはずだ」

横で聞いていた宗右衛門も、眉尻を下げている。麻之助はそれではと、絵師が喜楽屋に残していった一枚絵を見せてもらった。

日々、沢山の絵を見ている喜楽屋が、店を建て直せると見込んだ、特別な一枚であった。きっと美人画だろうが、絵のおなごの名が分かれば、そこから絵師を捜せるかもしれない。喜楽屋が懐から、大事そうに一枚絵を出した。

だが……絵を見たとたん、麻之助だけでなく、宗右衛門までが顔を引きつらせる。

「あの喜楽屋さん、この絵師の絵で、本当に喜楽屋が立ち直るんですか？」

「ええ、私が惚れた絵です。見て下さいな。口元にある黒子《ほくろ》が、色っぽいでしょう？」

「そうかも知れませんが……上手い絵だとも思いますが」

だが、しかし。麻之助は宗右衛門と一瞬、目を見交わしてから言った。

「これ、金魚の絵じゃありませんか！」

何でこの絵を見て、色気で売る枕絵を、描かせようと思いたったのか。麻之助には何としても、そこが分からなかった。

しかし喜楽屋は、満足げな顔で金魚の絵を見つめている。

「ぐっとくるでしょう。うん、いい絵だ。こういう描き手なら、きっとおなごも良いのが描けるはずです」

「喜楽屋さん……もしかしたら、人を描くのは苦手ってことも有り得ますが」

「麻之助さん、地本問屋が絵師を見極める目を、馬鹿にしちゃいけませんよ」

怖い顔を向けられて、麻之助は慌てて謝った。しかし、問題は残ったのだ。

「金魚の横顔を頼りに、絵師を捜せますかね」

何で、かくも妙な人捜しをすることになったのか、麻之助にはさっぱり分からなかった。

2

「平々凡々な見てくれの絵師を、金魚の絵一枚で、どうやって捜し出そうか」

喜楽屋が帰った後、麻之助は玄関で十数える間考えてみた。直ぐに、答えは出る。

「分からん。一人で捜すのは無理だね」

そう断じると、己より周りの信頼が厚い面々に、助けてもらおうと思いたった。

「こういう時こそ、日頃の付き合いが物をいうってもんだよ」

ところが！　町名主と、同心見習いの悪友二人は、預かった金魚の絵を見せ、事情を話した途端、日々の勤めが忙しいと言って逃げてしまった。

仕方なく吉五郎《きちごろう》の義父、同心の小十郎《こじゅうろう》を頼ることも考えたが、枕絵のことで奉行所の仕事を邪魔したら、拳固《げんこ》を食らうだけだ。早々に諦めた。

実は高橋家の猫ふにと、八木《やぎ》家のみけにも、絵の金魚を見せ、狙ったことがないか真面目に問うてみた。だが二匹とも、みゃあーとしか返してくれなかった。

「やれ困った。丸三《まるさん》さんのところに行こうか？　でも、連れ合いに馬鹿な仕事をさせるなって、お虎《とら》さんからお盆で叩かれそうだね」

大倉屋《おおくらや》や大貞《おおさだ》に話を回した場合、笑われたあげく、自分で頑張れと言われるに違いない。あの二人は、手強い大人なのだ。

「さぁて、どうしよう」

もう一度預かった絵を見直してみた。真横からと、正面から描いた金魚の絵は達者だ。でもやはり、この絵を見て枕絵を描かせようと思い立った喜楽屋は、変わり者だと思う。

「金魚の絵じゃ売れないのかしらん」

口の赤い金魚はかわいいのにと言って、麻之助は絵を畳み……ふと、紙をまた開いてみた。首を傾げ、また紙を見る。

「おや、これは存外、上等な紙なんだね」

金魚の絵は、少なくとも手習いをするような紙に、描き散らしたものではなかったのだ。

「私じゃ、こいつがどういう紙か分からない。でも、さ」

紙は日に焼けておらず、新しい。つまり、最近売られたものに違いないのだ。

「さて、扱ったのはどこの店だ？」

辺りを見渡すと、道のかなり先に紙屋の看板が見える。麻之助はまず、そこを目指し通りを歩み始めた。

神田から南へ、麻之助は幾つもの町を歩き回り、紙屋を巡っていった。

「うえーっ、ずっと歩いてると足にくるね」

だが、あきらめの悪さは報われた。くたびれつつ訪ねた六軒目、京橋の南にある紙屋で、ありがたい手代と行き会ったのだ。

餅は餅屋というか、紙一筋の奉公人は、麻之助が出した紙を見、更に触ると、これは己の店の品だと口にした。そして更に触り、日に透かした後、紙は越前の産で、二月《ふたつき》前に仕入れたものだと言い切ったのだ。

「この紙は質が良くて、絵に向いてます。材料の三椏《みつまた》を丁寧に扱っており、紙に要らぬごみが混じったりしていませんので」

絵の具が映えるので、錦絵にもよく使われると手代は言う。

「先に仕入れたものは、確か大方、ある摺師さんのところへ届けました」

役者絵を刷ったはずだと聞き、麻之助は紙屋の店表で眉根を寄せた。

「全部、錦絵になったんでしょうか？」

ならばこの金魚が描かれている紙は、別の店が売ったものなのだろうか。だが手代は、ちょいと考えてから、首を横に振った。

「確か摺師さんへ注文の分を渡した後、幾らか残りが出ました。それで……ええ、ある書画会へ届けました。金魚を描いた紙は、そちらへ行った分なのでしょう」

書画会では即興で絵を描く、席画が行われることがある。麻之助は大きく頷いた。

「となると、この絵を描いたのは、書画会に出ていた人かもしれないですね。良いことを伺った。これで絵師に会えるかも」

さすがは紙屋の手代だ、素晴らしく紙を承知していると、麻之助は奉公人を褒めちぎった。それから、ちょいと嬉しげな手代へ、町名主の跡取り息子だと名乗り、書画会の名や、会を開いた場所を問うたのだ。

「会名は〝明《あけ》の星〟ですか。へえ、大店の旦那などが、集ってる会なんですね。それで場所は……おやその料理屋、知ってますよ」

麻之助は目を見開く。

「なんと、花梅屋《はなうめや》さんに行き着くとは驚いた」

同心小十郎の伯母、お浜《はま》の嫁ぎ先であった。

「お浜さんなら、話も聞きやすいね。うん、助かった」

また手代を褒めあげ、礼を言ってから表へ出ると、麻之助の目が、近くの堀川に浮かぶ小舟に、すいと引き寄せられる。紙屋を沢山巡ったので、くたびれていた。

「あの小舟に出会えたのは、神仏のご加護かも。舟で行けば今日中に、ことを片付けられるかもしれないもの。乗った方がいいよね」

船賃を散財する言いわけは直ぐに思い浮かび、船着き場の船頭に声をかける。日本橋の北にある料理屋の名を告げ、舟に落ち着けば、風がさわりと顔を撫でた。歩き疲れた麻之助は早々に、良い気持ちで舟を漕ぎ始める。そして。

「兄さん、そろそろ花梅屋さんの近くへ来たよ」

心地よい時はあっという間に過ぎてしまったのだ。船頭が船着き場へ舟を寄せたとき、麻之助が花梅屋の方を見ると、門前に若い娘の後ろ姿が見えた。

「おや、お雪《ゆき》ちゃんかな。久しぶりだねえ。お浜さんを訪ねるところなんだ。ご在宅かな」

舟の内から手を振ったが、返事がない。

「はて……どうしたんだろう」

麻之助が首を傾げた時、娘は一人ではないと気がついた。男が側にいて、二人は何やら揉めていたのだ。男はじき、娘を置いたまま花梅屋を離れた。すると娘が船着き場の方へ向いたので、麻之助はやっと己の間違いに気がついた。

「ありゃ、お雪ちゃんじゃなかったのか」

ここで麻之助は、更に驚くことになった。娘は突然下駄を脱ぐと、川沿いをゆく男へ思い切り投げつけたのだ。

「わっ」

麻之助が魂消た声を出したとき、下駄は男を大きく外れ、そのまま川へと飛んで来た。そして、かこーんと軽い音を立て、見事に麻之助の額で跳ねたのだ。下駄一つで吹っ飛びはしなかったものの、目の前に火花が散った気がして、思わずよろけた。

すると何故だか、頭の上にあったはずの空が、目の前に広がったのだ。ざぶんと音がして、己が舟から川に落ちたと分かる。

（あと少し遅く来ていたら、こうはならなかったんだろうな）

無精をし、余分な舟賃を使ってはいけなかったのだと知った。

3

ありがたいことに、麻之助は直ぐ船頭に助けられた。そして、ずぶ濡れの姿で花梅屋の台所へゆくと、下駄を投げた娘がお雪を呼んできてくれた。

「麻之助さん、大丈夫？」

お雪が直ぐ、乾いた着物を用意してくれたので、台所近くの一間で着替えほっとする。

「ああ、人心地がついた」

だがその時、今度は娘達の慌てた声が聞こえてきた。騒ぎがお浜へ伝わったようで、ぴしりとした声が離れに響いたのだ。

「お浜さんのああいう声、血縁の小十郎様と似て、なんか怖いよね」

濡れたものを奉公人へ頼んだ後、お浜が麻之助を部屋へ呼び、茶と、綺麗な上菓子を振る舞ってくれた。そして麻之助からも話を聞き、頷いたのち、先刻の娘に下駄を飛ばした事情を語らせたのだ。

当人が話し、謝るのが筋なのだそうだ。

「麻之助さん、先程はとんでもない目に遭わせてしまい、申し訳ありませんでした」

先程下駄を投げたとは思えない程、大人しそうな娘に見えた。

「わたしは笹川屋《ささがわや》という呉服太物所の娘で、花梅屋とは遠縁にあたる、お珠《たま》と申します。お雪ちゃんとは同じ師匠にお針を習っていて、お友達なんです」

そしてお珠は今、その縁を頼って、花梅屋に厄介になっていた。表向きは、武家出のお浜から行儀作法を習う為、花梅屋にいることになっていたが、正直に言えば、親から逃げてきているのだという。

「おや、そりゃ大変」

「両親は、わたしを武家奉公に出したがっているんです」

麻之助は頷いた。

「笹川屋さんは、お珠さんに箔《はく》を付けたいんですね」

大店の娘が嫁入り前、大名や大旗本へ行儀見習いの奉公に出ることは、よくあるのだ。奉公が終われば、良縁が舞い込むと言われるし、華やかなお屋敷での暮らしに、あこがれる娘達は多い。

「でもわたしは、行きたくありません」

お珠は、知らない所へ行くのが苦手だという。お雪達、友とも離れたくなかった。

「けれど親は、武家奉公が一番だと引かなくて」

思いあまってお雪へ話をし、お浜に間に入ってもらい、こうして一時、花梅屋に逃げてきているのだ。料理屋へ来たことで、お珠の悩みは終わると思っていた。ところが。

「おとっつぁんときたら、わたしの様子を見に、まめに使いを寄こすようになって」

今日来た竹五郎《たけごろう》は通い番頭の息子で、町を歩く貸本屋をしているためか、笹川屋から頼まれてよく来る。親の心配は分かるが、使いが来るたびに武家奉公の話が出るので、お珠は泣きそうになるのだ。

「しかも今日、竹五郎さんときたら、親からわたしの持ち物を、持ちかえれと言われたみたいで」

娘がなかなか帰ってこないので、じれた親が、毎日のことを書いた娘の日記を、見たがったらしい。

「だけどわたし、親に読まれたくありません。竹五郎さんが持って帰ったことに気がついて、取り返そうとしたんです」

そのいざこざに、麻之助は巻き込まれたわけだ。麻之助が川へ落ちたことに驚いた為か、竹五郎は見つからなかったことにすると言い、日記を返してくれたという。麻之助は頷いた。

「ああ、そういえば舟へ引き上げてもらったとき、謝っている言葉が聞こえました。おや、知り合いだったのかと思いましたよ」

ただ、男の言葉は何か不思議で、麻之助には訳が分からなかった。それで気になり、覚えていたのだ。

「確か男の人が、このままじゃ駄目だと言ってましたっけ。待っても、勝手を許しちゃもらえねえと」

その上、お嬢さんは、じきにおれが助けてやる。期待していろというのも聞いた。

「竹五郎さんは幼なじみなんで、わたしを心配してくれているんです。ですが」

だからといって、若い竹五郎が親を説得出来ると、お珠には思えなかった。お珠の荷物を持ち出すことすら、断れない竹五郎なのだ。

「そんな訳で、今日は迷惑に巻き込んでしまいました。本当に申し訳ありませんでした」

お珠が深く頭を下げ、話が一段落する。麻之助が改めてお珠へ挨拶をし、軽い世間話が始まると、座にほっとしたものが流れた。お浜は話しつつ首を傾げる。

「それにしても笹川屋さんは、何であんなに、お珠さんの武家奉公にこだわるのかしら」

余り頑固なので、実はどこぞのお武家から、縁談でも来ているのかと、お浜は聞いてみたことがあるという。しかし笹川屋は、そんな話はないとはっきり言ったらしい。

「でも笹川屋さんの態度は、何かが奥歯に挟まってるみたいで、すっきりしないの。嫌いなのよねえ、こういう半端は」

「お浜さんが、そう感じているんです。何か訳が、あるかもしれないですね」

麻之助が調子を合わせると、ここでお浜が急に目を光らせた。そして突然、笹川屋が頑固になっている事情を、麻之助が調べてくれないかと言い出したのだ。麻之助は慌てて、今は厄介な件を抱えているから駄目だと口にする。

「それにお珠さんですが、武家奉公がどうしても嫌なら、奥の手が使えますよ。早めに許婚《いいなずけ》を決めれば、ことは収まります」

「えっ、その為に許婚を決めるんですか？」

「今回の件がなくても、そろそろ縁談が、来るお歳かと思いますが」

「それは……まあ」

納得のいく相手さえ見つかれば、親は武家奉公のことなど忘れて、喜ぶに違いない。目を見開くお珠の向かいで、お浜がそれは良い手だと頷いた。

「でも孫のお雪がいるから、うちからはまだ、話をもっていけないわね。孫の縁談もまとまってないのに、お珠さんの縁を探してたら、息子や嫁の目が厳しくなるわ」

ここでふと、お浜は麻之助を見てくる。

「それとも麻之助さんがお雪を、直ぐにもらってくれる？」

「えっ、お雪ちゃん、こちらの方に嫁ぐの？」

「はは、お雪ちゃんに断られますよ」

麻之助とお雪は一緒に笑いだしたが、ここで二人の笑みが引っ込んだ。その時突然、襖の外から声がかかり、何故だかお雪の両の親が現れたからだ。

「まあ、おとっつぁん。料理屋の客間でお客様と、話してたんじゃなかったの？」

「もちろん商いには励んでるよ。でもね、お雪。こちらにもお客様がおいでになったんだ。ご挨拶をしなきゃね」

花梅屋の夫婦は、濡れた麻之助の着物を、外で乾かしていると告げた後、目を明るく輝かせ、あれこれ話を始めた。

「麻之助さん、お雪からお噂は耳にしております。父上の宗右衛門さんは神田の町名主で、麻之助さんは跡取りだそうですね。うん、町役人というのはいいですねぇ」

堅い仕事だし、高橋家の支配町は八つもあるから、暮らしには困らない。花梅屋が深く頷くと、横からおかみが言葉を足した。

「でも前に、おかみさんを亡くしたとか。お前さん、死に別れっていうのは心残りがある分、後が難しくなるって言いますよ」

花梅屋のおかみは、何故だか心配げな顔を、麻之助へ向けてくる。

「あ、あの。何でそんなことを……」

「確かに。おまけにねえ、こちらの評判は随分と軽くて。まあ支配町の皆は、あれこれ文句は言うものの、最後は笑ってるけどね」

「なんと、私のことを、支配町で聞いてまわったんですか？」

見合い前の、値踏みでもしているみたいな態度に不穏なものを感じ、思わずお雪へ目をやると、唇を引き結んで親を見ている。麻之助は大急ぎで、話を変えることにした。

「そうそう、今日はこちらへ、大事な話を聞きに来たんでした。その、私は今、ある絵師を捜しているんです」

そして、お浜に確かめたいことができたので、麻之助は花梅屋へ来たのだ。

「ですがその、他言出来ない話もありまして」

「あらじゃあ、ここにいては拙いですね」

お雪とお珠が大きく頷き席を立つと、花梅屋の夫婦が渋々後に続く。お雪は襖を閉めるとき、笑い出しそうな顔で、ちろりと舌を出してから消えた。

「ああ、やれやれ。それでその、お浜さん」

麻之助は何とか鹿爪《しかつめ》らしい顔を作ると、懐から例の絵を出し、この金魚を描いた絵師を知りませんかと言葉を添える。ありがたいことに、包んだ上、紙入れに入れておいた絵は、水に落ちても無事であった。お浜は、本当に相談事があったのねと笑い出した。

「あら、綺麗な金魚ね」

絵の金魚は、ころりとした形の蘭鋳《らんちゅう》だ。麻之助は頷き、知り合いの地本問屋、喜楽屋からの相談事を口にする。

「あら絵じゃなく、紙を手がかりにして、花梅屋まで来たとは面白いわ。つまり麻之助さんは、うちの書画会に来たどなたかが、この絵を描いたと思ってるのね」

しかしと言い、お浜は眉根を寄せる。

「先日の書画会の時、金魚など描いた方、いたかしら。覚えがないわね」

「えっ、絵はお題でも決まってたんですか」

「いいえ。でもあの会でお客様が描いたのは、墨絵ばかりだった気がするの」

対して目の前の金魚は、綺麗な色の絵の具で描かれている。つまり。

「この金魚の絵、あの日の書画会で描かれたものじゃないわ。残念だけど花梅屋のお客に、お捜しの絵師さんはいないと思う」

「えーっ、でも、この紙は確かに、こちらで使われたものだと……」

麻之助が呆然としてしまうと、お浜が口の片端を引き上げた。そして紙は、上下や端が駄目になることが多いと言う。

「だから花梅屋で書画会をする時は、紙を多めに持ってきてもらうの。余ったので、誰かが持ち帰ったかもしれませんよ」

「ありゃあ、誰の手に渡ったか、分からないですね」

がっくりきて膝の上の絵に目を落とす。するとそんな麻之助を、まるで値踏みでもするかのような目で、お浜が見てきたのだ。

「あ、あの」

喜楽屋が頼み事をしてきた時の顔と、お浜の顔つきが似ている気がした。麻之助は訳も分からないまま、尻込みをした。

4

その後、花梅屋を辞した麻之助は、南へ向かった。

料理屋から神田へ帰るのなら、北へゆくところだが、お浜から話があり、足の向く先が反対の方へ変わったのだ。

「麻之助さん、金魚の絵師については手がかり無しだから、今日はもう家へ帰るだけでしょう？　ならその途中、お珠ちゃんの為に、聞いてきて欲しいことがあるの」

先程、堀川端で竹五郎が言ったという言葉を聞き、お浜は気になっているのだ。

「竹五郎さんはお珠さんに、このままじゃ駄目だ。待っても、勝手を許しちゃもらえねえとか、お嬢さんは、じきにおれが助けてやるから、期待していろとか言ったのよね？」

お浜は、麻之助の目を覗き込んでくる。

「でもあの竹五郎さん、笹川屋の奉公人ですらないの」

なのにどうやって、お浜が手を焼いている笹川屋から、お珠を助けるというのか。お浜は竹五郎の考えを、是非知りたいのだ。もちろん、麻之助にそんなことを探れと頼むのは、筋違いだとは分かっている。

「だけど、今回は難しい話じゃないから。竹五郎さん当人に会って、話を聞けばいいだけだもの」

だから笹川屋へ行って、番頭に竹五郎の居場所を教えてもらい、事情を摑《つか》んできて欲しいと言う。

「その代わり、書画会から余った紙を持ち帰ったお客がいないか、確かめてあげる。後で、お互いの話を取り替えましょ」

「それは……断れませんね」

よって麻之助は、ほてほてと大通りを南へ向かった。花梅屋から帰る時、京橋は八丁堀からも遠くないと思いつき、先程食べた綺麗な上菓子を分けてもらった。

「帰りに相馬《そうま》家へ届けよう。吉五郎もその頃には戻っているだろうし」

悪友にして幼なじみの友は、義父の娘一葉《いちは》と許婚の間柄であったが、最近かみ合っていない。一葉が他の若者を慕い、振られてしまったのだ。一葉にとって共に暮らす吉五郎は、兄のようなものだったに違いない。ただ、一葉も好いた相手とは結ばれなかった。

（あの後、吉五郎も一葉さんも、誰と縁を結ぶのか分からなくなってしまったよね）

おまけに石頭の吉五郎は、気を落としている一葉を、うまく慰められずにいた。麻之助は歩きつつ、眉尻を下げる。

（まぁ、あの石頭に、そんな芸をしろと言ったって、無理だろうけど）

だから友である麻之助と清十郎《せいじゅうろう》は、時々一葉が喜びそうな菓子を買って、そっと吉五郎へ渡しているのだ。馬鹿正直に、友からもらった菓子だなどとは言わず、土産だと言って一葉へ渡せと、毎回伝えている。

ただ。

（吉五郎はこの後、一葉さんを嫁にと、もう一度考えるだろうか）

義父の小十郎は、吉五郎を跡取りにすると断言した。つまり一葉を嫁にしなくとも、良いことになったのだ。

しかし、そうは言っても。

（一葉さんは一緒に暮らしているんだ。他家の娘さんを、相馬家へ入れるのも妙だよな。やれやれ、いずこも大変）

ため息がこぼれたとき、真っ直ぐな大通りの向こうに、呉服太物所、笹川屋という看板が見えてくる。越後屋ほど大きくはないにせよ、立派な構えの店であった。

（裕福そうだ。お浜さんじゃないけど、娘を武家奉公に出さなくても、大丈夫だろうに）

首を傾げたとき、麻之助は不意に、近くの小道へ顔を向けた。

「喧嘩だ」

そういう声が幾つもして、大店の裏手から、野次馬達のはやし立てる声が聞こえてきたのだ。その時驚いたことに、〝熊助〟という名が、麻之助の耳に届いた。

「おや。神田にある喜楽屋の手代熊助さんが、こんな南にいるのかね。いや、まさかね。多分同じ名の、人違いだろう」

それでも喧嘩が気になり、道を逸れ、野次馬が集っている方へ行ってみる。すると麻之助は、口をぽかんと開けてしまった。

「おやま。あそこに居るのは、本当に喜楽屋の熊助さんじゃないか」

長屋脇の井戸端に、大勢の男どもが集まり、地本問屋の手代、熊助を取り囲んでいたのだ。もちろん喧嘩中の熊助は、一人ではなかった。驚いたことに、麻之助のよく知る男と対峙していたのだ。

「何と、住まいを確かめる前に、捜しにきた竹五郎さんを見つけちゃったみたいだ」

そういえばこの辺りは、お珠の家、笹川屋に近い。竹五郎の父親は通い番頭だから、近くの長屋に住み、息子も側で暮らしているのだろう。

「それはいいけど、なんで縁も無さそうなこの二人が、睨み合ってるんだ？」

嫌な虫の知らせを感じ、顔を顰めた麻之助は、周りの男どもに訳を問うてみた。だが曲がりなりにも野次馬として、二人をはやし立てているというのに、確かな事情を知っている者がいない。

「やれ、根性の入ってない野次馬達だ」

こうなったらお浜から言われた通り、当人に聞くしかない。麻之助は人をかき分け、睨み合う二人の間に出ると、ひらひら手を振ってみた。すると、いきなり知った顔が現れたからか、双方が黙ったので、その間にさっさと喋りだす。

「ああ熊助さん、先日はお疲れ様でした」

喧嘩中に邪魔して済みませんと明るく言うと、喜楽屋の手代は戸惑った顔で、挨拶を返してくる。次に麻之助は、竹五郎にも笑みを向けた。

「竹五郎さん、今日花梅屋近くで、川へ落ちた麻之助です。覚えておいでですか」

竹五郎の話は、あの後お珠から聞いたと、麻之助は愛想良く口にした。竹五郎の顔が、少し赤くなったように思えた。

一瞬、お珠のことを何と思っているか聞きたくなったが、ここでおなごの名を出せば、辺りがまた騒がしくなって話が逸れる。急ぎ頭を振ると、麻之助は一番知りたいことを正面から聞いてみた。

「で、お二人はなんで、喧嘩をしてるんですか？」

すると一旦途切れていた怒りが、再び長屋脇の狭い場に満ちる。驚いたことに、互いへぶつけた言葉は、ほぼ同じものであった。

「この熊助という手代が、嘘をついたからですよ」

「竹五郎という貸本屋は、嘘つきなんです」

「えーと、何について、どんな嘘をついたって言うんですかね？」

二人は、どう考えても親しくないのに、よく相手が嘘つきだと分かったものだ。麻之助がそう言うと、熊助が口元を歪める。

「麻之助さん、ここにいる竹五郎さんが、うちに絵を売り込みに来た、例の絵師なんですよ。金魚の絵を持ち込んできた男です」

「えっ、竹五郎さんが、消えた絵師ですって？」

この話には魂消、麻之助は目を見開く。熊助は不機嫌な顔で語り続けた。

「ただ金魚の絵を描いた、当人じゃありません」

それは確かであった。何故なら。

「わたしが金魚の絵を描いた、本人なんです！」

熊助は己の絵を、竹五郎が勝手に喜楽屋へ、持ち込んだのだと言い立てた。

「へっ？」

思わぬ話を耳にし、麻之助は寸の間、声を失ってしまった。

5

「はぁ？　この熊野郎、嘘を言うな。金魚の絵は、この竹五郎のもんだ！」

竹五郎は両の眉を吊り上げ、熊助は全く関係ないと言い切った。

「ちょいと竹五郎さん、落ち着いて。あんたの話も、後で聞きますから」

麻之助の言葉に、周りの野次馬達も頷いたものだから、熊助の話が続く。

「麻之助さんは承知ですよね。わたしは以前、ある絵師の元で弟子をしてました」

絵に見込みがないと言われ、絵師と縁のあった地本問屋へ奉公に出た。しかし熊助はその後も、こっそり絵を描き続けていたのだ。

「止めろと言われていたので、描いた絵を、奉公先の喜楽屋に溜めておけません。泣く泣く反故《ほご》に出してました」

するとその絵の一枚を、先日竹五郎が喜楽屋へ、持ち込んできたのだ。どこで見つけたのかと驚いたが、主に、自分が描いたものだとは言っても、信じてもらえなかった。描いてはいけない絵だったからだ。

ここで熊助が、竹五郎の顔を見る。

「このお人は、自分で絵を描いたことなど、ないんじゃないかな」

それは竹五郎が喜楽屋へ来たとき、直ぐに分かったという。

「主が竹五郎さんに、店で何か絵を描いて欲しいと頼んだんです。一旦、筆を手にしたものの、その持ち方すら妙でした。結局描かずに店から消えましたよ」

しかし喜楽屋は、自分で絵を描いたことがないから、そこが分からない。主は今も金魚の絵師を探しているので、熊助はもう自分の絵を使わせない気で、あの時の男を捜した。ただ、奉公人は勝手に外出ができないので、喜楽屋と縁のある貸本屋達へ、金魚を描く男を捜してもらったのだ。そうしたところ。

「同じ貸本屋に、目立たない見てくれで、絵が好きな竹五郎という男がいると教えてもらいました。それで今日、確かめに来たんです」

会うとその貸本屋こそ、絵を持ち込んだ男だった。熊助が竹五郎の嘘を言い立て、もう喜楽屋へ近づくなと言ったところ、喧嘩になった。

「そこへ野次馬と、麻之助さんが来たんですよ」

熊助は、そう話をくくったのだ。

すると、もう我慢出来ないとでも言うように、今度は竹五郎が話し出す。

「麻之助さん、この熊助って手代こそ、とんだ嘘つきです。こいつ、おれの代わりに、己が絵師になりたいと思ってるんですよ！」

「おや」

「嘘じゃありません。この熊助さんが以前、絵師の弟子だったのは本当らしい。先日おれが持ち込んだ絵とそっくりなものを描いて、今日、持ってきましたからね」

そして何と自分こそが、喜楽屋の主が捜している絵師だと言ったのだ。竹五郎は熊助を睨んだ。

「けど、そいつは違うね。お前さんが、あの絵を描いたはずはないんだ」

もし熊助が、あの金魚を描いた絵師だというのなら、竹五郎に構う必要などない。地本問屋が欲しがる一枚をさっさと描いて、主に見せたらいい。

「喜楽屋さんは喜んで、お前さんに仕事を頼むはずだ。そうだろ？」

主の許しを得れば、奉公と絵の掛け持ちだとて出来るだろう。

「いや、羨ましい話だ」

なのに熊助はわざわざ、金魚の絵を真似て描き、それを見せて、竹五郎を喜楽屋から追い払おうとしている。

「つまり、こいつこそ嘘つきなんですよ。己は絵師になりそこなった。だから誰かの絵が認められるのが、我慢ならないんでしょう」

双方の言い分を聞き、周りを囲んだ野次馬達がざわめく。

「おお、どっちも真っ当なことを、言ってるみたいに思えるぞ」

「両方、本当だってことは、あるのか？　ないよなぁ」

「どっちの味方をした方が、後で一杯おごってもらえるかね」

皆は気楽に楽しんでいるが、その中で一人、うんざりした者がいた。麻之助だ。

「参ったねえ。でも一つだけ、はっきりしてることがあるな。二人で一枚の絵を、描いたわけじゃなさそうだ」

「それは違います」

二人が揃って言ったので、ではどちらが正しいか、麻之助は白黒つけねばならなくなる。

「分からなかったぁって言ったら、喜楽屋さん、怒るかな」

「ええ、多分」

手代の熊助が頷き、麻之助は眉尻を下げた。

「さて、困った」

麻之助は試しに、熊助が描いたという金魚の絵を見せてもらい、持っていた竹五郎の絵と並べてみた。

「おお、どちらも上手い。似ているぞ」

野次馬達は声をあげたが、麻之助は首を傾げる。

「あれ、でも何か違うような」

写した絵ではないから、当たり前だとは思う。そもそも金魚の形が違う。だが、何かが頭に引っかかった。

「うーん、何が気になったんだろ」

麻之助は真剣な顔で、しばし黙って考え込んだ。本心、真実の答えを出したいと思っているのだ。

支配町内で繁盛している店を、潰したくない。そして出来たら、良い金魚の絵を描いた本物の絵師に、運を摑んでもらいたい。

しかし、何かが喉元まで出かかって来ているのに、今はそれが摑めず、もどかしい。

(情けないな。でも、焦って適当な答えを出しちゃ、駄目なんだろうな)

ならば。麻之助はひょいと首を横に向けた。

「お浜さんからの頼み事くらいは先に、聞いてしまおうか。ねえ竹五郎さん。前にお珠お嬢さんを、助けてやるって言ったでしょ。あれ、やっぱりお珠さんを、好いたらしいと思ってるってことですか?」

それで、ことを成す目処などついていないのに、格好付けた言葉をお珠へ言ったのではないか。麻之助が己の考えを問うと、竹五郎の顔が真っ赤になった。

「えっ、す、好いたらしいって、そのっ」

返事は言葉になっていなかったが、お浜にその様子を話せば納得してくれる気がした。

「ああ一つ、用件が減ったね。良かった。残ったのは、金魚の絵のことか」

ただこちらは、やはり直ぐには答えが見えない。

「参ったねえ」

このままではせっかくお浜から貰った上菓子を、八丁堀へ届けることが出来なくなりそうであった。

(美味しそうな上菓子なのに)

ため息と共に見ると、土産を包む竹皮の隙間から、ぷっくりとした白い菓子が覗いている。思わずにこりとして、つぶやいた。

「おや、まるで金魚の白いお腹みたいだ」

菓子に似ていたのは、熊助が描いた、赤いが鮒《ふな》のように細い金魚ではなく、丸っこい蘭鋳の方だ。

「そういえば二枚の絵は、違う金魚を描いていたよね。片方は口元が赤くて、黒子もあった。色っぽい金魚だったな」

麻之助はここでふと、また二枚の絵を見比べた。それから再び上菓子を見た。その後再び、金魚を正面から描いた絵を見つめる。

そして。

「あっ……」

「おや、何か分かったのかい?」

長屋脇に大勢の声が響く。麻之助はゆっくり横を向くと、熊助と竹五郎を見た。

「どちらが金魚を描いた絵師か、分かったんですか？　言って下さいな」

二人が強ばった顔で、麻之助を見てくる。野次馬達も、三人を声もなく見つめてきた。長屋の一帯が静まり、鳥さえも馬鹿な鳴き声を慎んでいるかのようであった。

そして！

麻之助はきっぱりと言ったのだ。

「三日後、高橋家の玄関に来ておくれな」

「はあっ？　麻之助さん、三日後って、どうしてです？　何で今じゃないのかな」

「まだ、答えが分からないからですよ。そうだ熊助さん。喜楽屋の旦那にも、来てくれるよう言っといて下さい。それと、うちに来る時、以前肝煎名主さんに駄目と言われた、例の枕絵を持ってきて欲しいんだ。お願いだよ」

「ちょいと兄さん、三日後に別の所で話すんじゃ、おれたちに答えが分からないぞ」

周りから不満げな声が湧く。しかし麻之助は胸を張ると、自分は町名主の息子だが、この町の者ではない。だから、この長屋の端で裁定などしないと、堂々と言い切った。

「うん、久々に、凄く真っ当なことを言ってる気がするな」

「おいおい、つまんねぇようっ」

周りから不満の声が高まる中、麻之助は熊助と竹五郎へ、喧嘩は一旦終わりだと言ってみた。

「焦らなくても、お二人には後日、高橋家で顔を合わせてもらうことになります」

喧嘩を続けたいのなら、三日後にというわけだ。二人は毒気をぬかれたのか、渋々頷いたので、麻之助はにこやかに頷いた。そして野次馬達を、もうおしまいと言って追い払ってから、己も早々に長屋から出てゆく。

ただし、八丁堀へは向かわなかった。

（三日かかるかは分からないけど、調べるのに時は必要だよね。まずは……そう、唐物《からもの》屋《や》か、廻船問屋を探そうか）

それと、一度肝煎名主の所へも行かなくてはならない。これでは当分、八丁堀へ向かう余裕が無くなりそうだが、仕方がない。麻之助は誠に残念ながら、上菓子を高橋家で頂く事にして、道を急いだ。

6

三日後のこと。

麻之助は高橋家の屋敷で、皆から心配げな眼差しを向けられていた。今日、いよいよ喜楽屋の悩み事を終わらせると言って、大勢を高橋家の玄関へ呼んでいたのだ。

「だって、そろそろ片を付けないと、また叱られそうだし。それにお珠さんの悩み事も、続いているみたいだから、心配でね」

「まあ、今日はお珠ちゃんも助けてくれるというの？　麻之助さん、大丈夫？」

顔を見せたお雪から心配げに問われて、麻之助は苦笑を浮かべると、玄関で皆と向き合った。すると喜楽屋がここで、大きな風呂敷包みを見せてくる。

「麻之助さん、何とか上手く、ことを片付けて下さいよ。今日は言われたように、例の枕絵を全部持ってきましたから」

麻之助は礼を言い、頑張りますと伝えた。

「麻之助さん、困ったら相談なさい。知恵なら貸しますよ」

お浜がそう言うと、横で清十郎が笑い、宗右衛門は眉間に皺を刻んでいる。他に、約束通り熊助と竹五郎が来た。竹五郎に使いを頼んだのは笹川屋だから、お珠とその両親も、町名主の屋敷に来てもらっていた。

麻之助は人が揃ったのを見ると、まずは玄関で皆に深く頭を下げる。そして今日、何を判断するか、ここで告げたのだ。

「ことの発端は、地本問屋喜楽屋さんの悩みでした」

金魚の絵が持ち込まれたが、描いた絵師が消えてしまった。捜して欲しいということであった。

「ところが後々、その金魚絵を描いたと名乗る者が、なんと二人も現れたんですよ」

喜楽屋が、麻之助を見てため息をつく。

「地本問屋としては、金魚を描いた絵師を、一人見つけてくれりゃあ良かったんだけど」

「二人も見つかったのは、私のせいじゃないんですよぅ」

麻之助が出あった時、その二人は既に、己こそが本物だと言い喧嘩をしていたのだ。

一人は喜楽屋の手代熊助、もう一人は笹川屋の番頭の息子で、貸本屋の竹五郎であった。

麻之助は今回揉めるに至った事情や、相手の疑わしい点を、皆へも簡潔に告げる。

「どちらの話が真っ当なのか、これから明らかにしたいと思います」

ただ枕絵が絡む話なので、今回の件は町名主の裁定として、きちんと書き記すことはしないと告げた。喜楽屋が頷き、宗右衛門もそれがいいと口にする。

「麻之助が揉め事を、また妙なものにしちまうかもしれないからね。答えを猫に聞いたとか、言いかねないよ」

「おとっつぁん、それはないですよ。絵に描かれた金魚を食べたことがなかったか、猫のふにに聞いたけど、答えてもらえませんでした」

「麻之助、本気で聞いたのかい？」

親子喧嘩になりそうだったので、お浜が咳払いをして止める。麻之助は大真面目な顔に戻ると、まずは二枚の絵を取り出した。

「右の絵が、竹五郎さんが先に地本問屋に持ち込んだ、金魚の絵です」

なるほど達者で綺麗な絵だと、皆が頷く。

「けど喜楽屋さん、その金魚を描いた人に、本当に枕絵を頼むんですか？」

「清十郎さん、こういう綺麗な絵だからいいんですよ。うちは出す気だった枕絵の連作を、町役人さんに止められて困ってるんです」

よって今度こそ、売ってもいい絵を作らねばならなかった。この金魚を描いた絵師の絵ならば、売り出せるにちがいないのだ。

「でもさすがに、名も無い絵師の金魚の絵では、大して売れません。だから頼みたいのは、枕絵ですけどね」

「まあ、そういうものでしょうねぇ」

清十郎が頷くと、横からお珠とお雪が、金魚の絵を食い入るように見ている。そのお珠を、両の親が見つめていた。

麻之助はここで、後で熊助が持ち出した、二枚目の金魚の絵を皆へ見せる。

「それで本物の絵師は、どっちかということですが」

麻之助は集めた皆をゆっくりと見た後、にやりと笑った。

「そういう話は、どうでも良いことかと思うんですよ」

「は？」

全員が、麻之助へ不審の目を向ける。しかし麻之助は平気な顔で続けた。

「だってそうでしょう？　喜楽屋さんが真実欲しいのは、店を建て直せるような、枕絵が描ける絵師だ」

一に、とにかく売れること。

二に、肝煎名主の了解をえられること。

この二つが、今回頼む絵師に必要な才であった。

「なら、どっちが金魚を描いた本物かなんて、大事な話じゃありません」

素人考えだとは分かっているが、金魚を上手く描ける絵師が、枕絵の名手とは限らないと、麻之助は今でも思うのだ。

「けれど絵師に必要な才が、このお二人にあるかどうか、見極めるのは簡単です。ここには喜楽屋さんがいる。そしてお珠さんとお雪さん、二人の綺麗な娘さんがいます」

だから、もう支度はしてあると言い、麻之助は高橋家の手代を呼ぶ。すると紙や墨が載ったお盆が、直ぐに運ばれてきたのだ。

「絵師二人に実際に描いてもらえば、地本問屋で使えるか、一番良く分かります」

麻之助の言葉に、喜楽屋は深く頷いた。

ところが。

「じょ、冗談じゃないっ。うちの娘を枕絵にする気かっ。嫁に行けなくなる」

ここで顔を真っ赤にした笹川屋が、麻之助を睨んで立ち上がった。麻之助が急ぎ手を横に振ると、清十郎が慌てて間に入り笹川屋を宥《なだ》めた。

「親御さんの前で、枕絵などとんでもない。麻之助、どうしたんだ。今みたいな言い方をしたら、笹川屋さんが心配なさるだろうに」

「ああ済みません。言葉足らずでした」

勿論描いてもらうのは、娘らが座っている姿だと言い、麻之助が深く頭を下げる。

「お客が引きつけられる人を描けるかどうか。そいつが分かればいいので」

「妙な噂になって、嫁入り先がなくなったら、麻之助さん、あんたに引き取ってもらうからね」

「へっ？」

笹川屋が口をへの字にした時、向かいで熊助が、盆の上にある筆や紙へ早々に手を伸ばした。

「ああ、お二人とも綺麗な娘さんですね」

そう言うと、恥ずかしそうな二人を、ためらいもせずに写し取ってゆく。一方竹五郎の方は、紙と墨を睨んだまま動かなかった。

「竹五郎さんも、描いてもらえますか」

宗右衛門が促しても、筆を取らない。熊助が、ちらりと横にいる男へ目をやった。

「先日も、麻之助さんへ言いましたよね。竹五郎さんは、絵の心得がないんだと思います」

だから喜楽屋へ現れた日、主に別の絵を描いてくれと言われて、慌てて逃げたのだ。一方、以前絵師の弟子をしていたという熊助は、よどみなく娘達を写し取ってゆく。二人並んだ絵でも、困る様子はなかった。

お浜がにこりと笑った。

「あら、じゃあ熊助さんが最初の金魚の絵を描いた、本物の絵師だったのね」

ところが。ここで喜楽屋が熊助の横に座ると、手を畳に突き、低く乗り出すようにして、描いている途中の絵を見つめたのだ。熊助は歯を食いしばって、その眼差しに耐えていたが、喜楽屋は途中で身を起こした。

そして、大きく息を吐いたのだ。

「熊助、もう描き続けなくともいい。止めなさい」

「でも旦那様、あと少しですから……」

「きちんと、形をとらえることが出来てる。お前はちゃんと絵を学んできたんだから」

だが、しかし。

「何だろう、やっぱり今も、絵に引きつける力がない」

絵師として生きてゆく者には、絵に金を出してもらうのに必要な、ぐっとくるものがなければならない。喜楽屋はそう続けた。

「うちにくるお客の多くは、金は余ってないんだ。入ってくる銭の中から、酒を一合買おうか、それとも本でも借りるか、蕎麦をたぐるか迷ってる人達だよ」

だが目が離せない絵が見つかると、晩酌を諦め喜楽屋で買ってくれる。地本問屋が欲しいのは、そういう絵が描ける絵師なのだ。

「正直に言えば、上手くなくたっていいんだ。思わず手が出る絵なら、それでいい」

今売れている絵師達は、先々片腕に育って欲しいと願い、そういう絵が描けそうな弟子を探す。だが。

「熊助の師は、お前を手元に残さなかった。そう……残念だったね」

大層きちんと描けているのに、熊助の絵に色をつけて刷っても、売れる気がしないのだ。

「竹五郎さんが喜楽屋へ持ち込んだ金魚の絵、熊助が描いて捨てたものだと、お前は言ってたそうだが」

しかし、違うと喜楽屋は言い切った。

「線が違う。絵の力が違う。お前、何だって馬鹿な嘘などついたんだい」

熊助は筆を置くと、畳へ目を落とした。その目には涙が溜まっていて、返事が出来ない様子だ。喜楽屋は手代から顔を背け、麻之助へ機嫌の悪い顔を向ける。

「どういうことだ？　二人絵師が現れたのに、どっちも金魚を描いた絵師じゃないようだ」

「やっぱり、そういう話になりましたか」

「おいおい、麻之助、どういうことだ」

清十郎が片眉を引き上げると、麻之助は頭を掻いた後、気になった所があると言い、玄関の畳の上に金魚の絵を二枚並べた。

「最初あれと思ったのは、二枚目です。熊助さんが、後で持ち出した絵でして」

その金魚は横から描いた絵で見ると、鮒のような形をしていると分かる。

「でも正面からの絵を見ると、随分太った感じに描いてありますよね」

最初は描き手の技量のせいかと思った。しかし、今日熊助が描いた娘達の絵を見ると、形を取ることには苦労はしていない。つまり。

「もしかしたら熊助さんには本当に、金魚の顔がこんな風に、見えてたんじゃないかなと思ったんです」

「はて？」

するとだ。宗右衛門が、ぽんと手を打ったと思ったら、部屋から小走りに出て行ったのだ。そして程なく、男の握り拳ほどもあるビードロの玉を手に、戻って来た。

「妻の、おさんのものです」

玉には糸を付けた竹が入っていて、その真ん中に付けた紐で、つり下げられるようになっている。玉の中には水が入っており、小さな金魚が泳いでいた。喜楽屋が頷く。

「そうか、金魚玉だ。丸いビードロの玉に入れた金魚を見て描いたから、本物とは違った顔に見えたのでしょう。ビードロ玉はちょいと、歪んでいるものだし」

玉を覗き込んだ清十郎が、大いに頷いた。

「確かに金魚が、絵と似た顔に見えます」

麻之助はここで、「でも」と言葉を継ぐ。

「最初に竹五郎さんが持ってきた金魚の顔は、膨らんだようには描かれていません」

よく見る蘭鋳の顔であった。つまり金魚玉に入った金魚を、見て描いたのではないのだ。

「ならば金魚を、大きな焼き物の金魚鉢にでも入れて、それを見つつ描いたんでしょうか」

焼き物の鉢は金魚を入れる定番の品で、猫に狙われなければ、金魚の良い住処だ。しかしこの考えには、一つ問題があった。

「焼き物の鉢だと、金魚を上から見ることになります」

ではそもそも、真横から金魚を見ることが出来て、形が歪まない入れ物はあるのだろうか。麻之助は頷いた。

「寄進をお願いしにゆく支配町の店には、裕福な方もおられましてね」

そういう店で、麻之助は見た事があるのだ。板のように真っ直ぐなギヤマンを使った、金魚を飼う入れ物であった。外つ国《とくに》から来た代物だ。

「あれなら魚の姿は歪みません。でも唐物屋が扱う品らしく、高そうでした」

そういうギヤマンをはめ込んだ入れ物は、長屋住まいの貸本屋では、まず買えない。

勿論、奉公中の手代が買う品でもない。

「熊助さんは、金魚も安いのを買ってましたし」

麻之助は竹五郎を見て、絵に描かれた金魚を飼っているのは、誰なのかを問うた。

「端から調べていけば、じきに分かるでしょうが。教えて貰えると助かります」

しかし竹五郎は、それでも黙っている。すると不意に笹川屋が立ち上がった。

「竹五郎がお捜しの絵師でないなら、うちはこの件と関係ない。そろそろ帰らせてもらいますよ」

そう言うと、お珠の手を引き玄関から出ようとしたのだ。麻之助も立って、もう少しだからいて欲しいと言い、笹川屋の腕へ手をかける。しかし笹川屋は、それを邪険に振り払った。

麻之助は二、三歩後ろへよろけ、喜楽屋が手を差し伸べ支えようとした。だがその時思わぬことが起きた。麻之助の足が、喜楽屋の風呂敷を蹴ったのだ。

「わっ、いけないっ」

途端、喜楽屋は大慌てで風呂敷を解き、商いものが無事か確かめ始めた。部屋に、それは沢山の枕絵が広げられると、魂消たような声が町名主屋敷の玄関に満ちる。

「おやぁ、大胆な絵が多いね」

「はは、これは目の毒だ」

「あ、あ、あのっ」

「お雪、お珠さん、見なくていいですよ。こちらへおいでなさい」

お浜が急ぎ、若い娘二人を枕絵から引き離そうとする。だがお珠は、絵から目を離そうとしない。そしてじき、何故だか涙をこぼし始めた。

「わ、わたし、こんな絵は描けません。地本問屋へ行ったときも、見たことなかったです」

「だからお珠ちゃん、これは男の人達が、喜ぶものだからね」

店に来た若い娘に、奉公人が見せるはずもない代物なのだ。麻之助が目を向けると、お珠は涙を止めもせずに言った。

「わたし、絵を描くのが好きなんです。綺麗な花鳥風月じゃなくて、物語の挿絵みたいな、そんな絵が好きで」

だからずっと、描き続けてきたという。ちゃんと絵の師匠にも、習いにいった。

「でも、絵師になりたいと親に話すと、叱られました。娘がなるもんじゃない。馬鹿を考えるなって」

直ぐに武家奉公の話が出たから、親はお珠の夢に、本気で反対なのだと知った。だがなぜ娘が絵師になっては駄目なのか、お珠には分からなかったのだ。

「竹五郎さんが助けてやると言って、わたしの絵を借りて、地本問屋さんへ持って行きました」

きっと売れる。仕事になると決まってから、笹川屋へそのことを告げれば、許して貰えるかもしれない。二人はそう考えたのだ。

「地本問屋さんから、いい絵だと言われたって聞きました。嬉しかった」

「えっ……じゃあ」

「わたしが、そこにある金魚の絵を描きました」

お珠がそう言い切った。しかし。

「仕事が来るようになったら、こういう絵の注文もあるんですね。わたし……描けない」

皆が呆然とお珠を見つめる中、麻之助が困ったように口を開く。

「まあ、今までにおなごの絵師が、いなかったわけじゃないけれど」

ただ、よほど高名になった絵師でも、枕絵を描いたことがない者は少なかろう。枕絵は手堅く売れ、店にとっても絵師にとっても助かるものなのだ。

「それに錦絵は、一人で作るもんじゃない。あれが好き、こういうものが描きたいと絵師が言っても、無理なことも多いと思うけど」

親は、働く事の先にある難儀を知っている上、ことが枕絵では話し辛かったのか、娘へ事情をはっきり告げず、良いと思う別の道を押しつけてしまったのだ。一方、娘は好きなことのみを思い浮かべ、夢を追ってしまう。

「それで今回、揉めたわけだ」

お珠は、ぼろぼろと涙をこぼし続けた。

「描けないと思ったの、初めてです。わたし……情けない」

まだ話は途中であったのに、涙の止まらないお珠を、笹川屋は玄関から連れ出し帰っていく。熊助と竹五郎が、散らばった枕絵を睨むようにしていた。

喜楽屋が大きく息を吐くと、絵を集めつつこぼす。

「ああ、ことは終わったみたいだね。誰が絵を描いたのか分かったし。あの娘さんの武家奉公も、他人が口を挟むことじゃ、なくなったみたいだ」

これで玄関での話は終わるのだ。ただ。

「喜楽屋はこの後、どうなるのかねえ」

怖いよと店主が言うと、熊助が畳へ目を落としている。麻之助は、とりあえず集まった皆へ礼を言い、見送ることにした。ただ皆が立ち上がると、喜楽屋と清十郎、父親には残って欲しいと頼む。

「さて、絵師のことは終わりました。この後、枕絵の話を男達だけで片付けましょう」

「おや、まだ続きがあるんだね」

清十郎が驚くと、手伝っておくれと言い、麻之助が笑った。

7

その後麻之助は、喜楽屋、清十郎、宗右衛門と共に、玄関で枕絵をより分け始めた。何しろ喜楽屋は新しい絵師を、得られなかったのだ。つまり当分、金が入ってくる見込みがない。先々の払いをどうするか、悩むことになってしまった。

「なら、一日売れないと言われた枕絵を、どうにかしようと思いまして」

「ど、どうにかとは？」

「連作としてまとめて売り出さず、枕絵をばらばらにして、売ってはどうでしょう」

気合いの入った、売るのは無理という絵を抜き、もう一度肝煎名主に出してみるのだ。

「前回は、三人の絵師が十枚ずつ描く連作でした。つまり全てを承知するか、全てが駄目かの二択だったんです」

それが、枕絵が出せなかったわけだと思った。麻之助の考えによると、絵を出せるかどうか怪しい場合、肝煎名主自身に、出せる絵を決めてもらう方が良いという。

「沢山ある内から選ぶとなると、全部駄目だとは言いにくいものです」

そして麻之助は、三日の間を上手に使っていた。昨日肝煎名主に、喜楽屋は店の支払いが苦しく、潰れそうだと泣きついておいたのだ。だから。

「この枕絵、もう一回肝煎名主さんへ見せれば、きっとかなり通してもらえますよ」

「おお、おおっ、麻之助さん、そんなことをして下さってたんですかっ」

喜楽屋は麻之助に抱きつかんばかりに喜び、半分くらいでも枕絵を出せれば、店は大丈夫だと言う。宗右衛門が苦笑を浮かべた。

「麻之助、お前、枕絵のことだと気が利くじゃないか」

「おとっつぁん、久方ぶりに褒めてもらって、嬉しいです」

よって四人は真面目に、出す枕絵を選ぶことになる。喜楽屋は余程ほっとしたからか、玄関でせっせと絵を見比べつつ、今日の集まりのことを話し出した。

「それにしても、先程は驚きました」

あの金魚の絵を描いたのが、笹川屋のお珠だったのだ。

「金魚を描いた紙、多分書画会で残ったのを、お珠さんが貰ったんですね」

よく今まで黙っていられたものだと、喜楽屋は妙な点に感心している。竹五郎がお珠の絵を地本問屋へ売り込んだのは、お珠が好きで、絵師になる手助けをしたかったからだろう。お珠が絵師になれば、貸本屋の自分とも、縁が深まると思ったのかも知れない。

喜楽屋が頷いた。

「熊助が、金魚の描き手を名乗ったのは……たぶん竹五郎さんのことを、絵を描けない奴と見抜いたからですね。どこからか持ってきた絵で、自分がなれなかった絵師を、そんな竹五郎さんが名乗る。それが我慢ならなかったんでしょう」

喜楽屋が眉尻を下げ、熊助はがつんと叱った後、商人として鍛え、ちゃんと地本問屋に育てると言う。それはいいが。

「お珠さんは、これからどうするでしょうねえ。でも仕事を選ぶとなると、絵師の仕事を始めるのは難しいですが」

いや、おなごのお珠には、他にも難儀が待っていると喜楽屋は言う。笹川屋の両親は、多分それを察しているから、お珠の気持ちを全く認めなかったのだ。

「お珠さん、絵師になりたいことは話すなと、親から釘を刺されていたに違いないですな」

話せばそれこそ、家に閉じ込められかねなかっただろうと、麻之助は思う。

「どうしてだろうね。お嬢さんが絵を描いても、誰も驚きませんよ。並の習いごとだ。

なんでそんなに嫌うのかね」

喜楽屋の言葉に、麻之助が清十郎と目を見交わす。そして、笹川屋が何を心配していたのか、告げたのだ。

「お珠さんは花鳥風月の絵ではなく、黄表紙や役者絵を描きたがっていたから」

大店の娘が仕事として絵を描きたいと言い出したので、不安に襲われたのだ。

「錦絵に関わっているのは、ほとんど男ばかりですから。地本問屋の店主や奉公人、彫り師、摺師、客にも男は多いです」

そんな場で、金持ちの若い娘がふらふらしていたら、良からぬ考えを持つ男も現れそうであった。

「無理にでも、お珠さんとの間に赤子を作れば、大店の婿になれそうだと思ったり」

「それは……ありそうな話だね」

喜楽屋が頷く。お珠がそれを承知で、男の中で働きたいと言えば、男好きとの噂が出かねない。良縁は遠ざかりそうであった。

「ならばいっそ、絵を描くことなど無理な武家奉公へ放り込もうと、親御さんは考えついたのかな。お珠さんがこの後、そういう道を選べば喜ぶだろうね」

宗右衛門が言うと、絵が好きそうなのにと喜楽屋がぼやく。しかしその後には、意外にも落ち着いた言葉が続いた。

「でもしお珠さんが、親の小言が辛くて絵から離れるんなら、向いてなかったってことだろう」

絵師になる為の才は、絵の技量だけではない。喜楽屋は、そう続けたのだ。

「おや、厳しいですね。あんなに捜していた絵師なのに」

麻之助達が驚くと、地本問屋の主は、一瞬怖いような笑みを浮かべた。

「どんな職でも、それで暮らしをたて、続けてゆくのは難しいんですよ。ええ」

それが楽しいこと、好いていることであれば、なおさらなのだ。

「十年後、お珠さんは、どういう道を選んでいるのかな」

喜楽屋がぼそりと言うと、宗右衛門があっさり返した。

「私は、子供の三、四人も産んで、店の奥を切り回していると思うけどね」

色々な人生を見てきた年配二人の言葉に、麻之助と清十郎が寸の間黙り込む。麻之助は言葉にはせず思った。

(だけど、どの道が間違いかなんて、まだ分からないよね。お珠さんに絵を頑張って欲しいと願うのは、こっちの勝手なのかな)

悪友清十郎も、何も言わない。二人はそろそろ、青臭いことを言っていると、頭を叩かれる歳になってきていた。いずれは共に町名主として、町を支えていかねばならない立場なのだ。

（でも……ご立派なだけの人生じゃ、寂しい気もするんだよねえ）

その時、麻之助が枕絵の一枚絵を手にすると、途端、玄関が沸き立った。それは本当に、一際目立つ一枚だったのだ。

「こいつは！　喜楽屋さん、こんなもの凄い枕絵、よく肝煎名主さんへ出せましたね」

こうも大胆では他の絵も巻き込んで、全部駄目だと言われたのも分かると、麻之助が苦笑を浮かべる。清十郎と宗右衛門が絵を覗き込み、目を見合わせた。

「こりゃ、娘さんが逃げるはずですよ」

「誰が描いたんです？　おや、知らない名だ。でも、気合いが入ってます。先々売れる絵師になるかもしれませんね」

男達は懲りないというか、絵に見入って、なかなか取り分けが進まなかった。その内母のおさんが、夕餉を食べていくか聞きに来て、麻之助らは慌てて沢山の枕絵を、己達の背に隠す。

そして、揃って笑い出した。

麻之助が捕まった

1

江戸は神田の古町名主《ふるまちなぬし》、高橋《たかはし》家の麻之助《あさのすけ》には、苦手なものがいくつかあった。一に思い浮かぶのは、飼い猫のふにに、がぶりと囓《かじ》られることだ。これは気合い入りで痛いものだから、何度囓られても、いっこうに慣れないでいる。

次は漬かり過ぎのぬか漬で、胡瓜《きゆうり》が一番悲しくなった。

三番目が親の説教だが、逃げられないという点では、一番厄介かもしれない。

そして。

麻之助は今日、ふによりも、ぬか漬よりも困るものが、この世にあることを見つけてしまった。悪友である相馬《そうま》吉五郎《きちごろう》の屋敷へゆくと、そこに相馬家の縁者、お雪《ゆき》が来ていたのだ。お雪は花梅屋《はなうめや》の娘だが、何故だか相馬家の縁側で、泣きべそをかいていた。

（うわぁ、揉め事がおきると、虫の知らせがするぞ）

石頭が着物を着たような吉五郎は、案の定、娘御を慰めるすべなど知らぬようで、同心屋敷で、ただ狼狽《うろた》えている。一葉《いちは》の姿も目にしたが、黙って二人を見ていた。

（一葉さん、子供だものねえ。お雪さんを宥《なだ》める役は、まだ荷が重いか）

麻之助の顔を見たとたん、吉五郎はほっと息を吐き、お雪を頼むと泣きついてきた。しかしそう言われても、麻之助はおなごに強い友の清十郎《せいじゅうろう》や、貞《さだ》ではないのだ。それに。

「吉五郎、今日ばかりは、他の話を聞いてる余裕がないんだよ。町名主の仕事が先だ。私は吉五郎に、例の五国屋《ごこくや》さんの件を相談に来たんだ」

だがそう言ったとたん、外廊下に腰掛けていたお雪が、さっと顔を上げた。そして麻之助へ泣きながら怒るという、器用なことをしてきた。

「酷《ひど》いです。吉五郎さんや麻之助さんが、話を聞いてくれないんなら、誰がこのお雪の味方になってくれるんです？」

そして麻之助が否と言ったのに、さっさと涙の訳を語り出してしまう。

「おとっつぁんが、また見合い話を持って来たんです。前の話とその前の話を、断ったばかりだって言うのに！」

あまり沢山見合い話が重なるので、縁談相手の名を聞いても、お雪は誰だか分からない程だという。先日など、いとこの子を連れ、神社の祭りに顔を出したら、そこでもまた、見合い相手が待っていたのだ。

麻之助は、苦笑いを浮かべた。

「花梅屋さんは、料理屋だからね。付き合いがあるんだよ」

お雪は以前に一度、決まりかけた縁談を失っている。おそらく心配した親が、娘に良き縁談が来て欲しいとでも、料理屋の客へ話してしまったのだ。

「そして張り切った馴染《なじ》み客達が、山のように縁談を持って来ちまったわけだ」

そうやって集まった縁だと、花梅屋としても、断りづらいに違いない。しかし、お雪はいい加減辛くなっているようで、いつもはのんびりした娘なのに、今日は追い詰められた様子であった。

「あたし、自分で何とかしなきゃって、頑張りました。おとっつぁんに、しばらく縁談を持って来ないでって、お願いしたんです。なのに」

そうしたら花梅屋のおかみが、二つも縁談を持って来たのだ。

「しかも相手の方、おじさんだったの！」

相手の歳を聞いた麻之助は、眉を八の字にしてしまう。

「おじさん、て……そのお見合い相手、あたしと余り変わらない歳のお人だ」

麻之助は、玉手箱でも開けてしまった気になり、一瞬黙り込んでしまった。考えてみれば、お雪はまだ十六なのだ。

「きっと髭《ひげ》が生えてる、熊みたいなお人なんだわ」

涙が止まらなくなった娘を見ていると、吉五郎でなくとも狼狽えるのだから、男というものは情けない。麻之助が泣き止んでくれぬかと言ってみたところ、お雪が嗚咽《おえつ》を止め、必死の声を返してきた。

「あの、一緒に花梅屋へ来て下さいな。そして、おとっつぁんやおばあさま、それと仲人さんに、当分お見合いを止めてくれるよう、言ってくれませんか」

「そ、そいつは勘弁だよ」

ここで吉五郎が、慌てて言葉を挟んだ。

「お雪さん、麻之助を今、仲人の近くへ行かせるのは、かわいそうだ」

麻之助はやもめで、周りはそろそろ次の縁をと考え始めているのだ。仲人が集まっている花梅屋へ顔を出したら、麻之助の為の縁談が、何故だかひょこりと現れかねなかった。

「それに……そう、こいつは今、難しい仕事で頭を抱えているところなんだ。麻之助、相談に来たのは、五国屋さんの件なんだろ？　あれ、まだ片付いていないんだな」

「あ、うんっ。そうなんだ。あの一件、本当に困ってるんだ」

それで同心見習いの吉五郎に、話を聞いてもらいにきたと言うと、お雪が不思議と涙を止めた。

「あら、五国屋さんの揉め事って、花梅屋でも話が出てました。お客さんの一人が、五国屋さんから土地を借りてるそうなんです」

「ああ、神田じゃ今、ちょいと話の種になってることなんだ」

麻之助はため息をつきつつ、急ぎ話題を変えるため、事情を語り出した。

2

「五国屋さんは元々大国屋《おおくにや》という名で、昔は日本橋近くに店があったとか。両替商で、羽振《はぶ》りも良かったんだ。でも金貸しをやり始めて、店を傾けたんだと」

金を貸していたある大店がつぶれ、それに巻き込まれる形で、一気に己の店を失ったのだ。

「店も土地も無くした後、大国屋さんにはまだ借金が、少し残ってたらしい。日本橋の町名主さんが、そう言ってたね」

その騒ぎの中、主の大国屋が体をこわして急に亡くなった。葬式代もろくにないのを見て、町名主など町役人達が間に入り、残りの借金は棒引きという形で片をつけた。

「大国屋さんには残されたおかみさんの他に、若夫婦と、三つになる双子がいたんだ。そのままじゃ、まとめて心中でもしかねなかった」

周りに迷惑を掛けたというので、一家は上方の遠縁を頼り、江戸から出た。しかし品川まで行った時、双子の片方為吉《ためきち》が、病になってしまったらしい。だが品川にとどまり、ゆっくり為吉を養生させる金はない。上方への路銀《ろぎん》も、借金でこしらえたものだったからだ。

「まあ……」

お雪が言葉を無くしている。

「大国屋さん夫婦は、品川の宿の町役人に、泣きついたらしい」

大国屋が切羽詰まっている事を知ると、宿の長はなんと、子供のいない豆腐屋の夫婦を引き合わせてきた。そして寝付いている為吉を、その夫婦に託したらどうかと言ったのだ。

「もちろん、大国屋さんは魂消《たまげ》たそうだ。けど、早く上方へ行かなきゃ路銀が尽き、一家で路頭に迷う。旅の途中で、もう借金をする当てすら、なかったんだ」

それに、自分たちよりも豆腐屋といた方が、薬なり買ってもらえるかもしれない。大国屋の皆は為吉を品川の宿へ残し、兄の正吉《しょうきち》だけを連れ西へ向かった。

「その決心が、むごいものだったとは思えないよ。大国屋さんはその後も、苦労続きだったみたいでね。今の五国屋という名は、上方にも落ち着けず、五つの国を渡り歩いたことから、つけた名だってことだ」

その苦労のためか、大おかみはそれから二年経たずに亡くなっている。連れて行った正吉とて、一旦大坂で奉公に出たものの、十七の歳に、流行病《はやりやまい》に罹《かか》り亡くなった。大国屋は貧乏なまま、流れ着いた大坂の地で、夫婦二人きりになってしまったのだ。

「大国屋さんはそのころ、米相場をやっている堂島で、下働きをしていたとか。そして正吉さんが亡くなった後、自ら相場に手を出したらしい」

自棄《やけ》になったのかもしれない。金が尽きたら、夫婦で首をくくる気だったと言っていたところが。

「驚いたことに、大国屋さんは相場で運を摑んだ。大した元手もなかったのに、三年ほど経つと、一身代こしらえていたとか」

しかし相場は怖い。そのまま突っ走り続けたら、どこかで全てを失ったかもしれない。だが儲けていた真っ最中に、大国屋は突然、相場から手を引いた。そして金を全部為替に変えると、夫婦で東へと旅立ったのだ。

「あ……」

目を見合わせたお雪と吉五郎へ、麻之助が頷く。

「夫婦には、もう一人息子がいた。一緒にいなかったおかげで、生き延びているかもしれない為吉だ」

路銀が出来ると、夫婦は一目会いたい気持ちを、募らせていたようだ。そしてある日、我慢できなくなり旅立った。

だが、たどり着いた品川の宿に、子を預けた豆腐屋の夫婦はいなかった。おかみは早くに亡くなり、後妻と兄弟がいたというが、その豆腐屋夫婦も疱瘡《もがさ》に罹り、九年前に亡くなっていた。残された兄弟は、神田へ奉公に出たという。

二人を神田へ連れて行った親戚は、そのとき品川にはいなかった。

「まあ。じゃあ大国屋さんはきっと、子供を捜しに神田へ来たんですね」

「うん。大国屋というのは潰れた店の名だから、縁起が悪いと名を変えた。五国屋を名乗ったのは、そのときからだとか」

ずっと貧乏続きだった夫婦は、もう自分たちの商いの腕を信用しなかった。それで儲けた金は、江戸で土地を買うのにつぎ込み、それを貸して、賃料で暮らす道を選んだのだ。子の為吉を探す毎日は、長くなるかもしれなかった。

「もっとも職もない親じゃ、金をせびりに来たのかと、為吉が会ってくれないかもしれない。そう考えて、夫婦は一応、小さな銭両替の店を始めたんだそうだ」

小金の両替では余り儲からないが、大枚を失うこともない。夫婦は店のことより、子供を捜すことに必死だった。すると。

「何と為吉さんが見つかったんだよ。白川屋《しらかわや》という、小さめの米屋で働いてた。義理の弟は、左官の親方が弟子にしたみたいだね」

五国屋夫婦は白川屋の店主と会い、子を手放した事情を話した。そして、心底情けなかったと思っている、為吉に詫びたい、子に一目会いたいと願ったのだ。

「すると、主から話を聞いた為吉の方も、親と会いたいと言ったとか」

実の親が他にいることは、為吉も承知していた。もう育ての親も亡くなっている。本当の親が捜し出してくれて、為吉も嬉しくなったらしい。

それで双方は白川屋の奥で、対面することになったのだ。

「そのなりゆきで……その後、なんでもめたんだ？」

吉五郎が首を傾げると、麻之助がこめかみを掻き、ため息を漏らした。

「当日、五国屋夫婦は菓子折を持って、白川屋へ向かった。それはもう、為吉と会えるのを喜んでたそうだ」

白川屋へきちんと礼を言い、主の骨折りに対し頭を下げた。そんな様子だったから、白川屋もその後事がもめるとは、微塵も思っていなかったらしい。

ところが。麻之助はここで畳へ目を落とした。

「部屋へ現れた為吉を見て、夫婦は言葉を失っちまったんだ」

為吉は双子の片割れであった。そして兄弟の正吉は、十七の歳まで生きていたのだ。

もちろん五国屋の夫婦は、我が子の顔を覚えている。

「為吉さん、さっぱり似ていなかったそうだ」

五国屋の夫婦は一瞬、呆然としたのだ。

「そして、分からなくなっちまったんだ。目の前にいる男が、本当に自分たちの子供、為吉なのかどうか」

拙《まず》いことに、それが顔に出たらしい。喜んで子に飛びつかんばかりにしていた夫婦が、急に総身をこわばらせたので、白川屋が驚いた。で、為吉の前で事情を問うたのだ。

「為吉さんも、まさか双子の兄に、似ていないと言われるとは、思わなかっただろうな」

「あら、元々似てない双子だったんですわ、きっと。双子といっても、そっくりでない人はいます。男と女の双子だっているのに」

お雪が相馬家の六畳間で、柔らかく言う。だが白川屋が同じ事を言っても、五国屋の夫婦は、素直に納得出来なかったのだ。

「為吉と別れる前、三つの頃には、双子の兄弟を間違える人もいたんだとか」

「ちっさい頃の子供は、揃って芥子《けし》坊主頭ですもの。女の子と男の子だって、間違えたりしますよ。一緒に遊んでるのを見ても、みんな似てます」

「もちろん、お雪さんが考えたような事を、白川屋さんも言った。でもね」

麻之助の口は、への字になっていく。

五国屋は、それでも為吉が我が子かどうか迷ってしまった。そしてそれを、為吉は目にしてしまったのだ。

「結局その日、五国屋さんと為吉さんは、親子の名乗りをあげず、一旦帰った。だけど後で考えると、それは拙かったんだ」

もしかしたら、為吉は幼子の頃に亡くなったのではないか。それでまたすぐ子を貰い、同じ名をつけたのかもしれない。だから似てないんだ。

「親へ、そんなことを吹き込む者が、現れたんだよ」

一旦、そんな疑いに捕まってしまったら、不安は膨れあがってゆく一方だ。じき、為吉と五国屋のつながりは、酷く難しいものに化けてしまった。麻之助は長火鉢の横で、抱き上げたとらを見つめた。

「別人が息子になりすましたら、後でそれが分かることもあるだろうよ。けどさ」

本物の親子だった場合、その証《あかし》を立てることは、実に難しい。

「為吉さんには、本物だっていう証はなかったんだ。そして偽物だという証もない。そういう半端なことになっちまった」

すると吉五郎が、苦虫を嚙みつぶしたような顔になった。

「疑われたままじゃ、為吉さんだって、たまったものじゃなかろうな。本物の子であったとしても、時と共に、為吉さんは親を厭《いと》うようになる気がするが」

最初は自分を捨て、二度目は疑うのか。そういう思いが強くなったら、もう並の親子には戻れなくなる。麻之助は縁側で、分からんっと大声を出した。

「本物の親子かどうか、早く答えを見つけなきゃ、こじれちまう。なのに、どうしたらいいのか、本当に分からないんだよっ」

それで今日は迷惑を掛けるが、調べの玄人吉五郎へ相談に来たのだ。お雪だけでなく、麻之助からも、すがるような目を向けられ、吉五郎は縁側に腰掛けたまま、わずかに身を引いた。

「麻之助、そいつは……俺にも答えは見つからないぞ」

きっぱり言われ、やはりとは思ったものの、総身が重たくなるような気がしてくる。ところが。ここでお雪がふんわりと、驚くような一言を口にしてきた。

「あ、あたし、答えを見つけられるかも知れません」

「えっ？」

「本当ですよ、あの、ひょいと思いついたというか。ええ、不思議です」

あまりにもあっさり言われ、麻之助と吉五郎の目が、お雪に吸い付けられた。そして麻之助は、これから自分が何をしなければならないのか、そのとき悟ったのだ。

3

「麻之助さん、お雪の縁談へ口を挟む前に、自分の連れ合いをどうするか、心配するのが先じゃないですか？」

料理屋花梅屋の奥座敷で、隠居のお浜《はま》にぱしりと言われ、麻之助は身を小さくした。お雪から、縁談を止めてくれたら、五国屋の事に手を貸すと言われ、翌日、決意を持って花梅屋へやってきたのだ。

しかしやはり、長火鉢の横に鎮座しているお浜は、強敵であった。そして今回はそれでも、ここで引くわけにはいかないのだ。

「でも、その……」

「他家の縁談です。口出し無用です！」

同心小十郎《こじゆうろう》の伯母は、その話し方にも威厳があり、言葉で頬を打たれた心持ちになる。麻之助は腹をくくり、お浜へ早々に、今日花梅屋へ来た訳を白状した。

「お浜さん、五国屋さんの子供捜しの件、耳にされていませんか？　あの悩み事を何とかするため、私はお雪さんに力添えを頼みたいんですよ」

だからお雪の見合い、一休みしてくれ。駄目だというのなら、お浜が五国屋の件で、良き知恵を授けてくれと、麻之助は無茶を言ってみた。

「あらら。なんで麻之助さんが、お雪の見合いに関わるのかと思ったら。そういうわけなんですか」

麻之助はかいつまんで、五国屋の事情を口にする。するとお浜はここで、横から二人を見ていた孫へ、厳しい目を向けた。

「お雪。人様が真剣に悩んでいることを、自分の利の為に使っちゃいけません。そんなことをするならこの祖母も、見合い話を増やしますよ」

「……済みません」

今日も半泣きになったお雪を、お浜はため息をついて見た後、首を傾げた。そして、変だと言葉を続ける。

「皆が頭を抱えている難しい件を、お雪があっさり何とか出来るなんて、不思議ねえ。お雪、お前本当に、為吉さんが本物かどうか分かるのかい?」

するとお雪は、調べればきっと分かるはずだと、神妙に口にする。

「おや、何を調べるんです?」

麻之助が目を見張ると、お浜は一瞬黙った後、向かいで笑い出した。

「ああ、私にも分かった。そういえばお雪は先日、神社へ行ったんだわ。お見合いの日に、小さないとこの子を連れて」

そして先だってその子供は、花梅屋で手形を取ったところだと、お浜は口にした。三つになったので、無事に育ったことを料理屋で祝い、その後、手形と金子《きんす》を神社へ納めたのだ。

「うちの料理屋じゃ、よくそんなお祝いをやるの。私の子供達の手形も、神社に納めてあるわ。孫の手形と自分のを並べて、娘は懐かしがってたわね」

そして。

「大国屋さんは両替商だった。金貸しで失敗する前は、台所に余裕があったはずよ。双子の手形を神社へ納めているかもしれないわ」

「ああ、そういうことなんですね」

麻之助は手を打った。もちろん為吉は大人になっているから、手は随分と大きくなっているはずだ。だが。

「太く三本、掌に刻まれているあの線。あれは大人になっても、あまり変わらないもんだとか。あの形が、幼子の為吉さんと同じなら、白川屋の為吉さんは、五国屋さんの実子とみて間違いないでしょう」

「ええ。麻之助さん、大国屋があったあたりの、神社を捜してごらんなさい」

そしてお浜は、迷惑をかけた詫びとして、お雪に手形捜しを助けるよう言いつけたのだ。

「いやそのっ、そんな事までしてもらわなくとも……」

「お雪、お手伝いをなさい。町名主さんの手伝いで忙しくなったら、おとっつぁまも、しばらく見合いの約束は無理だと思うはずよ」

「おばあさまっ！　ええ、そうですよね」

お雪が目を輝かせると、麻之助がぼやくことになる。

「でも、ですねえ。お雪さんを側に置くのは、何故だか不安な気がするんだけど」

お雪は、きっぱりと美しかった亡きお寿《す》ずと違い、やんわり優しげなおなごだ。だが妙な点が、お寿ずと似ていたりする。

（思いもかけない時に、無茶をやらかすとことか）

お雪といると、手形を捜すだけのはずが、一騒動起きる気がして、ちょいと不安になる。妙に落ち着かなかった。

しかし。

「お雪を連れていては、神社を歩いて回るのも大変でしょう。だからね」

お浜が、舟代を出してくれるという。

「おおっ、それは助かります。つまり、それなら……お雪さんに来ていただこうかな」

麻之助は情けなくも、懐柔《かいじゅう》されてしまった。そして二人が舟で巡ると、双子の手形という目立つ代物は、二つ目に行った神社であっさり見つかったのだ。余りに早かったので、お雪が神社で、がっかりした程であった。

「麻之助さん、こんなに早く手伝いが終わったら、拙いです。おとっつぁんはまた、見合い話を持って来るかもしれないわ」

「とにかく為吉さんに手形を押してもらって、見つかった手形と見比べてみましょう。

五国屋さんと白川屋さん、それに他の町役人さんも呼んで、皆の前ではっきりさせます」

麻之助は白川屋へ頼み、奥の間へ関わった一同を集めた。すると。

まだ三つであった為吉の手形は、白川屋の為吉の手形と、そっくりであった。神社にあったのは、町役人も五国屋も為吉も納得する、迷いようもない証だったのだ。

白川屋にいる為吉は、間違いなく五国屋が捜していた、大事な息子だと決まった。

十日後のこと。麻之助は為吉が奉公している米屋白川屋で、心張《しんば》り棒を手に、酔っぱらい達と向き合っていた。

「相手は四人かぁ。かなり酒を飲んでいるみたいですね。堅気の衆かなぁ?」

土間で棒を低く構えた麻之助が、なんともお気楽な調子で言うと、麻之助の背後にいた為吉が、四人とも左官だと言ってきた。

「ありゃ。じゃ、頭をかち割っちゃいけないかな。そりゃ残念」

つまり麻之助は、半端な形でやっつけねばならないわけで、いささかうんざりしてくる。

一方、酔いに任せて米屋へ乗り込んできた面々は、麻之助の言葉が気にくわなかったのか、遠慮なしに殴りかかってきた。

「おおっ、やる気満々だ。でもね、酔っ払いにやられたりはしないんだなっ」

麻之助が流れるような動きで、二人を打ち倒していく。だがその間に残った酔っ払い達が、店表にあった米搗《つ》きをするための木を、蹴飛《けと》ばし始めた。麻之助は目の端にそれを捉えて、声を荒げる。

「おいっ、米屋の大事なものに、なんてことをするんだっ」

赤ら顔の二人は、その言葉を聞いて笑い出し、益々暴れた。だが、麻之助が心張り棒を構え直したとき、鈍い音がして、二人は次々と米屋の土間へ転がったのだ。

麻之助は素手で二人を殴り飛ばした主へ、にやりと笑いかけた。

「おお、為吉さんてば、なかなか強いね」

褒めると、為吉が笑い返してきた。

「うちは、米の注文先へ奉公人が行って、米搗きもします。毎日杵《きね》を振ってますんで、力は強いですよ」

そういう麻之助も、町役人の跡取りなのに、妙に喧嘩に慣れており驚いたと言われ、ぺろりと舌を出した。

「町名主は意外と、喧嘩の仲裁に入ることが多くってね。で、先に伸《の》してから言うのもなんだけど、こいつら、どうして白川屋で暴れてたのかね」

麻之助は今日為吉から、五国屋のことで話があると言われ、夕刻、白川屋を訪ねたのだ。すると大戸を下ろした白川屋の店内で、半纏《はんてん》姿の四人が騒いでいた。

ここで奥から白川屋が顔を出し、今、岡っ引きを呼んだと告げてくる。それから麻之助へ助かったと頭を下げ、畳の上に招くと、土間に転がる者達へ渋い顔を向けた。

為吉が持ちかけた今日の用件は、目の前で伸びている四人のことであったという。

「この左官達だけどね、為吉の弟幸太郎《こうたろう》と、同じ親方亀三《かめぞう》のところで働いてる、兄弟子達らしい。それが十日ほど前からうちに来て、為吉と会いたがるようになってね」

用件は、とても分かりやすいものであった。

「金だよ」

左官達の言い分によると、四人は幸太郎に、金を貸しているという。賭け事で出来たものだと、堂々と言ってきた。

「だが、幸太郎は金を返せない。だから為吉が返せ。そう言うんだよ」

為吉が茶を出してくれたので、麻之助はほっと息をついたが、白川屋は温かい茶を、口をへの字にしてから飲んでいる。

「しかし兄弟と言っても、元々幸太郎さんと為吉は、血が繋がってないと聞いてるよ」

そのせいか、兄弟を神田へ奉公させた親戚は、幸太郎の方は左官の亀三へ預け、きちんと先方に挨拶をしたという。左官は賃金の良い、人気の仕事であった。

だがその親戚は、為吉のことはぞんざいに扱った。仕事を紹介する店、口入れ屋へ放り込むと、行き先が決まる前に品川へ帰ってしまったのだ。

「口入れ屋さんから話を聞いたんだが、初めて奉公に出る、十二の子を放り出したんだ。情がないというか。好かないことをすると思ったね」

「その、旦那様、おれが奉公するとき手間かけたみたいで、済みません」

「為吉、子供だったんだ。気にするこっちゃないよ」

白川屋は、弟の幸太郎のことも、引っかかっていると言い切った。

「あっちは職人だから、お店者《たなもの》の為吉より、外出はしやすいはずだ。でも神田で奉公した後、藪入りの時だって、一度も白川屋へ顔を見せたことがないんだよ」

為吉はずっと弟を気に掛けていたが、幸太郎には品川に親戚もいる。だから義理の兄との縁など、切れたと思っているのではないか。白川屋はそう思い、一人になった為吉を気に掛けていたのだ。

「なのに、裕福な五国屋さんが現れたとたん、急に為吉のことを、幸太郎の兄弟だと言い出してさ。亀三の所の左官達、嫌だねえ」

そのとき大戸を叩く音がして、近所の親分が白川屋へやってきた。白川屋がさっと小声で話し、なにがしかを親分の袖へ落とし入れると、岡っ引きが頷いている。そして伸されたまま寝転がっている連中を、手下《てか》達が蹴っ飛ばして起こし、引っ立てていった。

米屋で騒ぎ、店の品を壊そうとしたのだ。これから四人は岡っ引きから、がつんと説教を食らうはずであった。

(ま、亀三の親方が頭を下げて、詫びの金でも出せば、大事にはならないだろうが)

麻之助は口の端を引き上げた後、実際弟の借金を返してやったのかと、為吉へ目を向ける。為吉は店の隅で、首を横に振った。

「そんな金、ありませんから。そもそもおれは、もう五国屋さんとは関わりません。あの店の金を当てにして、おれに声を掛けるのは間違ってますよ」

為吉と五国屋夫婦が会ったのは、まだ二度のみだ。最初に顔を見た時と、手形を確かめた時だけだ。そして親子の気持ちはいつも、見事にすれ違っていたのだ。

「そうだったね」

手形を確かめたあの日、その場にいた麻之助は、ため息を漏らすことになっていた。

十日前、白川屋の奥座敷に、皆が集まった時のことだ。

「おっ、おお。大きさの差はあるが、小さな為吉さんの手形と、ここにいる為吉さんの手形は、似てるよ。いや、そっくりだ」

町役人と白川屋がそう断言すると、当然というか、五国屋ははっきり態度を変えた。夫婦揃って今度こそ、涙をこぼし喜んだのだ。

「ああ、やっと確かめられた。やっぱり為吉さんが、私らの子だったんだ」

そして五国屋は本当に嬉しげに、為吉の方へ手を伸ばした。ところが。為吉はそんな五国屋を、しばらく呆然とした顔で見ていた。そして為吉はじき、首を何度も横に振って、畳へ目を落としてしまった。

「えっ……あの、為吉……」

「五国屋さん、今日もまた、ころりと態度を変えるんですか。でもこの先、もっとそっくりな手形の誰かが、現れるかもしれませんよ」

そうしたら五国屋はまた、為吉が息子かどうか、疑うに違いないと言いだした。

「それだけじゃない。おれはいつか、五国屋さんにとって、不都合なことをしでかすかもしれない。大病に罹って、寝たきりになるかもしれない」

きっとそのときも、五国屋は為吉と関わったのを、後悔するだろう。為吉を嫌うかもしれない。何しろ手形一つで、態度をころっと変えたのだから。

五国屋が顔を蒼《あお》くし、狼狽《うろた》えた。

「た、為吉……さん。その、直ぐに納得出来なかったのは、悪かった。親として情けなかったよ。でも、ほら、こうして手形が示してる。私たちは実の親と子だっ」

「おれは今でも、死んだ正吉さんとやらには、似てないよ」

今日為吉は、いっそ手形ではっきり、親子ではないことが分かればいいと思って、この場に出たのだ。そうすれば胸に詰まっているもやもやが、すっきりすると思ったと言った。訳の分からない怖さも、消えてくれるだろう。五国屋の金には興味がない。親などいると思うから、辛くなるのだ。

「五国屋さんが、また態度を変えたのを見たら、本当に嫌になった」

もう沢山だと、為吉は口にする。

「五国屋さん、これきりおれには関わらないでくれ。一度捨てたんだ。まさか親孝行をしろとは、言い出さないよな」

為吉はそう言って、部屋から出て行ってしまったのだ。白川屋は慌てて為吉の後を追い、町役人も五国屋も、黙り込んでしまう。

麻之助はあのとき白川屋で、なにも出来なかった。そして、不思議な思いに駆られてもいた。

(昔々、桃太郎は鬼ヶ島の鬼をやっつけた。そしてその後、幸せに暮らしたんじゃないのかしらん)

鉢かづきの姫も、枯れ木に花を咲かせたじいさんも、話に片が付いた後は何に困ることなく、安穏な日々を過ごしたと思っていた。めでたしめでたしの、はずであった。

(なのに、どうして為吉さんは違うんだろう)

実の親が見つかり、しかも今は、裕福だと言うのに。なぜ、こんな寂しい話に化けてしまうのかと、麻之助は戸惑ったのだ。

その上、為吉の災難は続いた。五国屋とは関わらないと言い切り、一文も手にしていないのに、為吉が五国屋の実子だという話は、何故だか噂になってしまった。するとと、弟の兄弟子達が押しかけてきて、うんざりすることになった。それで麻之助が今日、白川屋へ呼ばれることになったのだ。

「がつんと叩かれたことで、あの左官らが大人しくなればいいんですがね」

麻之助は気がつくと、白川屋の用を済ませていたわけで、まずはほっとする。しかし為吉の毎日は、この後更に、とんでもない方へと向かっていった。

4

日本橋の北の辺りで、火事があった。

もっとも江戸では、火事など珍しくもない。一旦、大きく燃え広がりそうだったのが、火は町を三つ燃やして止まったので、とりあえず皆、胸をなで下ろした。

もちろん、燃えた家で暮らしていた者達にとって、火事はとんでもない災難だ。だが長屋暮らしの者は、元々多くは持たないから、話は早かった。さっさと空いている長屋へ転がり込み、暮らしにいるものは損料屋で借りて、日々を始めたのだ。

一方表通りに店を出していた者は、その財により立場を変えた。その日暮らしになった者も、もっと店を大きくしようという者も、火事場跡には両方現れてくるのだ。

そして何故だか麻之助も、この火事のために、難儀を抱え込んだ。おかげで今日も八丁堀の相馬家へ、駆け込むことになった。

「吉五郎っ、大変だっ。ああ、腹が減った」

「麻之助、朝から食ってない顔だな。それが大事なのか？」

言葉をもつれさせ、酷く疲れた顔の麻之助を見ると、吉五郎はさっと一葉を見る。

すると一葉はなにも問わずに頷き、部屋から出て行った。そして驚くほど早く、温かいうどんのどんぶりを盆に載せ、戻ってきてくれたのだ。

「麻之助、まずは食べて落ち着け。その後話しても、大事が逃げるわけではあるまい」

麻之助は座り直すと、一葉へ頭を下げてから、うどんを食べ始める。そして驚くほどの早さで腹に収め、ようようほっとして、二人へ礼を口にした。

「一葉さん、うどん、とても美味かった。腕、上げましたね」

「あら、ありがとうございます」

「騒ぎがあってね。朝から飯も食べずに、走り回ってたんだ。その、腹が減って目が回ってた」

もう一度二人へ頭を下げてから、麻之助は八丁堀へなぜ来たのかを語り出した。

「為吉さんの弟、幸太郎さんが行方知れずになった。左官の亀三親方のところから、消えたって話だ」

「大人が消えた？」

眉をひそめ、どういうことかと吉五郎が問うてくる。麻之助は顔をしかめた。

「この件にも、五国屋さんが関わってるんだよ」

そして最近、五国屋が話に絡むと、何故だかめでたし、めでたしで事が終わらなくなっているのだ。

「吉五郎、三つの町が燃えた火事の事は、聞いてるよな？　実は燃えた町に、五国屋さんが持っている土地があるんだそうだ」

店二軒分程で広くはないが、角地で場所は良いという。そこが火事の後、更なる揉め事の元になっているのだ。

麻之助は五国屋が語った話を、二人に伝えた。

五国屋は火事の後、幸太郎の親方亀三と、初めて顔を合わせることになった。小さな銭両替の店へ、弟子を四人ほど連れ、あちらから押しかけてきたのだ。

その日亀三は、幸太郎も連れてきていた。

「五国屋さん、幸太郎は為吉さんの兄弟だ。うん、五国屋さんにとっちゃ、息子の弟、つまり息子同然だな。だから、会わせておかなきゃと思ってね」

五国屋は帳場で、銭函《ぜにばこ》の蓋をぱんと閉めた。

「親方、そりゃ、お気遣いをどうも。けどね、為吉とそちらの幸太郎さんは、血の繋がりなどないんだ。つまり幸太郎さんは、五国屋の息子じゃないってわけだ」

そう言い切ったところ、亀三は口をへの字にし、元々ぱっとしない人相を、一層残念なものにした。

「赤の他人である幸太郎の親に、為吉を預けて、育ててもらったんだろうが。なのに親を亡くした幸太郎のことは、放っておくって言うのかい」

そいつは情けない話じゃないかと、亀三は凄んでくる。五国屋は、黙ったままの幸太郎を見つめた後、ちょいと口元を歪めた。

「幸太郎さん、品川のご両親には、為吉が世話になったね。本当に、ありがたいことだったよ」

ただ。店表に座った亀三には目もくれず、五国屋は厳しい目を幸太郎へ向けたのだ。

「幸太郎さんが生まれた時、あんたの親には、貰いっ子だとはいえ、長男の為吉がいた」

なのに豆腐屋の夫婦は実の息子に、長男を示す、〝太郎〟の字が入った名を付けている。よって五国屋は、幸太郎の名を知ってから、酷く気に掛かっていることがあった。

「為吉は品川で、大切にされてなかったかもしれない。そう思えたんだ」

もちろん幸太郎が、自分でその名をつけたわけではない。五国屋もそれは承知している。

「ただ、ね」

為吉にとって品川での日々は、大層辛かったのではないか。それで為吉は、あの宿へ置いていった五国屋を、未だに許せないのかもしれない。つい、そう思ってしまうのだ。

「幸太郎さん、だからあんたとも亀三親方達とも、私は関わりたくないんだ」

帰ってくれときっぱり言ったのに、左官達は五国屋の店先から動かない。そして話は直ぐに、きな臭い方へと流れた。どこで摑んだのか、五国屋が火事場跡に土地を持っていることを、亀三は承知していたのだ。

「藤枝屋《ふじえだや》さんの手代から聞いたんだよ。五国屋さんのあの土地、大店の藤枝屋さんが売って欲しいと、持ちかけてるそうじゃないか」

藤枝屋は店を建てなおすなら、いっそ大きくしたいと、隣の角地に良い値を付けていた。

「なら、新たに建てる店の左官仕事は、この亀三が請け負ってやるよ。当たり前だな」

五国屋が話をつけてくれと、亀三は勝手に言ってくる。

「そしてさ、藤枝屋へ土地を売った金は、幸太郎の為に使うべきだ。あんたがこいつの借金、払ってやってくれ」

幸太郎は博打《ばくち》が好きだからと言い、へらへらと亀三は笑っている。五国屋は顔をしかめ、為吉より三つ以上は年下の幸太郎を見てから、亀三へ厳しい目を向けた。

「あんた、こんなに若い弟子が賭場《とば》で借金をこさえてるのに、止めもしないでいたのかい。ろくでもない親方だね。そんなだから、仕事にあぶれてるんだ。こんな天気の良い日の昼間っから、うちに来てるくらいだものな」

自分は藤枝屋へ、そんないい加減な左官を押っつけたりしない。五国屋は立ち上がってそう言い切ると、両の足を踏ん張って亀三を睨み付けた。

「帰んな。この五国屋は、ちょいと凄まれたからって、言うことを聞く男じゃないんだ」

ずっと貧乏であったから、五国屋は世間に、それはそれは長く揉まれてきたのだ。そして命がけで相場を張り、堂島でのし上がった。

すると金を摑んだとたん、亀三のような者達が、山ほど寄ってきた。

「つまり、お前さんのような輩には慣れてる。私はそいつらに、金を出した事などないよ。帰れっ」

「はあ？　でかい口、きくじゃねえか」

「あんたたち、先日白川屋さんで暴れて、町役人さんの手を煩わせたんだって？　また騒いだら、今度は岡っ引きの親分じゃなくて、同心の旦那のお世話になりそうだね」

五国屋がそう言い切ると、しばらく亀三とにらみ合いになった。だが……亀三らはその時、とりあえず帰っていった。ただ。

「また来るよ。嫌になるほど来てやるよ」

そう言い置いていったのだ。

五国屋はその後、亀三が出て行った表を見つめつつ、一時ばかりも店で考え込むことになった。

「そして五国屋さんは高橋家へ、亀三達のことを話しに来たんだ」

このままではまた左官達が、店へ押しかけて来るだろうからだ。五国屋は為吉のいる白川屋へも、話を通しておくと言っていた。

「またあっちの店にも、迷惑をかけるかもしれないからね」

そうして、皆が用心をしていたところ、町役人達が抱えた不安はその後、思いも掛けない形で現れてきた。亀三が五国屋へ来てから五日の後、幸太郎が行方知れずになったと、町役人や白川屋へ知らせが回ったのだ。

5

幸太郎がいないと分かったのは、亀三らがまた、銭両替五国屋へ押しかけたからだ。賭場へでも行っているのだろうと、親方は姿を見せない弟子を、五日も放っていたらしい。

幸太郎は借金を踏み倒し、弟子として暮らしていた亀三の家から、逃げてしまった。だから親も同然の五国屋がその金を払えと、亀三が言ってきたのだ。

あちこちへ働きに出る職人は、共に暮らす者が言わないと、姿が見えないことが分かりづらい。だから幸太郎の出奔《しゅっぽん》は、それまで周りが気づいていなかった。

用心していた時だから、岡っ引きの親分が五国屋へ駆けつけ、幸太郎の事を聞きたいと、亀三達を強引に自身番へ連れて行った。知らせを聞いた麻之助達も駆けつけ、亀三へ、金ではなく、行方知れずの幸太郎が心配ではないのかと問うたのだ。すると。

「幸太郎はこの亀三から、金を踏み倒して逃げた弟子なんですぜ。おりゃ、怒ってるんだ！」

そう返事があったので、麻之助はつい、自身番にあった心張り棒で、ごつんと一発叩いてしまった。もちろん親分達や他の町役人から止められたが、何故だか全員、麻之助が殴った後、止めに入ったのだ。

しかし、同居の親方がそんな風だから、幸太郎の行方はさっぱり分からない。そして、手が打てないまま更に五日経った後、麻之助は打つ手が見えなくなり、またも八丁堀の相馬家へ助けを求めにきたわけだ。

すると話している間に、悪友にして、町名主の清十郎も、五国屋の件が気になるからと、顔を見せてきた。五国屋は土地を、清十郎の支配町にも持っているのだ。

　ところが清十郎と一緒に、お雪も現れたものだから、麻之助達が魂消た。清十郎は、相馬家へ向かうお雪と、途中で行き会ったという。

「花梅屋さんと相馬家は、遠い親戚だったよね。その、一葉さんと仲がいいから、家を訪ねると思ったんだが」

　するとお雪は、口をとがらせた。

「麻之助さん、あたし一葉さんのところへ、逃げてきたんです。麻之助さんたらあんまり早く、為吉さんの手形を見つけちゃったんですもの。またお見合い話が来てるの」

「そうか、ちっともまだ、片が付いていないのか」

　お雪の件は、当人が縁談を決めるまで終わりそうもない。麻之助は一葉と子供同士、おしゃべりでもしていなさいと言い、吉五郎との話を続けようとした。

　すると、だ。何故だか二人の娘が、清十郎と共に、吉五郎の部屋へ入ってきたのだ。

「今日は町役人として、真剣な話をするんだ。だから、若い娘が顔を出しちゃ駄目だよ」

　お雪は頷き、ほんわかと笑ったものの、しかし引かなかった。

「だって麻之助さんは、頭は悪くないけど、間抜けなところがあるって話ですから。あたし、気がついたらそういうところ、教えてさしあげますわ」

「はぁ？　ま、間抜けって」

「あ、お浜おばあさまが、そう言ってました」

「わたしも、お雪さんと一緒にいます。吉五郎さん、いいですよね？」

「それはその……まあ、仕方がないというか」

吉五郎は目を天井へ向けつつ、一葉へとんでもない返事をする。麻之助は魂消て、悪友を見つめた。

「吉五郎、何を言い出すんだ」

するとここで何故だか、清十郎が麻之助の耳を摑み黙らせた。何が起きたのか分からず、清十郎の顔を覗き込むと、長年の悪友は、小声で耳打ちしてくる。

「一葉さんを無理に部屋から出したら、吉五郎が後で困る。だから止めたんだ」

「へっ？」

「あいつ、前より更に、一葉さんとどう話して良いか、分からなくなってるみたいだな」

吉五郎は許婚《いいなずけ》であったときも、一葉への土産《みやげ》の菓子一つ、選ぶのに困っていた堅物だ。

「だから、これ以上吉五郎を困らせるな。この家で暮らしてるんだ。小十郎様と吉五郎が今日の話をしたら、どっちみち一葉さんの耳にも入る」

「そ、それはそうだけど。でも、お雪さんにまで口を出させることはなかろう」

「では、お前さんが部屋から出しな」

清十郎に見捨てられ、麻之助はしおしおと、吉五郎の横手に座った。それから腹を決め、部屋の隅に座った娘達は見ず、さっさと語り始めた。

「町役人が出張ったから、吉五郎も知ってるだろう。幸太郎さんが親方の家から消えて、もう十日経ってる」

幸太郎は博打の借金を抱えていたし、あの親方が払ってくれるわけもないから、借金取りが怖くなって、逃げたのかもしれない。

しかし、だ。

「親は亡くなっているし、幸太郎さんは、余所《よそ》から神田へ来た人で、知り合いも少ない。いったいどこへ行ったか、知れないんだ」

麻之助はちゃんと、幸太郎の顔見知りを訪ね捜したのだ。だが当人は見つからず、噂すら耳に入ってこなかった。そして段々不安になってくると、要らぬ考えが頭に浮かんでしまったのだ。

「幸太郎さんは、本当に親方の所から逃げたんだろうか」

それとも親方の家から、仲間によって放り出されたのか。

心配が募ったので、父の宗右衛門《そうえもん》に阿呆といわれたが、麻之助は一日、町名主の仕事を放って、幸太郎が生まれ育った品川まで行ってきたのだ。

「ほお」

清十郎と吉五郎が、目を見張る。品川まで往復で四里ほど。向こうで人捜しをしたので、一日潰れたのだ。

「幸太郎さん、品川にもいなかったよ」

親戚の家を回ったが、行った様子はなかった。幼友達も、その姿を見てはいない。

「もっとも友と離れて久しい。幸太郎さんとの縁は、薄まってますね」

親の家も既にない。幸太郎が品川へ帰る事は無かろうと、麻之助は感じたのだ。

「ならば今、どこにいるんだろう」

清十郎と吉五郎を見たが、二人とも腕組みをしてしまった。清十郎がうなる。

「借金の為に、親方の所から飛び出たのなら、江戸から出て、上方へでも行ったか。でも、路銀がないか。品川の顔見知りの所へも、寄っていなかったしな」

一方吉五郎は、為吉の名を出した。麻之助も、その考えが浮かんだと口にする。

するとお雪が、不意に言葉を挟んだ。

「麻之助さん、品川まで行ったのなら、白川屋へもまた、顔を出したんじゃないですか？」

一葉の声も続く。

「でもこうして、八丁堀へいらした。つまり幸太郎さんは、白川屋にはいなかったのでしょう？」

二人からきっぱり言われて、顔が赤くなる。当たりであった。お雪が続けた。

「為吉さんは奉公人ですもの、身内を店に泊めることなんて出来ません。麻之助さん、町名主さんの跡取りなのに、商人のこと分かってませんわ」

お雪と一葉は、ここで思いついたことを、あれこれしゃべり始めた。

「お雪さん、幸太郎さんは、お豆腐屋さんに世話になってるというのは、どうでしょう」

「豆腐屋？」

吉五郎は魂消ていたが、お雪は良き考えですねと一葉を褒める。

「幸太郎さんは、左官のお弟子さん内で、下っ端扱いのようですもの。自分でお豆腐を買っていたかもしれません。お豆腐屋さんと仲良くなっても、不思議じゃないですね」

ただ。天秤棒で売り歩く品として、豆腐は重いものなのだ。

「花梅屋でも買うのは、近くの豆腐屋さんです。もし幸太郎さんが豆腐屋さんに厄介になったら、とっくに居場所が分かってるでしょうね」

「くぅ、お雪さん達、鋭いね」

ここから部屋内の皆は一気に、思いつく限り、幸太郎の行き先を挙げていった。

「博打に慣れてるなら、賭場の下働きってのは考えられないか？　借金を返すまで、ただ働きをするわけだ」

「麻之助、そんな下働きがいる博打場なんて、見たことないぞ」

「そういやぁ、そうか」

「清十郎、麻之助、なんでお前さん達、そんなに博打場に詳しいんだ?」

吉五郎に睨まれ、町名主と跡取りが、ぺろりと舌を出す。

「吉五郎、世情を見て回ってるだけだよ」

「他に、行く当てのない人が、下働きとして潜り込めそうなところと言うと……吉原なんて、どうですか?」

一葉が岡場所もあり得るというと、吉五郎が首を横に振ってから、妙な顔つきになった。

「なんでそんな所を、思いつくんですか。吉原は遊女の足抜けが怖い。どこの誰だか知れない男を、雇うことはないです」

「夜中も開けてる居酒屋はどうだ? 働くのが大変だから、いつも人を欲しがってるだろう」

「麻之助、そういう店じゃ、借金取りや左官達と、ばったり出くわしそうじゃないか。それより、風呂屋の二階がいいかもしれん」

清十郎の言葉に、お雪が首を傾げる。

「なんでわざわざ、お風呂屋さんの二階っておっしゃったんですか？　一階じゃ駄目なの？」

「二階には野郎達があつまって来るのさ。下の風呂だって、二階からのぞけ……吉五郎、叩くなっ」

一葉も首を傾げたところで、清十郎が悪友に拳固《げんこ》を食らった。

皆、泊まり込みで働けるところは、結構思い浮かんだ。なのに顔見知りに出会わず、十日も見つからない所となると、ないのだ。

「金はなさそうだから、安宿に居続けって訳にも、いかないよな。さて、困った」

ここまで場所を思いつかないとなると、やはり、背中に冷たい汗を感じてくる。麻之助が口元を歪めた。

いなくなった幸太郎を、この後、いつか見つける日が来るのだろうか。

騒ぎが大きくなるのを承知の上で、早く幸太郎を捜した方がいいのか。

「ねえ、吉五郎。幸太郎は今も、生きていると思うかい？」

麻之助は思い切って、問うてみた。

五国屋から金を巻き上げられないので、幸太郎は殴られたあげく、薦《こも》にでも巻かれて、川へ捨てられたのではなかろうか。土左衛門が隅田川に浮かんだとは聞いていないが、それでも麻之助は、その心配が消えないのだ。

すると清十郎と吉五郎は、言葉を詰まらせ、返事をしなかった。どこにもいない幸太郎は、実はとうに亡くなっているのかもしれない。そのことを、二人も考えていたのだ。寸の間、部屋内が静かになる。

ところが。

このときお雪が今日も、ぽんと両の手を打ったのだ。そして隣にいる一葉と、なにやら小声で話し始めた。その声は小さくてよく聞こえないが、二人はやたらと頷き、頬をうっすら赤く染めている。

よって、それはそれは気になってきた。

「あの、お雪さん。幸太郎さんの行き先、何か思いついたんですか」

麻之助が珍しくも真面目に問うと、お雪が頷く。そして、柔らかい言葉を続けた。

「ええ。でも困ったことがあります。そこに幸太郎さんがいるかどうか、あたしはどうやって確かめたらいいのか、分からないんです」

麻之助は、已が情けなくなった。

「とにかく、居場所を思いついたというなら、凄いですよ。私は、さっぱり考えつかないのに」

だがその時、ふと顔をこわばらせた。一葉も納得の顔だから、幸太郎は本当に今、娘達二人が思いついた先で、暮らしているかもしれない。ならばその場所は、娘達が知っている江戸の内だ。亀三達の家からも、そう離れた所ではなかろう。

「お雪さん、直ぐにそこがどこか、話して下さい」

もし本当に幸太郎が隠れているのなら、麻之助達町役人が、早く動かねばならないのだ。

お雪は頷くと、さらりと軽く、思いついた行き先を口にする。清十郎と吉五郎も、その話を聞き、しばし動きを止めた。

三人の声が重なる。

「えっ……五国屋さん？」

確かに確かに、あの店には夫婦しかいない。幸太郎が潜む部屋くらい、店奥にありそうであった。

あそこならば飯も食べられる。水も飲める。

まさか五国屋にいるとは思わないだろうから、借金取りも、まだあの店には行ってないだろう。

ただ。清十郎が呆然とした。

「五国屋さんは幸太郎も含め、左官達のことを嫌っていなかったっけ。大体、ろくでもない左官と関わることになったのは、幸太郎さんがいたためだ」

五国屋は為吉を大事に思っているから、幸太郎のことは、厭《いと》うていたような気もしていた。もし幸太郎を五国屋へ入れたのなら、その訳はまだ分からない。

「こいつは思いがけない考えだ。けれど」

男三人は、顔を見合わせた。あり得る話かもしれないと、じわじわ思えてきたからだ。

だが、しかし。

「五国屋さんは、幸太郎さんのことを、なにも言ってきてない。皆が捜してるのに、匿《かくま》い、黙ってるとしたら、そのことを余所へ話す気はないんじゃないかな」

もし五国屋さんがしらを切ったら、幸太郎が五国屋にいたとしても、確かめるのは大変だろう。

「さて、この先、どう動いたら良いのかね」

部屋内の者は今度こそ、直ぐには答えが思い浮かばなかった。ただ、もし幸太郎があの店にいるとしても、ずっと隠れていられない事だけは、麻之助にも分かったのだ。

6

職人の半纏を着た男数人が、暮れて人の通りがぐんと減った神田の通りを歩いていた。その直ぐ後を、どう見ても風体の良くない面々が続いてゆく。

その時横小道からそれを目にした男が、さっと長屋の間を駆けていった。男は表長屋の店が続く辺りで足を止め、もう下ろされていた大戸を叩く。直ぐに潜《くぐ》り戸が開いて、男は中へ素早く入った。

　すると。小さな銭両替の店には、男達が何人も集まっていたのだ。

　もちろん、主の五国屋がいる。土間には麻之助や清十郎、吉五郎、岡っ引きが顔を並べ、行灯《あんどん》の灯りが皆の影を壁に落としている。おかみだけは、麻之助が知り合いの家へ逃がしていた。

　そしてやはりというか、小さな店表には、幸太郎の姿があったのだ。その横には、為吉も座っていた。

「全く麻之助さんは、無茶をなさる。私は昨日、お前様に聞かれたとき、幸太郎さんが店にいることを素直に言わなかった。だからってね」

　まさか亀三達へ、幸太郎が五国屋にいることを、話してしまうとは思わなかったのだ。

麻之助はへらりと笑った。

「ああ五国屋さん、その話はちょいと間違ってますよ。亀三さんに、正面から幸太郎さんのことを教えても、何か罠があるかと疑って、動いちゃくれません」

　それで麻之助達は、一計を案じた。借金から逃げた幸太郎は今、五国屋でかくまわれている。そして、このままでは借金取りが怖いので、明日にも上方へ逃げることにしたと、亀三が顔を出す賭場でしゃべったのだ。

「そして明日の昼に、舟を頼んでおきました。その時船宿でも、あれこれ五国屋さんの話をしましたんでね。きっと噂が、亀三さんの所へ伝わると思いましたよ」

だから亀三はきっと今日、五国屋へ来る。そして幸太郎を取り返し、五国屋を脅し、藤枝屋が欲しがっていた角地を売った金を、そっくり手に入れる気なのだ。

いや、その後も長きにわたって、五国屋にまとわりつくつもりだろう。

「だから今日、一気に事を終わらせようと思ったんです。幸太郎さんと五国屋さんには、亀三さん達を引き寄せる餌になっていただきました。すみませんねえ」

麻之助が明るく言う。横で吉五郎が亀三のことを、嫌な野郎だと言い捨てた。

「人を脅す暇があるなら、その間に働けばいいものを」

岡っ引きが、あいつは両国で賭場の主と組んで、いかさまの博打をしていると口にする。つまり本人は、忙しい気でいるのだろう。

「きっと幸太郎さんの借金も、いかさまで作ったものですよ」

亀三は金がなくなると、お構いなしにあれこれ、やってしまう男のようであった。麻之助はここで六尺棒片手に、気になっていたことを五国屋へ問う。

「五国屋さん、幸太郎さんを匿った後、身の振り方、どうする気だったんですか？」

五国屋が、眉尻を下げた。

「江戸で駄目なら、西へゆくしかない。私には、それしか思いつきませんでしたよ」

上方へゆくことが、幸せに繋がるとは限らないことは知っている。現に五国屋とて昔、西で子を失い母を失い、長く長く貧乏に捕まっていたのだ。最後に相場で金を得たものの、あれは一か八かの賭けだった。失敗したら首を吊っていたのだ。

「それでも、他に手がなくて」

「それは、そうかもしれないが」

まだ若く、左官としても一人前でない幸太郎では、その旅は大変だろうと、清十郎が口にする。とにかく、たった一人で西へゆくのでは。

するとこのとき、幸太郎の横にいた為吉が、珍しくも口を開いた。

「幸太郎は、一人で旅立つんじゃありません。おれが一緒に行くつもりです」

店表にいた者達が、思わずといった顔で、為吉を見つめる。五国屋が、ちゃんと路銀は持たせると言うと、清十郎がすっと片眉を引き上げた。

「こりゃ驚いた。為吉さん、お前さんが、五国屋さんに頼んだのかな」

「幸太郎がある夜、白川屋へ逃げてきました。なんでも五国屋さんから思うように金が取れないので、腹いせに、左官達から袋だたきにあったとかで」

顔を腫れ上がらせていた弟を、為吉は追い返せなかった。しかし為吉の奉公先である白川屋に、居場所はない。しかも為吉の所では、亀三が捜しにくるかもしれない。

「必死に考えたけど、どこにも行き場所がなくて。本当に、驚くほどなくて」

それで……。

「今更だ、我ながら都合のいい奴と思ったけれど、五国屋さんを頼ったんです」

自分から、もう関わらないでくれと言った、親であった。しかも、騒ぎの元である幸太郎は、五国屋とは関係がない。

「だけど……店へ入れてくれた」

そのとき為吉は、この先も弟と共にいようと、腹をくったという。

五国屋は幸太郎から、賭場と借金の話を聞くと、はめられたのだろうと言い切った。何しろ五国屋も西を放浪していたとき、嫌と言うほど、同じような目に遭っていたのだ。

「ああいう奴らは一旦目をつけると、しつこいんでね。これは遠くへ逃げた方が、良かろうと思いました」

五国屋がここで、外の物音を気にしつつ、静かな口調で言う。

するとその時、幸太郎が口を開いた。黙っているのが、我慢出来ない様子であった。

「五国屋さんは、亀三が目をつけてた角地を藤枝屋へ売るって言ったんです。そうやって二人分の路銀と、しばらく暮らせる金を作るって」

幸太郎は、為吉に実の親が現れたと噂で聞いたとき、酷く羨ましかったと言った。

「おれが小さいとき、両親がおれにだけ甘いのは、当たり前だと思ってました。だって兄貴は自分の子でも、親父の子でもないって、おっかさんが言ってた」

だから幸太郎が八つの歳、神田へ兄弟を連れてきた叔父が奉公先を分けた時も、そんなものかと思った。血縁の幸太郎だけを左官の弟子にして、兄は適当な店へ奉公させたのだ。

「ところが、だ。そんなんだから、罰が当たったのかね。亀三親方は、飲む、打つ、買うが大好きな、とんでもねえ親方だった」

上がそうだから、弟子達もろくでなしに育って、一番下っ端の幸太郎を殴ってくる。そんな左官だから、幸太郎の下には弟子が出来なかった。

幸太郎は左官としての腕など、ろくに身についていない。金も暇もない。つまり辛くなっても、為吉の店を訪ねることすらできないでいた。

「ああ、そういうわけでお前さん、白川屋さんへ行かなかったのかい」

五国屋が、納得したと頷く。ここで幸太郎が、五国屋の顔を見つめた。

「なんで、おれを匿ったんです？　路銀まで出してくれるんです？　その金を出したら、大事な息子の為吉兄さんが、西へ行っちまいますよ」

いいのかと問うたのだ。皆の顔も、主へ集まる。為吉の目も、五国屋の口元へ吸い寄せられる。

そして、静かな言葉が聞こえた。

「為吉がそれを願ってる。だからいいんだ」

当の為吉が、五国屋の言葉に目を見張る。そのとき。

「来た」

吉五郎の短い声が、皆を動かした。五国屋が店表の直ぐ後ろにある、小さな一間へ息子達と隠れる。店は他と同様、奥へ細長い作りだ。裏から押し入られた場合、奥の間にいたら、麻之助達が助けるのに困ってしまう。

「左官達は、結構喧嘩慣れしてます。用心なさって下さい」

幸太郎の小声が聞こえた時、小さな表長屋の潜り戸が、問答無用で蹴り壊された。

「よしっ、押し込みで、とっ捕まえられるな」

岡っ引き達が、手加減無用と頷く。麻之助は清十郎達と目配せをした後、まじないのように、ある言葉を繰り返した。

「昔々、あるところに、おじいさんとおばあさんがいました」

潜り戸から、左官達が湧いて出てきた。そして直ぐ足を止め、目を見張っている。今日は五国屋に、幸太郎を連れ戻しに来たはずなのだ。

なのに何故だかそこには、手に物騒な得物《えもの》を持っている麻之助達が、待ち構えていた。

そして容赦なく左官や、その後から入ってきた賭場の者達へ、打ちかかったのだ。

暴れつつ、麻之助のつぶやきは続く。

「ある日川に桃が流れてきて、おばあさんは……ええい、まどろっこしいね。つまり桃太郎は、鬼ヶ島へ鬼を退治に行きました」

　鬼の代わりという訳ではないが、麻之助はせっせとろくでなし達を、六尺棒で打ち据えていった。するとその中に、以前白川屋で見た者もいたので、顔をしかめる。

（町名主の跡取りとして、懲らしめ方が足りなかったのかしらん）

　考え込む間に、その男が殴りかかってきたから、麻之助は今度こそ気合いを込め、がつんと叩いておいた。

　すると。ここでわっと大声が聞こえ、思わず奥へ目を向ける。博打打ちが一人、五国屋を捕まえ、その身を引きずっているのが目に入った。

（くそっ、主を盾にし、逃げようという算段か）

　そのとき男へ、幸太郎が飛びついた。五国屋から引きはがそうと、男を畳へ引き倒したところで、今度は為吉が男の腕にすがりつき、食いつく。男は刃物を持っていたらしく、畳に血が飛んだのが見えた。

「為吉っ」

　五国屋の悲鳴が上がった。六畳間へ飛び込んだ麻之助が、六尺棒を大きく振り回し、男の腕を棒で跳ね上げ、光るものを畳へ落とす。そこへ後ろから、吉五郎が風のように迫って、瞬きの間に、十手で男の背を打ち据える。すると彫り物をした男は、そのまま崩れ落ちていった。

「大丈夫かいっ、為吉、大丈夫なのかっ」

死にそうな声を出している五国屋の前で、麻之助が素早く手ぬぐいを懐から出し、裂いて、血を流している為吉の腕を縛った。

「心配ないですよ。けど親分、医者を呼んでおくれ」

岡っ引きが、手下を医者の所へ走らせると、店内はあっという間に静まっていった。清十郎が台所から水を汲んできて、為吉に飲ませた時、もう動き回っている者はいなかったのだ。

「あ……終わったみたいだね」

数えてみると、左官と博打打ちで合わせて、七人倒れていた。今度こそちゃんと全員打ち据えられ、それを親分達が器用に縛っていく。麻之助が頷いた。

「悪い鬼達は、桃太郎にやっつけられました。おしまい」

昔話はこうじゃなけりゃいけないと、麻之助が満足そうに口にする。すると横から清十郎が、大喧嘩しながら何をぶつぶつ言っていたのかと、首を傾げてきた。

「私は、正しい昔話を話してたのさ」

「はあ？　麻之助はいつから、草双紙《くさぞうし》が好きになったんだ？」

訳の分からない奴と言われたが、真っ当な話の終わりを迎え、麻之助は満足であった。

その内、手下に連れられ、医者が五国屋へ入ってくる。一人狼狽える五国屋の周りで、事は今度こそ、全て収まっていった。

7

後日麻之助は、幸太郎の居場所を思いついたお雪へ、礼に行った。

五国屋のその後も伝えると言い、花梅屋の一間で待っていると、今日もお浜が当然だという顔で、麻之助の前に姿を現してくる。

麻之助が、清十郎が勧めた飴と前髪くくりを差し出すと、お雪はそれは喜んでくれた。

「それでそれで？　麻之助さん、五国屋さんと為吉さん、それに幸太郎さんのその後は、どうなったの？」

亀三達左官がどう裁かれたかより、おなご達はそっちの話に興味が向いていて、笑いがこみ上げてくる。麻之助はお浜達へまず、左官というより、今は博打打ちに近かった亀三達は、江戸所払いになったと告げた。

「あら……亀三達は、このお江戸以外にいるってことなのね」

「ええ、それで幸太郎さんと為吉さんは、江戸から出るのを止めにしました」

では、これからどうするか。為吉はともかく、一人になった幸太郎の身の振り方を、早く考えねばならなかった。

「するとですね、今回話を仕切ったのは、白川屋さんだったんですよ」

「へえ。そのお人、為吉さんが奉公してるお米屋さんですね」

お雪の言葉に、麻之助が頷く。

「白川屋さんは、五国屋さんが藤枝屋さんへ、角地を売ればいいと言ったんです。そしてその金で五国屋の店を大きくして、幸太郎さんを奉公させればよいと考えまして」

左官としては半端だし、今から店へ奉公するには歳がいっている。五国屋が面倒をみてやれと、白川屋は告げたのだ。

「それで、息子の義理の弟を奉公させるなら、実の息子為吉も、家へ入らなければおかしい。白川屋さんは、そうおっしゃいまして」

為吉が五国屋へ入るのであれば、幸太郎も居やすいだろう。五国屋は夫婦と兄弟でやっていけばよいと、白川屋は考えたのだ。

「為吉さんも、弟を引き取ってもらうという口実があれば、悩むことなく親の店を継ぐことが出来ます。良い考えだと思いました」

五国屋はその話を聞くと、今回はさっと頷いたという。

「もう親として弱いのは、止めにしたんだそうで」

親子はこれからゆっくりと、間を詰めてゆくことになるのだ。

ただ、麻之助が驚いたこともあった。

「白川屋はですね、その時、娘さんを是非、大きくなる五国屋さんの跡取り為吉さんへ、嫁がせたいと言ったんです」

どうやら白川屋の娘は、以前から為吉のことを、憎からず思っていたらしい。

「まあっ。白川屋さんが一番強かったわね」

お浜は笑いだした。今回の話はそうやって、おちついていったのだ。

「桃太郎は鬼退治を済ませ、その後は皆で、幸せに暮らしました。めでたし、めでたし、なんですよ」

こういう結末が好きだと麻之助が言うと、お浜もお雪も頷いている。そしてここでお浜が、孫娘を見た。

「白川屋さんの娘さん、幸せになるのね。ねえ、お雪、お前さんもそろそろ、本気で縁づくことに決めたら？」

「おばあさま、こんなところで急に、縁談の話をしないで下さい」

ほんわりと語る娘は、実は結構しっかりした何かを抱えている。

（お浜さんの意のままには、ならないねえ、お雪さんは）

麻之助がにやにや笑っていると、お浜は思いもかけない一言を付け足した。

「お雪、いっそここにいる麻之助さんへ嫁ぐのはどう？　町名主の跡取りだし、相馬家の跡取り、吉五郎さんとも親しいわ」

高橋家でならお雪はきっと、幸せにやっていけるだろう。お浜が勝手に言うと、お雪は急な話に魂消ている。そして一刀両断、きっぱりと返答をした。

「あたし、おじさんは嫌。麻之助さん、いい歳のおじさんだもの」

「おっ、おじさんっ。面と向かって……初めて言われたっ」

亀三と対峙したときでも、麻之助はこんなにひるんだことはなかった。思い切り身を引いてしまうと、それを見たお浜が、涙を流さんばかりに笑い出す。

「あらまあ、ごめんなさい。麻之助さん、おじさんと言われて、傷つく歳なのねえ」

さらに笑いを重ねたあと、お浜は失礼しましたと謝り、心配するなと言ってくる。

「大丈夫よ、麻之助さん。お雪じゃなくても、ちゃんとお嫁さんの世話はしますから。ええ、歳なんか気にしなくても」

「わっ、私はっ。いやその、まだ嫁はいらないというか……」

「これ以上遅くなると、おじさんというより、おじいさんになってしまうわよ」

「ひいっ」

見事にお浜に押し切られ、麻之助はろくに返答も出来ない。

(このまま、お浜さんが持ってくるお見合いに、とっ捕まってしまうんだろうか)

それとも捕まったのは、おじさんという言葉だろうか。六尺棒を持って戦っていた方が、よほど楽だというと、花梅屋の部屋にはまた、笑い声が満ちた。

はたらきもの

1

「ふみゃあっ、ふーっ」

大店《おおだな》の屋根から、大きな声が上がった。途端、人のような姿が、屋根から屋根へ駆けていったものだから、神田の大通りにいた人々が、一斉に上へ目を向け身を強ばらせる。

最近江戸では、奇々怪々な事が、あれこれ噂されているのだ。よってまた大事が起きたに違いないと、大勢がうろたえた。

「今、屋根にいたのは何だ？　天狗《てんぐ》か？　ああきっと今度は、天狗が出たんだな」

「天狗？　西から来たって噂なのは、怪異だったのか？」

「誰かが世を変えるんだとか、聞いたぞ」

「みゃうーっ、ふみゃううっ」

「お武家の屋敷に、金が降ったそうな」

「金は、盛り場にも降ったってさ。何かでかいことが起きるらしい」

一帯がざわめき、店の奉公人までが騒ぎ出すと、おびえ、道で立ちすくむ者が現れてくる。すると通りかかった岡っ引きが、急ぎ周りの者達をいさめ始めた。

「おいおい、いい歳した大人が、馬鹿言ってんじゃねえよ。屋根にいる猫が、喧嘩してるだけだろうが」

岡っ引きは強面《こわもて》を辺りへ向け、びしっとした声を出した。そしていつもはそれで、通りの噂話くらい落ち着くのだ。

ところが。今日道にいた者達は、なんと反対に、怖い顔で岡っ引きを取り囲んできた。そして最近、江戸で良く聞く奇妙な噂について、あれこれ問いはじめたのだ。

「親分さん、本当に怖いことは起きないんですか？」

「西から来るものの話を、よく聞くんだ。流行病《はやりやまい》じゃないだろうね？　浅草じゃ、今までにないことが起きるって話が回ってる」

変なよみうりが出たし、両国では居酒屋の銘酒が、一晩で安酒に化けたらしい。

「おれはその酒を飲んだが、水みたいだった。お江戸はどうしちまったんだい？」

「だ、だから、天狗や怪異の話は、法螺《ほら》話だって言ってるじゃねえか。居酒屋の酒は、店主が水増し、し過ぎたんだろ」

しかし、集まっていた人々は納得しない。中には武家の屋敷に、金が降った噂を、くり返し口にする者までいて、疑う声は段々大きくなってゆく。

「親分さん、剣呑《けんのん》なことが起きそうで、怖いんだよ。お武家が絡んでるんで、隠してるんじゃないかい？」

不安はみるみる膨れあがり、その内、ぽんと弾けてしまいそうであった。岡っ引きの顔が引きつる。

そして、そして。

双方がにらみ合ったその時、場が不意に、ふっと緩《ゆる》んだ。通りの上の方から、なんとものんびりとした、明るい声が響いたからだ。

「ありゃ、江戸川の親分さんじゃないですか。お久しぶりでぇす」

「この声、どこから……えっ、上からだって？　おお、麻之助《あさのすけ》さん、何で米屋の屋根にいるんだ？」

「うちの猫を、連れ戻しに来たんですよ。ふにが大声で鳴いて、皆さんを驚かしちまったようだ。あい済みません」

愛猫を腕に抱えると、麻之助は屋根の端から器用に塀へ飛び移り、次に通りへ降り立った。屋根で鳴いていた猫の一匹は、町名主《まちなぬし》高橋《たかはし》家のふにだったのだ。

「うちの屋敷の庭で、鰯《いわし》を焼いてたんですがね。そこへ入り込んできて、鰯をかっぱらった、剛毅な野良猫がいたんですよ」

いつものように、鰯の頭と尻尾を貰う気だったふには、そいつを逃さなかった。よって、猫同士の大げんかになったのだ。

「勝負はさっき、屋根の上でつきました。ええ、ふにの勝利です」

言われて見れば、麻之助に抱えられたふには、こんがり焼けた鰯を口にくわえ、得意そうにしている。

「鰯は、私のおかずだったんですが。ふにから取り上げるのは、もう無理だろうなぁ」

「おや、今回のは天狗じゃなくて、鰯の騒ぎだったのか」

道端から、ほっとした声が聞こえると、麻之助は大きく頷いた。

「ええ、この騒ぎに、怪異は関わっちゃいないんですよ。今、屋根の上を走ったけど、高い鼻の天狗はいませんでした。残念なことに、銭も降って来なかったな」

周りから小さな笑い声が聞こえ、世の中、そんなものだと、麻之助は明るく続ける。

「それと、です。最近よく聞く噂に、武家の家に金が降ったって話があるでしょう。実はあれも、眉唾物《まゆつば》でして。ええ、この麻之助が請け合います」

不信の声が聞こえたので、麻之助は事情を分かりやすく話した。その噂を耳にした日、麻之助は試しに武家である相馬家《そうま》へ、出かけてみたのだ。もし、あぶく銭が入っていたら、悪友は吝嗇《けち》ではないので、一杯飲ませてくれるはずであった。

「ところがです。やっぱり、大嘘だったんですよ」

相馬家に友はおらず、代わりに強面の義父小十郎《こじゅうろう》が、噂は嘘だと断言してきた。

「金など降ってないそうで。そして私は小十郎様から、拳固《げんこ》を食らっちまいました」

「ありゃ、災難だったな」

小十郎は定廻《じょうまわ》りの同心であったから、江戸の町屋で暮らす多くの者は、見目良く怖い性分であることを承知している。だから。

「皆さんも、気を付けておくんなさい。定廻りの旦那に金のことを聞く時は、相手を選んで下さいまし」

麻之助が大まじめに言うと、周りは苦笑を浮かべて頷《うなず》き、やがて人の輪が崩れた。親分が、ほっとした様子を見せ、麻之助へ助かったと小声で言ってくる。頷いた後、麻之助は道端にあった茶屋へ岡っ引きを誘った。

「団子でも食べて、一息つくのはどうですか？　ちょいと話もありますんで」

そして床几《しょうぎ》の上に座ると、横でふにに鰯を食べさせつつ、奇妙な噂について、そっと話し始めた。

「親分、最近、変な噂をよく聞きますねえ。町の皆も気にしてるみたいだ」

猫の喧嘩が天狗の騒ぎに化けたのも、噂のせいだろうと言うと、団子片手の岡っ引きが深く頷く。

「多過ぎるな。同心の旦那方は、誰かがわざと、妙な話を流してるんじゃないかって考えてるよ。噂の中に、江戸の様子を変えるなんて、剣呑なやつまであったからだ」

そのため、三廻りの同心達や岡っ引きは今、噂の元を探れと言われているのだ。同心見習いを友に持つ麻之助や清十郎《せいじゅうろう》も、その話は承知していた。

「でも親分、噂は多いのに、本物の怪異には、とんとお目に掛からない。なんでかねえ」

天狗がいるなら見たいと思い、ふにが喧嘩をして屋根に消えた今日、麻之助は跡を追ってみた。だが屋根から遥か遠くまで見ても、猫以外、屋根で動いているものはいなかった。

「おやおや、麻之助さんが屋根にいたのは、天狗に会うためだったのか」

「ふにぃ、みゃあ」

「先日、小十郎様から拳固を食らったのは、酒をねだったせいじゃないんで。吉五郎《きちごろう》共々、もっと賢く動いて、噂の出所を早く摑めというお叱りだったんです」

麻之助は仕方なく、悪友の町名主清十郎と、話を聞いて回っていた。

「武家の家に、金が降ったと噂が流れたとき、深川の知り合いに会いましてね。そいつは妙な噂を、聞いていないと言ったんです」

それで、どの町でどんな噂が流れていたか、知りたくなった。麻之助は他の町名主達に、文で噂のことを問うてみたのだ。

「ほお。で、どうなったんで?」

「面白いことが分かったんですよ」

奇妙な噂が聞こえる町は、結構偏っていたのだ。

「江戸中が、噂で満ちてるわけじゃ、なかったんです」

日本橋辺りの町名主は、どの噂も聞いていたのに、南へ行くにつれ噂を知る者は減った。神田にある高橋家の支配町辺りも、噂を知る者は多かったが、西へ向かうと、こちらもまた、聞いている者が減っていく。

「両国、本所辺りの名主の皆さんは、不思議な噂を知っていました。だけど深川の町名主さんは、知らなかったんです」

江戸川の親分が眉根を寄せた。

「おお、麻之助さん、面白い調べ方をしたね。浅草の南から神田の東側、そして本所の近辺で、噂は流れてたのか」

いつものように、ふわふわした様子で話してはいたが、麻之助はきっちり事を進めていたのだ。岡っ引きは茶屋の床几で、笑うように口元を歪める。

「今回は随分、立派に仕事をなさってるようだね。麻之助さん、小十郎様は余程怖かったのかな」

するとと麻之助は、大いに頷いた。もっとも、小十郎が平気だという御仁は少ない。

「それに親分さん、他にも訳がありまして」

麻之助は最近、思わぬことに気がついていた。噂を調べ始めて程なく、最近困るほど集まっていた麻之助への縁談が、ぐぐっと減ったのだ。

「縁談が？　なんと、またどうして」

「さっぱり分かりません。でもまだ後添《のちぞ》えをもらう気になれないんで、助かりました。だからしばらく、働き者でいるつもりです」

「しかし不思議な話だね。妙な噂と縁組みか。どう関わっているのやら」

すると、ここでとんでもない言葉が、床几に座る麻之助達へ降ってきたのだ。目の前の道に、馴染みの姿を見て、麻之助は魂《たま》消《げ》、思わず床几から立ち上がる。

花梅屋《はなうめや》のお雪《ゆき》が、どうしてだか突然、茶屋の側に立っていた。

「あら、麻之助さん。もういい歳のおじさんなんだから、無精はいけないわ。後添えはまだ要らないなんて言っていると、誰もお嫁に来てくれなくなっちゃいますよ」

「あのっ、なんでお雪さんがここにっ」

お雪は小十郎の伯母、お浜《はま》の孫娘だ。使いで相馬家へ行った後、送ってくれた吉五郎と共に、そこまで来たのだという。

「それでなくても最近、若いおなごには良い働き口が、増えていると聞きますのに」

つまり後妻の話は、減る一方らしい。麻之助は素直に頷くと、降参だと言い謝った。そして急ぎ、友はもう帰ったのかと話を変えた。

「いいえ。ほら通りの端にいます。知り合いと会ったんで、話がしたかったみたいで」

それでお雪は近くの店へ寄ると言い、吉五郎と別れたところだったのだ。ここでお雪は、小さく首を傾げた。

「そうだ、麻之助さん、吉五郎さんに悩みがないか、聞いてみてもらえませんか」

お雪の考えでは、多分吉五郎は今、悩んでいるはずだという。

「はて?」

道の先を見ると、生真面目な同心見習いの友は、確かに顔を強ばらせ、眉間《みけん》に深い皺を刻んでいる。その顔を見て、麻之助と江戸川の親分は、目を見合わせた。

「あの、お雪さん、何かあったんですか?」

「事情は、吉五郎さんから聞いて下さいまし。麻之助さんはおじさんだから、分かるのは難しいかもしれませんが」

「ええっ? 私はそこまで、おじさんなんですか?」

麻之助が情けない声を出している間に、お雪はさっさと茶屋から離れていってしまった。横でふにと岡っ引きが、何故だか揃って、笑いを堪えている気がする。

ここで江戸川の親分も、麻之助の肩にぽんと手を置いてから、立ち上がった。そして茶屋から出るとき、余分な事も言った。

「麻之助さん、あんたまだ、嫁も貰えないほどの、おじさんじゃないよ」

返事が出来ない間に、何か摑んだら話を交換しようと付け足し、江戸川の親分は豪快に笑いながら消えて行く。

くたびれたような顔の吉五郎が、茶屋の前で、岡っ引きの姿を見送った。

2

翌日、吉五郎の不機嫌は、友にも広がった。麻之助、吉五郎、清十郎、それに両国橋の顔役の息子貞《さだ》が、連れだって歩きつつ、堅い顔を並べていたのだ。今日四人は、両国橋近くの料理屋南北屋《なんぼくや》へ呼び出されていた。

店に着くと、二階の客間が貸し切りとなっており、仲居に案内された。

「こういう店の二階を借り切ると、麻之助、いくらかかるんだ？」

「吉五郎、私には分からないくらい、高い」

部屋では、似た年頃の男達が三人待っていた。麻之助はその三人へ目を向け、更に渋い顔となって、片眉を引き上げる。

（おやま、上座に座ってるよ）

吉五郎は御家人で、しかも同心見習いであった。対して三人は町人なのに、上座から動かない。

すると右端に座っていた男が、遅れずに来てご苦労様と、引っかかる言い方で挨拶をし、向かいの席を手で示してくる。麻之助達四人は、大人しく三人と向き合って座ったが、横で清十郎が口元を歪めていた。

（やれやれ、目の前のお三人さん、偉そうだねえ）

町名主やその跡取りなど、歯牙にも掛けない様子であったが、相手が端からけんか腰ならば、遠慮は要らないから却って落ち着く。ここでまず清十郎が、口を開いた。

「冬太郎《とうたろう》さん、お久しぶりです。皆に紹介させていただく。お三方の内、右端にいるのが札差大倉屋《おおくらや》の跡取り息子、冬太郎殿だ」

冬太郎は清十郎の義母、お由有《ゆう》の弟であったから、互いに承知していた。

次に吉五郎が、冬太郎の横にいるのは、やはり札差の長男で、中森屋秋太郎《なかもりやしゅうたろう》だと続けた。大店には、挨拶を欠かさぬ同心がいるものだが、中森屋は吉五郎の義父、相馬小十郎を頼りにしているという。

そして一番奥の席にいるのは、札差虎白屋《こはくや》の総領息子春太郎《しゅんたろう》だと、貞が口にした。

「春太郎さんは、柳橋の小菊《こぎく》姐さんを贔屓《ひいき》にしておいでで。そして小菊姐さんは、おれの手下《てか》を贔屓にしてる。それで顔を知ってるってわけです」

麻之助は頷いたが、よく考えてみると、間に芸者と手下を挟んだ間柄であった。なのになぜ、貞が春太郎を知っているのか、謎かけのようでもある。

（おなごが絡んだ、もめ事でもあったのかね。貞さんと手下達は、いい男の集まりだし）

しかし麻之助は余分なことを口にせず、さっさと話を進めた。

「我らは今日、冬太郎さん達、お三方に呼び出されました。日頃、つきあいもない相手だ。どうしてなんでしょう」

やんわりと問うと、冬太郎がくいと顎を上げ、早々に訳を語り出す。父親である大倉屋と違い、跡取り息子はせっかちであった。

「一つにはね、お前様達四人の顔を、ちゃんと見ておきたかったからさ」

「私達の顔？」

「先だって麻之助さん達は、うちの父大倉屋、大貞《おおさだ》、丸三《まるさん》、相馬小十郎様という、江戸の町の大物達と会ったよね？」

大倉屋達四人は、揃って会うことなど、なかなか叶わない面々であった。そして麻之助らは、いざ大事が起きたとき、どう対処すべきかを学べと大倉屋達から言われ、鍛えられたらしい。

冬太郎が、ぐっと口を尖らせた。

「おとっつぁんときたら、いずれ店を継ぎ、札差となるはずの我らを、どうしてその場へ呼ばなかったのか」

あの時、麻之助達が集められたのは、大倉屋の店奥にある客間だった。だから集まりのことを、手代が冬太郎の耳へ入れたという。札差の跡取り三人は、麻之助達四人が認められ、自分たちが軽く扱われたと、腹を立てているのだ。

（ありゃりゃ）

すると清十郎がため息を漏らしつつ、冬太郎へきっぱり言った。

「あの、親御の心づもりを知りたければ、自分で直に聞けばいいでしょうに」

至極真っ当な言葉だと思ったが、冬太郎達は顔を赤くした後、返事をしてこない。

「まさか、おとっつぁまが怖いんですか？」

麻之助が明るく問うと、金持ちの息子方は、口を急にへの字にした。

「私達はね、お前さん達四人が、実は見かけ倒しの役立たずじゃないかって、心配してるんだよ！」

親はきっと、人選びで大間違いを犯しているに違いないと、勝手なことを言い出した。

麻之助は眉根を寄せ、ぼっちゃま達に言い返す。

「そりゃ、ご心配をおかけしました。でもぼっちゃま方に、我らが使える者かどうか、分かるんですか？」

相手を計るにも、それなりの器量が要ると言うと、冬太郎がにたりと笑う。

「分かるよ。ここへ呼び出した時、渡した文に、噂のことについて話ありと書いておいただろうが」

冬太郎は、麻之助達四人の力をどうやって見極める気か、言葉を続ける。

「最近、世を騒がせる奇妙な噂があるんだ。奉行所の同心達が、噂の出所を調べるよう命じられたと聞いたから、そこの同心見習いの旦那は承知だね？」

「おや、奉行所の事情に詳しいな」

吉五郎のつぶやきには言葉を返さず、冬太郎は先を続ける。

「お前さん達四人は、奇妙な噂を流した主を、他の同心達より早く突き止めな。そしてその誰かが、どうしてあんな法螺話を世に流したのか、その訳も摑んでおくれ」

分かったら冬太郎達に、一切の事情を知らせてこいという。

「それが出来れば、四人が優れていることを納得してやるよ」

まるで町奉行が、配下の同心らへ命じるがごとき言いようで、吉五郎が目を丸くする。

一方麻之助は偉そうな三人へ、真剣に問うてみた。

「あのぉ、何だって我らが、初対面のお前様達の命を、聞かなきゃならないのかな？」

すると中森屋の秋太郎がにたりと笑い、訳を言ってくる。

「そりゃあ先々のことを考え、動けという話だな。私達三人はいずれ、札差となる。そして江戸町名主も同心も、金持ちからの寄進や付け届けを、求める立場だ」

「へえ、つまりこういうわけか？」

地回りの息子だからか、一人話から外された格好の貞が、苦笑と共に話を継いだ。

「大金持ちの札差から、先々金を貰いたければ、言うことを聞け。そう言ってるわけだ」

札差の跡取り方はこの場で、四人とどちらの立場が上なのか示しておきたいらしい。

「ははぁ、それで三人は上座に座ったんだね」

貞は薄笑いを浮かべ、麻之助と清十郎、吉五郎は顔を見合わせた。そしてまず麻之助が、高橋家の支配町に、札差の店があったかなとつぶやく。

「いや、ないねえ。大倉屋さんの店は結構近いけど、うちの支配町内じゃない」

そもそも札差の店は、浅草蔵前辺りに多かった。その上、札差の店を開くために必要な株は、全部で百もないと言われているのだ。

「中森屋さんや虎白屋さんの店があるのも、浅草だ。清十郎が受け持つ支配町内にも、札差はないんじゃないか？」

「そうだね、ないな」

一方町名主は、江戸に二百数十人いると言われている。一つの町を受け持つ町名主もいれば、幾つもの支配町を引き受けている者もいるが、どの町名主も、余所《よそ》の支配町の事には、口出ししないことになっていた。

「ようするに、お三方が大金持ちでも、我ら二人には関係ないことなんで」

麻之助達にそっぽを向かれた跡取り達は、ここで一斉に吉五郎を見た。しかし同心一、怖い頑固者を義父に持つ吉五郎は、金で動かされるような間抜けを、やりはしなかった。

「お主達三人が札差となっても、おれに金子《きんす》など渡さなくともよい。義父上《ちちうえ》も、それで構わぬと言われるだろう」

三人が顔を強ばらせた途端、吉五郎に男惚れしている貞が、やはり吉五郎の兄貴は、ぐっとくるお人柄だと言って笑い出した。

「札差のぼっちゃま方、相馬家のお二人は、同心として頼りになることで知られてるんですよ。世話になりたい大店は、江戸中に沢山ありやす」

他の同心に乗り換えたいなら、やればいいと貞に言われ、冬太郎は歯を食いしばる。麻之助は、三人のぼっちゃまを見つめた。

(さあ、思うようにはいかなかったぞ。ぼっちゃま達、次にどう動く?)

脅してくるか。さっさと諦めるか。親に認められたいと、泣き落としにかかることも考えられる。三対四でのにらみ合いで、麻之助はかなり興味を持って、ぼっちゃまらを見ていた。

するとここで、本当に意外なつぶやきが、麻之助の耳に聞こえてきたのだ。

「なるほど、この四人は金で動かせないのか」

冬太郎は、何故だか納得したように言った。

(おや、腹を立ててはいないぞ。焦っても、困ってもない)

その横では残りのぼっちゃま達も、目配せをして小さく頷いている。

「あ……れれ？」

麻之助はそれを見て、なんだか落ち着かなくなった。横に並ぶ悪友達へ目を向けると、そちらも揃って渋い顔つきになっている。

(これは、なんだ？)

ぼっちゃま達の様子が、妙に気に入らない。途端、こちらの余裕が、急に無くなっていくのが分かった。嬉しくない考えが、麻之助の頭の中を跳ね回ってゆく。

(変だねえ。うん、ぬるく、甘く育ったぼっちゃま達を、我らは余裕を持って、相手にしてたはずじゃないか)

そして、そのぼっちゃま達を、上手く撥《は》ね付けたと思っていたのだ。

(なのに)

目の前にいる三人は、そういう事もあるだろうと、心得た様子を見せてきたのだ。

(こりゃ腹に力を入れ直し、相手の力量を計り直すべき時かな)

それで麻之助は、横にいる三人の友へ、思い切り情けなさそうに言った。

「大倉屋さんは、跡取りのぼっちゃんのことを、堅いのが取り柄の人柄だと語ってた。けど、ちょいと感じが違うな」

「は？　おとっつぁんてば、そんなことを言ってたのか？」

「貞さん、札差のぼっちゃま達、何を考えてるんだと思う？」

何かずれるこの感じの元は、何なのか。当人達が目の前にいるというのに、麻之助は聞かれるのも構わず、友へ問いを重ねた。

「まだ、分からないねえ。でも麻之助さんほど、お気楽者じゃあないかもな」

「貞さん、なにか引っかかる言い方だね」

「このおぼっちゃま、きっと己で、噂を調べる事くらい出来るよ。馬鹿とも思えないってことさ」

ならば麻之助達に、事を押っつけようとした訳は何か。そして。

「肝が据わった奴なら、席の上下は気にならないよねえ。どうして、わざわざ吉五郎を下座に座らせたのかしらん」

気になることに目をつぶっていると、後で後悔しそうであった。それで麻之助は、ずいと前へ進み出て、冬太郎の目の一寸前まで己の顔を寄せてみる。

ふわふわしたお気楽者と言われるが、麻之助がこうして間を詰め、目を合わせると、両国にいる博徒でも、さっと後ずさることが多い。特に最近は、そうであった。

ところが。驚いたことに、冬太郎は微動だにしなかった。清十郎が、にやりと笑う。

「度胸も、あるみたいだな」

「冬太郎殿は、意外なところの多いお人だ」

隣で吉五郎が、口の端を引き上げたのが分かる。貞が皆へ目を配りつつ、落ち着いた声を出した。

「高橋家の宗右衛門《そうえもん》さんは、跡取り息子へ、しょっちゅう小言ばかり言ってるな。支配町の皆も、麻之助さんに呆れてる」

「貞さん、こんな時に、なんてこと言い出すんだい。最近の私ときたら、驚くほど働き者だって思うのに」

麻之助が口を尖らせても、貞は構わず続けた。

「でもね、お前さんところの皆は、大きな火事や地震が起きたら、麻之助さんを頼るだろう。宗右衛門さんだってそうだ」

宗右衛門の小言は、多分いつまで経っても減らないだろうが、跡取り息子を持つ父親というのは、そういうものだ。小十郎もそうだろうと言われ、吉五郎が苦笑を浮かべる。

「義父上は、なべて厳しいお方だから」

麻之助は、ここで目をぱちくりとさせ、一歩引くと、南北屋の天井を見上げ……じき、大きく息を吐き出した。

「ああ、そうかっ。そういうわけか。それで私は、跡取り息子殿を、見誤っていたのか。やだねえ。久方ぶりに間抜けをしちまったよ」

するると貞がにたりとして、また余分なことを言ってくる。

「久方ぶりって。長屋の皆は麻之助さんがしょっちゅう、馬鹿をしてるって言ってますよ」

「だからその一言、要らないんだってば」

麻之助は、貞へ軽く拳固を食らわした後、それを冬太郎へ向け突き出した。

「三人のぼっちゃま方は、腕っ節は強くはなさそうだな。こっちは、本当にそうだろ。どこかの札差の息子が、道場で師範代になったって話は聞かないしねえ」

盛り場で喧嘩をし、勝ったということも耳に届いていない。つまり、だ。

「お前さん方、私達より喧嘩は弱いってわけだ。ならば、さ」

殴られる前に、今日、妙な呼び出しをした、本当の訳を吐けと、麻之助が、ちょいと物騒な顔になって言った。

「高い料理屋で、一杯飲ませてもらうだけじゃ、こっちは承知できないんだよ」

その様子を見ても、吉五郎は座ったままだったし、親になって、落ち着きを増している清十郎も、立ち上がりはしない。

麻之助ときたら次に、まるで口が裂けたかのような笑みを浮かべ、冬太郎達へ迫った。

「冬太郎さん、黙ったままか。話も出来ないとなると、我らはこれから冬太郎さん達と、どうつきあえばいいんでしょうねえ」

今度はぼっちゃまが三人とも、身を引いた。しかし、口を開く者はなく、麻之助は久方ぶりに拳固を振るうことになった。

3

札差の息子らから、料理屋南北屋へ呼び出された次の日のこと。麻之助は町役人の仕事を放り出し、出かけようとしてふにに引っかかれた後、知り合いの店へ顔を出した。

「大倉屋さん、おいでですか？　麻之助です」

大いに入りづらく感じる裕福な大店の店表で、麻之助は明るく名乗った。そして約束も無かったのに、江戸でも名の知れた大金持ちの札差と、直ぐ会いたいと言ってみたのだ。

（多分、そんな馬鹿を言う者は、多くないだろうなぁ）

だから店表から追い出されることも、あろうかとは思っていた。ところが一度だけとはいえ、大倉屋から呼ばれていたためか、手代が奥へ話を通した。麻之助は無事、主と会うことが出来たのだ。

「店におられたんですね。私は運が良いです」

立派な店奥の一間で、麻之助はお由有の父へ笑いかけ、まずはきちんと挨拶をする。するとそこへ、女中ではなく手代が茶を出してきたものだから、苦笑が浮かんだ。

(余程私が胡散《うさん》臭く見えたのかね。奉公人が、様子を窺《うかが》いにきたよ)

麻之助は気を遣い、そちらへも声を掛けた。

「手代さん、これはご丁寧にどうも。ああ、周作《しゅうさく》さんというのですね。主思いのお方だ」

周作は顔を赤くし、慌てて部屋を辞してゆく。襖が閉まると、大倉屋は茶を勧めた後、楽しげな顔を麻之助へ向けてきた。

「それで？　麻之助さん、今日は何用でうちへ来たのかな？」

札差の邪魔をしたのだから、もちろん立派な用件があるのだろうと言ってくる。ここで情けない話をしたら、嘆かれた後、大倉屋から放り出されそうであった。

(それじゃ、困るんですよね)

よって麻之助は、やるべきことを、いの一番に行ってみた。札差へ、両の手を差し出したのだ。

「大倉屋さん、軍資金を下さい。私や仲間の財布は、いつも風に飛ばされるほど軽いんで」

「おや、いきなり無心ですか。だが軍資金と言い切ったね。それなら先を聞こうか」

とんでもないことを言われたにかかわらず、大倉屋は落ち着いた顔で、無心のわけを聞いてくる。麻之助は小さく息を吐いた。

(ああ、やっぱり軍資金の一言に食いついたか。ならば、これから大変だ。ああ、ふにと遊んでいたい)

腹の内で、まず冬太郎へ阿呆と毒づいてみる。それから麻之助は、昨日大倉屋の息子達と、料理屋で会ったことから語り出した。

「私、清十郎、吉五郎、貞さんは、冬太郎さんと札差のぼっちゃん達に、呼び出されたんですよ。場所は、両国の南北屋です」

「ほう、ほう」

そこで四人は大倉屋、中森屋、虎白屋の跡取り三人から、手下のように命令されたのだ。麻之助は、言いつけられたことを並べた。
一、麻之助達は、最近耳にする不可解な噂を、誰が流したのか確かめること。
一、その者が噂を流した目的も、摑むこと。
一、その二つの答えを、冬太郎達へ知らせること。
「冬太郎さんはこの答えを聞き、私らの器量を計ると言ってました。ですが」

四人へまとめて出した問いでは、個々の力を計れるとも思えない。

「でも、わざわざ四人も呼び出して、聞いたことです。あの問い、直ぐに答えを承知する必要が、あったんでしょう」

つまりあれは、冬太郎達自身へ出されたものに違いない。となると、こんな妙なことを聞いた者は、限られる。

「大倉屋さんがご自分で、聞いたことでしょう？　息子さんのことで、妙なとばっちりはご免ですよ」

札差はここで、ははははと笑い出した。そして、最近江戸で、奇妙な噂が広まっている。息子がその噂にどう向き合うか、見てみたかったと言ったのだ。

「冬太郎ったら、自分で噂を調べず、役目を麻之助さん達に押っつけたわけか。若いのに、怠けちゃいけないねえ」

軍資金とは遊び代、腹立ちの代償かと言い、大倉屋は頷いている。

「私の質問が、事のきっかけだ。仕方がない、ならば幾らか出そう」

大倉屋が口にした、そのときであった。部屋の襖が開いたと思ったら、止める手代の周作を振り切るようにして、いきなり冬太郎が入ってきたのだ。

大倉屋が大きく目を見開いた。

「冬太郎、顔の右側に痣《あざ》があるじゃないか。珍しいね、どこで喧嘩をしたんだい」

それよりお前、喧嘩なんか出来たんだねえと、大倉屋が驚いている。すると大店のぼっちゃまは、眉間に深い皺を寄せ、麻之助をにらんだ。

「そこにいる町名主の跡取りが、殴ったんですよ。おとっつぁん、こいつに小遣いなんか、やっちゃいけません」

すると麻之助は、仁王立ちして睨んでくる冬太郎へ、せせら笑いを向けた。

「上手いこと、我ら四人を使ってやろうと思ってたんだろ？　なのに腹の底を見抜かれ、私に一発食らっただけじゃないか」

金持ちのぼっちゃまだからって、弱すぎると麻之助は言い切り、冬太郎へ、ぺろりと舌を出して見せる。

「それにさ、冬太郎さんが私に殴られたのは、大倉屋さんが悪いんだし」

「は？　私かい？」

この言葉には驚いたようで、大倉屋が上座で眉尻を下げる。

「麻之助さん、なんでそういう話になるんだい？」

「おとっつぁん、麻之助さんてば南北屋で、今回の噂話は、奇妙だと言ったんですよ」

天狗が現れたり金が降ったり、ありそうもない話が、一気に広がっている。しかも、そういう話が伝わったのは、神田や日本橋、本所など、わりと狭い町々であったらしい。

「おや麻之助さん、ご苦労さん。調べてたんだね」

「だけど、ただの法螺話じゃないとも、このお気楽者は言ってました」

「今回の噂、大倉屋さんが流したんですよね? ええ、札差でなけりゃ、流すのは無理ってもんなんです」

しかも、他の札差ではなく、知りあいの大倉屋が、今回の件の真ん中にいるのだ。

「だからね、直《じか》に訳を聞きたいと思ってるんですよ」

ちらりと冬太郎を見てから、麻之助は明るく言ってみた。

4

しばらくの後。両国の盛り場ではいつにも増して、皆が忙しそうにしていた。芸人や、小屋で働く者達の毎日は変わらないが、地回りや小屋主など金持ち連中は、三倍歩き回っていると言われているのだ。

最近両国では、奇妙な噂が聞かれるようになっていた。すると盛り場の大親分である大貞が、もめ事を収める仕切りを、息子の貞に任せると言い出したのだ。

つまり、次の地回りの頭が決まったわけで、両国一帯は興奮に包まれていた。

盛り場に関わる者達は今、貞の采配やいかにと、その力量に目を注いでいる。ちゃんと祝いの挨拶をしつつ、頭に頂いて良い者か、皆、貞を計っているのだ。

己も祝いに行った麻之助は、大貞の屋敷を訪ね、いつになくきちんとしたなりの貞へ、菓子と金を差し出した。小屋主や、近所の町役人達との顔つなぎがある。貞はいつものような、気軽な出で立ちではいられないのだ。

「貞さん、今更力んだって始まらないよう。自分が次の親分に決まったんだと、どーんと落ち着いてりゃ、いいんじゃないかしらん」

江戸一の盛り場の親分は、武家とは、なり方が違う。長男だからと、継げるものではなかった。

「金も腕っ節も人気も、全部必要だよね。それが分かってて、大貞さんは貞さんを、次の親分に押したんだ。ふんぞり返ってなって」

「……麻之助さん、そんな風に言われても、ちっとも落ち着かねえですよ」

貞の周りにはいつものように、涼しい面の手下達がいる。だが今日は、こちらも身なりを整えているから、芝居の役者を並べているかのようで、何か不思議な見目であった。

麻之助はまた笑うと、こちらは大倉屋からだと言って、切り餅を二つ貞へ渡した。

「おお、一分銀で二十五両の包みが二つですかい。合わせて五十両とは豪儀ですね」

「半分は、今回のお祝いだとか。後の二十五両は、私達三人も貰ってるよ。今回の騒ぎに巻き込まれたから、迷惑代だそうだ」

麻之助はここで、天狗など、不可思議な噂を流した主は、やはり大倉屋だったことを貞へ告げる。先日麻之助が問い詰め、当人が認めたのだ。

噂は短い間に広まったから、やれる者は限られていた。同じような時期、多くの町に噂を流すことは、金と人を使える者でなければ無理なのだ。

なるほどと言い、貞が頷く。

「ただね、貞さん。大倉屋さんは噂で聞いた、西から来た天狗じゃない」

大倉屋は札差だから、金の流れには詳しい。それで西の大商人が、江戸の商人達を無視した商売を始めるようだと、最近気がついたのだそうだ。

「で、ああいう噂を流す事で、それを止めにかかったんだよ」

「噂一つで、商人を止められますか？」

「大倉屋さんは噂の中に、お上が見逃さないだろうものを混ぜたんだ。〝世を変える〟とか、〝武家の屋敷に金が降った〟とか、嫌われやすい噂だ」

それで噂に上ったことは、一旦全部、お上から睨まれる話となった。貞は札差が、西の商人らの勝手をはばむ為、どうやって奉行所を動かしたか、直ぐに飲み込んだようだ。

「はは、なるほど。このやり方は、学ばにゃなりませんな。上手いもんだ」

「うん、私も覚えておこうと思った」

「けれど札差は、大倉屋さんだけじゃねえです。あの方だと思ったのは、冬太郎さんの言葉を聞いたからですか？」

「うん。私が一発おみまいした日、息子の冬太郎さんが、父親が怪しいと言ったからねえ」

「そういやぁ、大倉屋さんが、噂のことを冬太郎さんへ話したとき、妙に詳しかったって、言ってましたね」

おかげで南北屋へ、麻之助達を呼び出した時には、冬太郎達は親が噂に関わっていると察しを付けていた。親達が西の商人と組み、要らぬことをしていないか、冬太郎達は店中探し回ったらしい。貞が笑った。

「あの三人、ぼんやりしたおぼっちゃまでは、ないですよね」

貞が、麻之助が持ってきた丸いきんつばを食べつつ言い、麻之助が頷く。

「店で、妙なものは見つからなかった。それでもぼっちゃま達は、西の商人が絡んだ噂を、不安に思ってたんだ」

それで南北屋で麻之助達を脅し、事の真《まこと》を知ろうとしたわけだ。麻之助は口をひん曲げる。

「素直に私達へ助力を頼んで、一緒に調べればいいものを」

すぱっと事を終えられて、大倉屋は冬太郎達のことを、それは高く評したかもしれないではないか。貞が、新たに挨拶をしに来た者と軽く話をした後、麻之助は貞へ、それは駄目だろうと言った。

「もし我らと一緒に事に当たったら、大倉屋さん、息子を十分褒めないかも」

父親達は、難儀に立ち向かう、他の息子よりも素晴らしい我が子の姿を、勝手に思い浮かべたりする。それが満たされないと、これまた勝手に、がっかりするのだ。

「それは、あり得ますねえ。何しろ我らの親達ときたら、いい歳をしているのに、わがままですし。何をやらかすか分からん面々で」

貞は、己も今、親である大貞の思いつきに振り回されていると言った。

「今、お江戸に、大事が起きてる最中でしょう？　そんなとき、何で自分は、地回りの跡目を名乗らにゃならねえのか」

とんだお披露目だという貞に、麻之助は同情を向けた。

「うちの父は、そこまでとんでもないことは、出来ないかな。けど地味に、しつこく怖いんだ。一昨日も昨日も、今日も、明日も、似たような小言を言ってくるんだから」

麻之助はその内、総身が小言になってしまいそうだと思うのだ。

「それもまた……嫌ですね」

「清十郎の親御は、急に身罷《みまか》ったんで、あいつは跡を取る時、大変だった。もっと気の毒なのは吉五郎で、義理の親ゆえ逆らえない相手が、あの恐ろしき小十郎様なんだから！」

「相馬家で無事過ごしているだけで、吉五郎の兄貴は、尊敬に値しますな」

男二人が、情けない口調で愚痴っているのが、聞こえるのだろう。周りの手下達は、そっぽを向きつつ笑いを堪えている。

するとその時、廊下から足音が近づいてきた。現れたのは清十郎で、二人の前に座ると、まずは一気に、出された茶を飲みほす。そして丸三と組み、探っていたことが分かったと、伝えてきた。

「西から来る天狗が、江戸でやろうとしていた〝大事〟を、突き止めたぞ」

「おお、凄いな。それに早い」

「丸三さんのお手柄だ。西の者が江戸で、何を始めるにしても、金がいる。だが、一々大金を上方から為替で送ると、手間賃がかかる。だから江戸で安く借りられるのなら、食いつくかもと言ったんだ」

それで丸三は、これから江戸で商いを始める商人なら、大層利を安くすると言って、知り合いに声を掛け広めた。

「もちろん、これからの付き合いを考えて、商売を始める時のみ行う心配りだと、丸三は強突《ごうつ》く張《ば》りぶりを付け加えた」

そう言わないと疑われそうだと、抜け目のない男は考えたらしい。

「さすがは高利貸し、丸三さん！」

すると丸三の元へ、じき、声がかかった。近江の大店が、江戸で手広く商いを始めるから、金を借りたいと言ってきたのだ。

「店の名は、伊勢屋《いせや》さん」

「……江戸にも山とある店の名だよね。本物の大店かしらん？」

麻之助と貞が、顔を見合わせる。清十郎は、話を続けた。

「その伊勢屋だけど、最初、両国の盛り場で商うと、丸三へ言ってきたんだ」

聞いた貞の目が、すっと細められる。丸三も、その申し出に首を傾げた。

「あの盛り場はそもそも、火除地《ひよけち》だものね」

火事の火を、あそこで食い止める為の空き地だ。よって今は盛り場となっているが、酒樽に巻く薦《こも》で作ったような、粗末な小屋しか作れない決まりだ。お上の都合で、小屋がそっくり取り払われることもある。江戸の者なら、大枚《たいまい》をかけ新しい商いを始めるとは、決して言わない土地であった。

「だから丸三は、西の大店の名を騙《かた》り金を騙《だま》し取る気だろうと、相手へ言ってみたとか」

本物の西の大店が、両国へ店を作るというなら、何の店を出すのか、本当に出せるのか、詳しく知らせろと突っぱねたらしい。

するると。

「驚いたことに、ちゃんと返事があったんだ」

「へーっ。で、何と言ってきたんだい？」

「皆、驚くなよ」

　麻之助、貞だけでなく、周りの手下達も、今や清十郎を取り囲んでいる。全員が見つめる中、悪友は驚くべきその言葉を告げた。

「西の伊勢屋は、東両国の火除地ぎりぎりのところに、新しい遊郭を作る気だというんだ。それも二つ目の吉原というか、お上の許しを得た、公の場所にするとのことだ」

「は？　二つ目の吉原を作るって？」

「狙いは遊郭、だったとは……」

　寸の間、部屋の内では、咳一つ聞こえなかった。そしてじき、うおおっといううめき声と共に、あちこちで皆が一斉に語り出す。誰もが総身を、興奮に包まれていた。

「遊郭かっ」

「我らの盛り場を、遊郭にしようっていうのか？」

「いや、隣に作るってことだろ」

「はは、吉原が黙っちゃいまいさ」

　言葉は大きくなったり、低く聞こえたり、ただ途切れたりはせず、頭の奥にまでわんわんと響いてくる。皆、落ち着いていられず、語らずにおれなかったのだ。

「今、ここまで事は進んでいる。丸三さんはどう返事をしたものか、吉五郎と話してるところだ」

清十郎はそう話をまとめてから、己も語りたい顔で、麻之助を見る。そして……不意に言葉を切った。

本当に珍しくも、麻之助がしばし、黙り込んでいたからだろう。貞と清十郎が、妙な顔になって、向き合っている。手下達がざわめく部屋の内で、麻之助は黙ったまま、じき、友の袖を摑んだ。

「清十郎、貞さん、これは思っていた以上に、拙《まず》いことになってるかも」

「うん、まさか遊郭という言葉が、飛び出してくるとは思わなかったな」

「違う、違う！　気に掛かったのはそこじゃない。西の天狗伊勢屋が、早、金の心配を始めてるってところだ」

「えっ……？」

「江戸で公の遊郭を、もう一つ作るなんて、手妻《てづま》にも似た、思いがけない話じゃないか」

そんなことを本当にやれるかどうかは、お上の許しが出るかどうかに掛かってる。

「そこが、一番肝心なところじゃないか」

なのに西の天狗伊勢屋は、その大事の先、店を建てる金の算段を、既に考えているようではないか。その言葉を聞いた途端、二人の顔が強ばった。

「つまり、なんだ？　もしかして、もう新たな遊郭を作る許しを、得てるってことか？」

清十郎が魂消、貞は強ばった顔で立ち上がる。麻之助は……首を横に振った。

「いや……そんな大事が決まったなら、とうに、よみうりが出てるに違いない」

誰もが飛びついて買うに違いなかった。

「多分、まだ決まってはいないだろう」

しかし。

「許しを得る当てが、あるに違いないな。でなきゃ高利貸しに、借金を申し込んだりしないさ」

高い利を、払わねばならないからだ。

「でも、いったいどうやったら、お上の許しが出るんだ？　本当に大事だぞ。手妻でも使ったみたいだ」

西から天狗が来たという話より、訳が分からない。皆は大貞の屋敷で、頭を抱えてしまった。

5

麻之助は翌日から、江戸のあちこちへ走り回ることになった。

まずは花梅屋へ向かい、おなごの良き働き口について噂をしていたお雪やお浜へ、釘を刺した。

「そいつは、とんでもなく剣呑な話でした。良い働き口とは、遊郭だったようで」

それが奇妙に立派な話へと、何故か化けていたのだ。おかげでおなご達が、良き報酬を得られると期待し、麻之助への縁談が減った。

「まあっ」

料理屋である花梅屋の客達にも、変に都合の良い噂には乗らぬよう、伝えて欲しいと頼んでみる。お浜達が承知と言ってくれたので、麻之助は深く頭を下げた。

「本当に、お浜さんとお雪さんは頼りになります。料理屋で、何か変な話が耳に入ったら、お知らせ願えると助かります」

そこまでは、大層良かった。だが……ほっとした途端、麻之助が口を滑らせた。未だ、吉五郎の相談に乗っていない事が分かってしまうと、お雪が怖い顔つきとなる。

「麻之助さんは、頼んでくるばかり。このお雪の言葉は、耳を素通りさせるんですね」

「ご、ごめんよう。ただ今は、思いがけなく忙しくて。この私が、働き者だって言われてるくらい、本当に忙しいんだ」

「麻之助さんは、働き者でもまめでもありません。吉五郎さんと、早く話して下さい」

お雪がいつになく、厳しい調子で言うので、麻之助はしょんぼりとしてしまった。

「ごめんよう。そういえば何日か、吉五郎に会ってないな」

けれど、こんなに叱られるほどの話とは、何なのか。麻之助が問うと、それを伝えなかったのかと、お浜が眉をひそめた。

「お雪、それじゃ麻之助さんだって、急ぎの用だとは思いませんよ」

お浜は花梅屋の奥の間で、麻之助と向き合い、さらりとことを告げてきた。

「吉五郎さんに、縁談が来てるんです」

しかし。

先だって吉五郎の義父小十郎は、娘一葉《いちは》との話はないものとし、その上で、吉五郎を跡取りと定めた。そのせいか友にも、あれ以来縁談が来ていると麻之助も聞いている。

「まだ一葉さんは、嫁入りするには若すぎる。吉五郎が他の縁を考えるにしても、一葉さんが縁づいてからと思ってました」

お浜が頷く。

「ですが、今回は大層似合いの縁組みが、八丁堀の中から来ましてね。私の耳にも入ったんですよ」

それでお雪の知るところとなり、お雪は一葉を心配している。吉五郎の意向を、早く知りたいと思っているのだ。

「だって、もし吉五郎さんが嫁取りなすったら、同じ屋敷内で、吉五郎さんのお嫁さんと、住むことになります」

　一葉は、そんな日々が来るとは、思ってもいないに違いない。そして同心の屋敷は、そんなに広くはないのだ。

「あ、なるほど。確かにそいつは大事だ」

　ここでお浜が、麻之助を見て言った。

「吉五郎さんの縁談相手ですが、与力の娘さんで、たまたま存じ上げていますの。ええ、良いお相手です」

　もし一葉のことがなかったら、直ぐにまとまる縁だろうと、お浜は言う。それに。

「娘さんの兄上ですが、吉五郎さんと同じ道場に通っておいでだったようで」

　それで、吉五郎ならば、妹を任せられると言ったようなのだ。そのためか、一葉との話が流れると、程なく縁談が相馬家へ来た。

「あれ？　それなら私も娘御の兄上を、知ってるのかしらん」

　麻之助は一応同門だから、ひょいと首を傾げる。相手の名を聞くと、直ぐ「あっ」と声を出し、お雪から見つめられてしまった。

「あら、覚えがおありですか？　どういうお方ですの？」

「……お浜さんが知っておいでだ。そちらから聞いて下さいな」

「麻之助さんの、役立たず！」

「お雪っ、なんてことを言うんですか」

「あの、その、本当に忙しいので、今日はこれにて失礼します」

麻之助が困り切った顔で立ち上がると、お雪は遠慮無く、今度は「馬鹿」と言ってきた。おかげでまた祖母から叱られ、半泣きになってしまい、麻之助は頭を抱えつつ、花梅屋から逃げ出す事になる。

「与力の息子殿、確か吉五郎と親しかった。妹御は……お紀乃《きの》さんと言ったっけ。たまに見かけたけど、かわいい子だった」

今、年頃だろうと思う。八丁堀の与力からの話なら、義父小十郎の怖い性分も承知のはずで、助かる。そして何より。

「吉五郎は昔、ああいうかわいい感じの娘さん、好きだったよな」

一葉を嫁にすると思っていたので、そんなことは、すっかり忘れていたのだ。だが、こうなってくると。

「ああ、ややこしいことに、ならなきゃいいけど」

それでなくとも、西から来た阿呆天狗のせいで、毎日は忙し過ぎた。麻之助は真剣に、ふにと鰯を、のんびり分け合って食べたいと思っているのだ。

「お雪さん、吉五郎の縁談ばっかりは、私の手には余るよ」

とにかく今は西の天狗を、どうにかせねばならない。麻之助は首を振ると、次に高橋家からも近い札差の店へと足を向けた。

6

西の天狗である伊勢屋の望みが、幕府も認める二つ目の遊郭だと分かると、麻之助達は急ぎ、次の手を打った。

いや、どういう手が打てるのか、皆で話し合いたいので集って欲しいと、大勢に使いを出したのだ。集まるのは、札差大倉屋の店奥と書いたところ、大倉屋は部屋を用意はしてくれたが、当日麻之助へ、勝手をするなと文句を言ってきた。

大倉屋へ集うとなれば、仕切るのは主となるからだ。だが、麻之助にも言い訳はあった。

「あれ？　冬太郎さんが、大倉屋を使えばいいって、言って下さったんですよ。聞いてないんですか？　おかしいなぁ」

「うちの息子が、お前さんと仲が良いとは、思わなかったが」

「えっ？　ああ、喧嘩ばかりしてますが」

妙な顔つきをした大倉屋に、誰を呼んだのかと問われたので、麻之助は、沢山の名を並べた。

「もちろん仕切りは、伊勢屋天狗の件を最初に見つけた大倉屋さんです。よろしくお願いします。それから大貞さんですね」

既に事へ関わっている札差の跡取り達、冬太郎、中森屋秋太郎、虎白屋春太郎の名も挙げる。

「親御である札差の中森屋さん、虎白屋さんも呼んでます」

そろそろ店表に着いた者もいるようで、お供の姿が、店の奥からも見えた。

「札差は江戸に、結構おいでです。でも西の天狗と親しい御仁の名は、聞こえて来ないと、高利貸しの丸三さんが言ってました」

その丸三と、同心相馬小十郎も顔を見せたようだ。おつきの中間《ちゅうげん》が、台所脇の板間へ向かう姿が、土間をよぎる。

「おや、急なことなのに、皆さん、来て下さったようだね」

「両国の貞さん、清十郎、吉五郎と私も顔を出します」

ついでに料理屋花梅屋のお雪と、江戸川の親分も呼んでおいたと言われて、大倉屋はちょいと片眉を引き上げた。

「十五人か。さあ、どういう話になるのかな」

大倉屋の奥の間に人が集まると、馴染みの客達もいるからか、大倉屋の番頭や手代が挨拶をし、女中が茶を運んでくる。己も顔を出したところ、麻之助はその場で不意に、ぴんと張ったような緊張を感じた。
（ありゃ、どこからのものかな）
手間を掛けると、奉公人達に礼を言いつつ周りを見たが、分からない。
大倉屋は一同が揃うと、急な集いへ来て貰った事に、まず頭を下げた。そして次に、
文使いで知らせた件、西の天狗伊勢屋が両国の盛り場近くに、新しい公の遊郭を作ろう
としていることを、その場で告げる。
「西の商人に、江戸で好き勝手に商売をされるとなると、腹立たしいし、商売の邪魔だ。
しかしそんなことより、一に摑んでおきたい事がありまして」
今、吉原は、浅草寺裏の日本堤にある。しかし元々は日本橋近くにあった。江戸が繁
華になり、大きくなっていくと、お上は悪所である吉原を、賑やかな町の中から、ぐっ
と北の地へ移したのだ。
「なのに今、千代田の城にも近い場所に、新しい遊郭が作られるという。江戸一賑って
いると言われている、両国の盛り場近くにです」
おまけに、どうやらその許しを得る目処を、西の天狗はつけているらしい。思い浮か
ぶ言葉は〝何故〟の、一言だ。
「公に、二つ目の遊郭を作る許しが、どうして今更出るのか。今日はせっかく、江戸で
も知られた方々に多く集って頂いたのだ。その訳を皆で、探っていただきたい」

さすがは札差で、麻之助に押しつけられた役割を、こともなげにこなしてゆく。

すると、だ。ここで麻之助が急に片手を挙げ、ひらひらと振って、皆の目を集める。

そして遠慮もなく、とんでもないことを言ったのだ。

「あのですね、今日、どなたに集まって頂くかは、我らが勝手に決めました」

仲間は手を挙げてくれと言うと、幾つか挙がって、部屋内の者に、今日の集いを考えた面々が分かった。吉五郎、清十郎、貞は麻之助の友ゆえ、意外ではなかっただろう。

だが、大倉屋は目を見開いた。

「冬太郎、秋太郎さん、春太郎さん！　お前さん達三人も、今日の為に動いていたのか」

冬太郎が頷いた。

「江戸に、二つ目の遊郭を開く許しを、誰なら、どうやって得ることが出来るか。是非、知りたいもんです」

そして、麻之助達は憎ったらしいが、役に立たないわけではない。

「今回は我慢して、力を合わせてやることにしました」

「おや息子、楽しいことを言い出したね」

大倉屋が目を輝かせると、ここで冬太郎が語りだした。

「公の許しを出せるのは、城の内にいる、身分高きお武家だけです」

しかも、世に広く知られる大事を一人で決めるなど、そのお武家でも無理な話だろうと続ける。今の政《まつりごと》では大概のことを合議で決めると、札差の耳には入っているのだ。

「西にいる商人が、知り合いの偉いお人に文を一本書いて、直ぐ遊郭を開くなんて無理なんですよ」

遊郭の件を進めるには、間違いなく時がかかる。

「ならば伊勢屋ではない、誰か江戸の者が、実際に動く必要がある。えーっ、麻之助さんと清十郎さんが、そう言ってました」

江戸に誰か、伊勢屋の相棒がいるはずだと、麻之助と冬太郎達の考えが揃った。それで。

冬太郎と目が合うと、麻之助は頷き、話を引き継ぐ。

「それでですね、今日はその相棒が誰なのか、突きとめるため、部屋にいる皆さんに、来て頂きました」

つまり、この部屋にいるのは、どういう者かというと。

「力とつてを使い、江戸に二つ目の遊郭を作る、許しを得られるだろう者。そんな方々ですね」

「はあっ？　私達の誰かが、実は西の伊勢屋天狗の相棒だと言いたいのか」

丸三が笑い出すと、今度は清十郎が話を継いだ。

「例えば丸三さんなど、一番手強い天狗になれるだろうと、皆が考えてました」

「へえ、私は、遊郭を作れるのかい？」

「何しろ、飛び抜けて凄い高利貸しですから。他ではもう借りられないほどの借金を抱えた者にも、高利で金を貸しています」

丸三が金で、首根っこを押さえている者は多い。つまり無理を利かせることのできる相手が、多々いることになる。

「あちこちから手を回し、新たな遊郭の許しを、得られるんですよ」

ただ。吉五郎が笑った。

「丸三さんは今、小さい子の親だから。沢山持っている金を更に増やすより、お子と過ごす方を取りそうだ」

だから丸三の場合、その力はあるが、関わってはいない。麻之助達七人はそう思っていた。

「うん、私は今、良いおとっつぁんなんだ」

ここで小十郎が、皮肉っぽく笑う。

「この身も違う。それがしでは、遊郭を開く許しは得られぬ。同心に、そこまでの力はない。興味もない」

直ぐに貞が頷いた。

「そりゃ、そうだ。うっかり遊郭に関わったりしたら、男前の小十郎様は、山ほどのおなごから迫られそうですもんね。やらないでしょうね」

「……貞、その妙な考え、訳が分からぬわ」

丸三に続き、小十郎も西の天狗の一味ではないと決まった。すると、ここで虎白屋の春太郎が、飄々とした感じで言い出した。

「実は私、他の六人とは違い、大貞さんが、西の天狗の相棒だと思ったんです」

眉を引き上げた当人の前で、春太郎は臆する様子もなく続ける。

「だって両国の顔役大貞さんなら、近くに作った遊郭を、引き受けられるでしょうから。盛り場と組み合わせて、大もうけをすることが出来そうです」

ところが大貞は、春太郎は甘いと言い切った。こういう件は、金の問題だけでは済まないのだ。

「おれが新たな遊郭へ手を出したら、唯一公の遊郭を仕切ってる日本堤の奴らと、本気の合戦になりそうだぜ。それをお上に知られ、双方の首が飛んで、三尺高い台の上に晒されかねん」

己は吉原の事をよく知っているゆえに、やりはしない。大貞がそう言い切ると、春太郎は見込み違いでしたと素直に頭を下げた。ここで麻之助が、そっと首を傾げる。

（あれ……誰だろ。近くにいる誰かが、気を張ってるね）

だが、誰かはまだ分からない。麻之助は江戸の大金持ち達へ目を向け、へらりと笑い出した。

「実は私は、一番お上の許しを取りやすいのは、札差方だと思ってました。いや今でも、その考えは変わらないかな」

「麻之助の馬鹿がそう言ったんで、我ら札差の息子三人と、喧嘩になったんですよ」

冬太郎が煙管《きせる》を放ってきたが、麻之助はそれを簡単に手で捕まえ、話を続けていく。

「丸三さんの場合と、似た理由です。札差はお武家へ、多くの金を貸してます。簡単には返せないほど、借りが積もっているお武家も多いとか」

その借金の棒引きと引き替えに、遊郭をやりたいと頼めば、札差の腰が低いほど、相手は断りにくくなると思われた。

「そして今回の騒ぎに、札差が関わっておいでの場合、二通り考えられるかなと」

一つは、本気で上方の伊勢屋と、札差が組んだ場合。

もう一つは本気で西と、組む気は無かった場合だ。ただ遊郭に興味はあるから、実際作ったときどういう騒ぎになるか、確かめたかった札差がいるかもしれない。

「おやおや。この中森屋と虎白屋も呼ばれたということは、どちらかが大騒ぎを引き起こしたと、思っておいでかな」

中森屋は三人の札差の中では、一番大人しげに見える者であった。ただ、何を耳にしても動じない様子で、麻之助は中森屋を、与《くみ》しやすしと思うつもりはなかった。

今度は貞が、首を横に振る。

「以前、冬太郎さん達三人が、親御の店を調べて、親が妙なものに関わっている証《あかし》は、なかったって言ってました。麻之助さんが、不都合なものが出ても、今なら火鉢にくべられるって、たきつけてましたからね。親を庇って、そんなことを言ったんじゃないと思いますよ」

「お前達、親を疑ってたのかい」

虎白屋が驚くと、帳簿を見ることが出来、怪しい金の出入りに目が利く跡取りを持って、親は大いに幸せだと、秋太郎がうそぶく。

「お前、そういう息子だったっけね」

中森屋が呆れたところで、札差の跡取り達の疑いも消え、残りは麻之助達と札差の三人、お雪、岡っ引きだけになった。

「あのぉ、長屋暮らしのあっしは、さすがに疑われたりしませんよね？」

「もしかしたら、おなごでも、こんな大きな件で、疑われたりするんでしょうか」

お雪と江戸川の親分、二人は顔を見合わせることになった。

7

麻之助は、お雪達二人の心配を笑い飛ばしつつ、わずかに腰を上げ、つま先を立てて、直ぐに立ち上がれる形を取っていた。

横で貞と清十郎が、同じ体の構えをしているのが分かる。吉五郎は鍛え方が違うのか、いつもと変わらない様子に見えるが、いざというときは、風のように動くと分かっていた。

(この部屋の辺りで、誰かがさっきから、心を張り詰めてる)

その誰かを知るため、今日、この場へ人を集めたのだ。

だが、未だに相手が誰なのか分からない。麻之助はお雪へ、おなご達を救ってくれたのか問うた。

「はい。ちょうど先日、口入れ屋の番頭さんが、毎年仲居さんの世話をしている旅籠《はたご》の人たちと、花梅屋へ来ておいでで」

都合良すぎるおなごの働き口は、身売り話に化けかねないと伝えると、番頭は怒っていたという。

「あの口入れ屋の番頭さんは、店の旦那さんより頼りになります。だからこれで大丈夫って、おばあさまが言ってました」

（あれ？　番頭さんの話が出たとき、気配が変わった？）

一方、岡っ引きはあれからも、噂で浮き立つ町の者達を、鎮めてくれているらしい。多くの下っぴき達が動いたと知り、麻之助は懐から、貰っていた銭を取り出し、恐縮する親分へ渡した。

そして、付け足してゆっくり言う。

「札差だ、金貸しだというと、皆、店主を思い浮かべるけどさ。動いてるのは、当人だとは限らないですよね」

例えば、至らぬ札差の跡取り息子が、手柄欲しさに焦ったあげく、西の商人と無茶をすることは、あり得ると思う。

「冬太郎さん達三人が、伊勢屋の相棒だったら、面白かったんだけどねえ」

冬太郎が今度は、茶碗を麻之助へ投げつけてきたので、迷わず投げ返した。だが麻之助は直ぐ、「馬鹿者」という声と共に、小十郎から白扇を食らい、頭を抱える。

「でも冬太郎さん達は、天狗の相棒じゃない。世間が考えているほど、小づかいは多くないみたいだし」

麻之助達が驚いたことに、先日南北屋であった時も、三人で料理屋の代金を割って払っていたのだ。札差達は跡取り息子を、ただ甘やかしたりはしていなかった。

「親が目を光らせてる内は、伊勢屋の相棒には、とてものことなれません」

札差の息子三人も、ここで外れた。一方麻之助達はというと、考えてみる必要もないほど、日頃から金が不足している。やはり、きっぱり違った。

「あの、ええとその。数えたんですけど、これで十五人全員、天狗の相棒ではないことに、なりますすけど」

「お雪さん、そうだねえ」

眉尻を下げ頷きつつ、麻之助は足に入れる力を増した。己を見つめる者を感じていたが、決してそちらを見たりはしなかった。

（いる……）

今のところ、一人だという気がした。小十郎も、気配に気がついていると思う。言葉が途切れたからか、襖の向こうで誰かが、一瞬引いた。

（今か？　行くか？）

すると、このとき！　冬太郎が突然、飛び上がるように立ち上がったのだ。

「誰だっ、待ちなっ」

その言葉と共に、冬太郎は襖を跳ね開ける。そしてこちらを窺っていた誰かに、問答無用で飛びかかっていったのだ。

「わあっ、腕っ節が弱いのに」

だが、格好良く飛びついてはみたものの、冬太郎は呆然とし、そのまま動けなくなってしまっていた。襖の向こうにいたのは、長年の馴染み、手代の周作であったのだ。

「は？　何で周作が……？」

周作は素早く、何も言わずその場から離れようとする。だが。

ここで吉五郎があっという間に部屋を横切り、廊下へ出るところの障子戸を、素早く閉めたのだ。麻之助と清十郎は、手代を挟んで立ち、その足を止める。

そして、一言口にする。

「貞さん、大倉屋の番頭さんを連れて、二階へ行っとくれ。急ぎこの手代さんの荷物を、改めて欲しいんだ」

頷き駈け出そうとする貞へ、周作が飛びつき、止めようとする。麻之助がその足を払い、一気に押し倒した横で、吉五郎が腹へ一撃を繰り出し、周作を大人しくさせた。

手代の周作は、大倉屋の二階で寝起きしていたので、荷物の入った行李《こうり》は直ぐに調べられた。すると、伊勢屋からの文は見つからなかったものの、代わりに思いがけないものが出てきて、大倉屋に集まった皆が、目を見張ることになった。

一番驚き、目を丸くしていたのは、大倉屋と息子の二人であった。畳には手代周作が書いたと思われる、文が並んだのだ。

そしてそれら周作の手で書かれた文には、本人の名はなかった。代わりに、大倉屋の名が最後に書き記されている。もっとも大倉屋によると、己の字を真似して書いたものではないとのことであった。

急ぎ店の主立った者を集め、問いただすと、番頭から、思いがけない返事があった。

「周作は己の字で書いた文に、堂々と大倉屋の名を使っていました。それで却って、主から許しを得ているという周作の言葉を、店の者達が信じてしまっていたようです」

大倉屋は話を聞き、唇を嚙んでいる。この分では、周作は大倉屋の名で、色々なことをしてきたと思えた。

「貸し出しも、周作に任せたもの以上の額を、私の名で動かしていたらしい」

呆然としたのは、中森屋や虎白屋だ。

「このやり方だと、手代一人が、月にどれ程貸して良いかを決めても、意味がないわ。もっと使おうと思えば、主の名で好きなだけ、使ってしまえる」

二人は己の店も、確かめて見なければと言っている。麻之助が、頭を掻いた。

「もう一人、大倉屋さんが現れたようなものですね。となると、誰が西の天狗伊勢屋と組んだのか、はっきりしました」

周作、というより、文の上に書き記した大倉屋の名が、西の天狗、伊勢屋の相棒となったのだろう。それで伊勢屋は、新しい遊郭を作れると信じたに違いない。

「大倉屋さんが本気になれば、作れますから」

札差三人の顔が、引きつっている。だが。

「からくりが分かったからには、文の上の大倉屋は消える。つまり新しい遊郭など、出来ることは無くなる。きちんと、私が止めるからね。ああ、ほっとしたよ」

ただ周作がやったことは、頭を抱えるような困り事をもたらしていた。

「こうなると、店にある帳面全部を一度、改めなくちゃならない。周作はきっと、色々やらかしている。全部摑まねば」

とんでもない量の仕事になると、大倉屋は言い、それを耳にした番頭が、部屋奥で顔を強ばらせている。客の借金を、余所の者に見せることは出来ない。だから今回ばかりは麻之助達に、手伝えということも出来ないのだ。

「いや、参った。西の奇妙な動きを追った果てが、こんなことになるなんて」

がくりと来ている大倉屋を慰めるように、麻之助は言った。

「大倉屋さん、よいこともあったじゃないですか。跡取りの冬太郎さんは、大倉屋さんが言っていたような、つまらないお人じゃありませんでしたよ」

結構頭が切れるし、気働きも出来る。

「ついでに気は強いし、要らないことまで言うし、腕っ節は弱いし」

麻之助が深く頷きつつ言うと、当の跡取り息子は、麻之助へ偉そうな顔を向けてきた。

「それは、褒め言葉だよな？　お気楽な町名主の跡取り息子が、少しは真っ当なことを言うようになったじゃないか」

麻之助は大倉屋を見つめると、笑ってから言葉を続けた。

「大倉屋の帳面を確かめるため、冬太郎さんに、大いに役立ってもらったらいいですよ。しっかり者の跡取り息子ですから」

褒めているようで、冬太郎に災難を知らせる言葉でもあった。しかも今回冬太郎には、逃げ出す余地がない。かんかんに怒った面を向けられたので、その内、陣中見舞いにきんつばを持ってくると、麻之助は明るく言った。

「おお、麻之助は、良き喧嘩相手を見つけたらしいな」

小十郎がつぶやき、吉五郎が天を仰ぐ。麻之助を褒める者、苦言を言う者、呆れる者が出たが、傍らで本人は笑っている。

それから。

大倉屋の騒動は、しばらく収まりそうもなかったが、集った者達は忙しい面々ばかりだから、皆、早々に店を後にしたのだ。

「ああやっと、ふにと鰯を食べられます」

帰りに買わねばと話しつつ、麻之助も立ち上がる。そして、ようようほっとし、友と一緒に札差の店から、明るい表へ向かった。

娘四人

1

江戸の町名主《まちなぬし》、高橋《たかはし》家の跡取りである麻之助《あさのすけ》は、珍しくも今日、眉を八の字にしていた。

それは、猫のふにに引っかかれたり、財布を落としたり、親から叱られたゆえではない。ちょいと縁が深過ぎると思う町方同心、相馬《そうま》小十郎《こじゅうろう》に呼ばれ、八丁堀の屋敷へ顔を出したためだ。

悪友清十郎《せいじゅうろう》と共に来ていることが、せめてもの慰めであった。

(何だか怖いよう。小十郎様の用件って、時々、とんでもないものだったりするから)

小十郎は見目の良さと、その厳しい性分で知られる定廻《じょうまわ》り同心なのだ。小十郎と会うとなると、庭にいるすずめでさえ気を引き締め、羽を整える気がする。

そして相馬家の客間へ顔を出した途端、麻之助は本当に、背筋を伸ばすことになった。

(何で私と清十郎以外に、客人がいるんだ？　これから同心と町役人で、仕事の話をするんじゃなかったのかしらん)

余人がいることは考えておらず、麻之助は客達へちらりと目を向けてから、首を傾《かし》げてしまった。

(娘御が、四人も集まってるとは。華やかだねぇ)

四人は茶などを出しに来た訳ではなく、堂々と座っている。つまり、だ。

(もしかしたら……今日、我らが呼ばれたことに、関わりがあるのかしらん)

やっと訳が思い浮かんだが、事情はさっぱり分からない。そして察しがつかないことを小十郎に知られたら、嫌みの一つも言われそうな気がして、麻之助は首をすくめた。

小十郎は時々、まだ大いに遊びたい麻之助達へ、大人の役目をこなすよう求めてくるのだ。

(なんか怖いよぅ)

悪友の吉五郎《きちごろう》へ、こっそり事情を聞きたいところだが、友は今日、随分気を張っているようで、麻之助達の方を向いてこない。

(まあ、あいつが落ち着かない訳は、さすがに分かるけど)

顔を見せている娘達の一人は、小十郎の娘、一葉《いちは》であった。相馬家の養子である吉五郎は、元々、一葉を嫁にすると決まっていた。ところがつい先日、その縁は白紙になったのだ。

すると早々に、北山《きたやま》与力の娘、お紀乃《きの》との縁談が持ち込まれたと聞いている。幼なじみの吉五郎が、どう返答をするつもりなのか、麻之助はまだ承知していなかった。

そして、吉五郎の並びに座った麻之助は、部屋にいる娘の一人が誰なのか、この時やっと気が付き、更に困った顔になった。

(何と、あれは吉五郎の縁談相手、お紀乃さんじゃないか。一葉さんとお紀乃さんが今、同じ席に居合わせてるとは……。ううむ、吉五郎でなくとも、落ち着かないぞ)

このとき、そのお紀乃が隣へ小声を掛けたので、一葉より少し年上に見えるその娘は、緒《お》りつという名だと分かった。身なりからすると二人は武家と町方の娘で、縁は薄そうに見えるのに、親しげに話している。

(ということは、緒りつさんを相馬家へ連れてきたのは、お紀乃さんなのかな)

そこまでは思いついたものの……麻之助には、その事情が分からない。

(我らへ何かの相談か？　でも、お紀乃さんと親しいのなら、与力の北山様とて頼れるだろうに)

そして、だ。麻之助が一番驚いたことは、実は他にあった。相馬家の遠縁に当たるお雪《ゆき》までが、何故だか一葉の側に座っていたのだ。

（四人目がお雪さんだとは。一葉さんと仲が良いから、たまたま居合わせただけだよね？）

その上お雪ときたら、麻之助の顔を見た途端、ついと唇を尖らせたので、麻之助は、眉尻を下げることになる。

（わ、私ったら最近、なんかしくじりをしたっけ？　いや、心当たりはないぞ。そもそもお雪さんとは久方ぶりに会うんだから、馬鹿をやったはずもないんだ）

なのに、顔見知りのおなごが不機嫌だというだけで、それが気になるのだ。男というものは、誠に情けないものであった。

するとここで小十郎が、皆を前にようやく口を開き、麻之助は何故だかほっとした。

「忙しいだろうに、皆、よく来てくれた。実は奉行所の同心では、動きづらいことが起きてな。よって町役人二人には、助力を頼みたいのだ」

「何と、我らが何かの役に立つのでしょうか」

正面から力を借りたいと言われて、麻之助と清十郎は顔を見合わせる。小十郎はここで、お紀乃の連れを、両替屋小加根屋《こがねや》の娘だと皆へ紹介してから話を続けた。

「まず、与力の北山様の娘御、お紀乃殿が、緒りつさんから相談を受けた」

緒りつは、お紀乃と同じ師匠にお針を習っているとかで、その縁を頼ったのだという。

相馬家が頼りになるという話が出て、お紀乃は父、与力の北山に、話を聞いてもらったらしい。

「そして北山様は、話をそれがしへ回された」

実は緒りつの悩み事に、町奉行所の同心が関わっていたのだ。

「今、奉行所の同心の多くは、日本橋の唐物屋《からものや》へ押し入った賊を追っている。よって相談の件を放ってはおけないが、与力や同心が、同じ奉行所内の者を調べる余裕などないのだ」

小十郎の言葉に、麻之助は少し首を傾げた。

（もし本当に大事が起きていれば、小十郎様なら忙しい時でも、同役へ突撃しそうだけどね）

多分表向き、小十郎が関わった事にするのを、避けたいのだ。

（そこで、私と清十郎が駆り出される訳か）

ここで小十郎が、緒りつを見た。するとそこから先のことは、相談を持ちかけた当人、緒りつが話す事になる。

ぺこりと頭を下げ、華やかな振り袖姿が語り出した。

「緒りつでございます。父の店小加根屋は、日本橋で両替屋をやっております。お金を扱う商いだからか、親は盗人が怖いようで。日頃、与力や同心の方々への、挨拶は欠かしません」

日頃、小加根屋が馴染みにしていた同心は、定廻りの和木坂剛一郎《わきざかごういちろう》だったという。

「おや、元はそうだった、という風に聞こえますが」

麻之助が気になって口を挟むと、緒りつは頷いた。

「はい。実は最近、小加根屋へ顔を見せて下さる同心の方が、替わりまして」

「へえ、それは……珍しい」

今度は清十郎が、思わずと言った風につぶやいた。

大名家や大店《おおだな》は、いざ揉め事が起きた時の為、挨拶を欠かさない与力や同心を、抱えているものであった。そういう相手から、付け届けを貰う事は公に認められている。同心達は、三十俵そこその禄で、本来なら暮らしてゆくのも大変なはずなのだ。だが、そういう大店や大名家から金が入るおかげで、手下《てか》の岡っ引きらへ金を渡し、日々の役目をこなしている。

つまり。麻之助は首を傾げた。

(同心の旦那にとって、裕福な両替商との付き合いは、失いたくないものだよね。どうして小加根屋は、出入りの同心を替えたんだろう)

和木坂と小加根屋が、揉めたのだろうか。だとしたら、どんな訳があったのか。緒りつによると、母や兄姉、小加根屋の近所の皆も、訳が分からず首を傾げたらしい。

「以前来られていた和木坂様は、優しく、とても評判の良い旦那でしたから」

ここで緒りつが、麻之助達の方を見た。

「わたし、思い切って父へ聞いてみたんです。店へ寄って下さる定廻りの方が、どうして替わったんですかって」

すると、だ。父親は困った顔になって、小加根屋が替えたわけではないと言ったらしい。しかもこの件について、要らぬことを話しては駄目だと、釘を刺されたという。

緒りつは、綺麗な振り袖の膝を握りしめた。

「でもわたし、黙っていられません。だって、小加根屋が和木坂様を追い出したと、妙な噂が聞こえてくるんです」

新しく小加根屋の出入りになったのは、まだ二十歳と少しの、妻のいない前川《まえかわ》同心だ。だからか、姉娘を八丁堀へ嫁にやりたい小加根屋が、出入りの与力から手を回し、和木坂を追い払ったという噂が、まことしやかに聞こえてきたのだ。

「わたしの姉には、ちゃんと良い縁談が来てたんです。でも、そのいい加減な噂が広まった途端、ぴたりと話が進まなくなって」

その上、酷《ひど》い噂が、他にも沢山湧いて出た。和木坂が、人気の同心だったからではないかと、緒りつは思っている。

「昨日は小加根屋が、抜け荷をしているという話を聞きました。うちは両替屋なのに、どんな荷を扱っていると言うんでしょう」

　店奥で賭場《とば》を開いている、という話もあった。あげく、主に妾《めかけ》が五人くらいいて、妻と一緒に住んでいる、などという話まで聞こえてきたのだ。

「このままだと、姉の縁談は駄目になります。きっとわたしには、良縁なんか来ません」

　それで緒りつはつい、お針の稽古の日に、泣き言を口にしてしまった。すると優しいお紀乃が、同心見習いの吉五郎ならば、力を貸してくれるだろうと言ったのだ。

「吉五郎様は大層、頼りになる方だとか。その、よろしくお願いします」

「おやおや」

　麻之助は、今回の話は相馬家というより、吉五郎へ回したかったのを知って、笑いそうになるのを、ぐっと堪えた。相馬家との縁談があるお紀乃は、この件を吉五郎に頼むことで、縁を深めたかったに違いない。

（で、そのことが透けて見えるから、話がどう転がるのか知りたくて、一葉さんが、わざわざ部屋へ来たというところかね）

　麻之助は、緒りつの相談事が気になってきて、新しく小加根屋と縁を得た、前川同心とはどういう御仁なのか、吉五郎へ問うてみる。すると吉五郎ではなく、小十郎が答えてきた。

「去年親御が隠居され、定廻り同心を継いだお人だ。刀も十手も、腕は確かだな」

「若い方なんですね。和木坂様は……三十半ばと。ううむ、こちらは働き盛りですか」

となると、和木坂が同心として歳を取ったので、出入り先を減らしたという話は考えづらい。

「さて、訳を承知しているのは、当人方だけという話なのでしょうか」

この時小十郎が、怖いような笑みを浮かべた。

「実はな、今回の件、きちんと訳を突き止めておけと、与力の北山様から話を頂いておる」

同心の間に妙な噂が残るのは、承知出来ないということらしい。しかし吉五郎も小十郎も、いまだに捕まらない賊の事で、時をとられている。よって。

「ならば、手間をかけることもない。私は和木坂殿に、直に訳を問うてみた」

「おおっ、さすがは小十郎様」

正面から当人に訳を聞くのが、確かに一番早い。小十郎は、已が表に出ないよう気を遣いつつ、同僚相手の長く掛かりそうな調べを、問い一つで済ませてしまおうとしたのだ。麻之助は、ぶるりと身を震わせた。

「それで和木坂様は事情を……話していませんよね。我らが今日、こうして呼び出されたのですから」

「返事は貰った。和木坂殿は腰の調子が悪くなったので、若い前川殿に、両替屋への出入りを替わってもらったと言った」

小十郎はここで、口の片端を引き上げる。

「しかし、だ。和木坂殿は、毎日奉行所へ来て、多くの勤めをこなしている。あの言い訳は、嘘だな」

同心の和木坂が、馴染みの両替商から離れるきっかけとなった、何かが起きたのだ。そしてそれは、小十郎に知られてはいけない事らしい。

「麻之助と清十郎は、この点を頭に置き、事を調べて欲しい。吉五郎、なるだけ時を作って、二人と共に調べるのだな。当家に持ち込まれた話ゆえ」

小十郎がそう言葉をくくると、お紀乃が、畳に両の手を突き、深く頭を下げてくる。

「吉五郎さん、お手間を取らせて申し訳ありません。小さい頃からの馴染みの願いということで、お引き受け下さるようお願いします」

「兄御の秋久《あきひさ》殿とは同門だ。早く事が分かるよう働くゆえ、少しお待ち下さい」

そういえばお紀乃は、時々道場へ顔を見せていたなと、吉五郎が柔らかく笑った。

すると、その様子を見た一葉が、黙ったまま、唇を引き結ぶ。その横ではお雪が、じっとお紀乃と一葉を見比べていた。

麻之助は清十郎と、素早く目を見交わした。

（うわぁ、何だか……吉五郎が、おなごの事に鈍くて、幸いだというか）

ぴしりとした何かを感じたのか、落ち着かない様子の緒りつが、また頭を下げる。

「あの、お忙しい中、余分なお手間をおかけして、申し訳ありません。でも、その……」

慣れていない武家屋敷で、話したからだろう。身を強ばらせている娘へ、麻之助は明るく笑いかけた。

「大丈夫ですよ。町の皆の用をこなすのは、町名主の役目ですから」

だから任せておきなさいと言うと、緒りつはほっとした顔になり、ゆっくりと頷く。

それから、しばらくの間麻之助を見つめ……やがて、口元に笑みを浮かべていった。

2

後はお調べの話になるからと、娘達四人はここで、客間から出ることになった。

お雪は今日のことを話そうと、客の二人を見送った後、一葉の部屋へ向かうつもりであった。

ところが、だ。何故だかここで緒りつが玄関へ向かわず、話がしたいと、一葉へ寄っていったのだ。一瞬、お紀乃の考えかとも思ったが、当のお紀乃は首を傾げている。とにかく四人は、一葉の部屋で集うことになった。

「あのぉ、一葉様。よろしければ、お聞きしたいことがあるのですが」

「緒りつさんは、与力のお嬢様を、お紀乃さんと呼ばれているんです。わたしも一葉さんで結構です」

それで、何を知りたいのかと問うと、緒りつは顔をさっと赤くした。

「それは、その……一葉さんは、先ほどの麻之助さんと、親しくされているのでしょうか。町名主の跡取りだとお聞きしましたが、他に何か、ご存じありませんか？」

「えっ？　麻之助さんのことですか？」

おなご三人の、魂消《たまげ》たような声が揃う。緒りつは今日、初めて麻之助に会ったはずであった。

「麻之助さんのことなら……わたしより、お雪さんの方が、よくご存じかと思いますが」

「一葉さん、あたしに話を振るんですか？」

「だってわたしは、父や吉五郎さんを通して、お話を聞くくらいです。お雪さんは麻之助さんのこと、よく話しておいでじゃないですか」

お気楽者だという麻之助の噂を、一葉はお雪から、何度も聞いていると言ったのだ。

「あら、あたしはそんなに、麻之助さんの話をしてましたっけ？」

そんなはずはないと、お雪が首を傾げたところへ、緒りつが膝を寄せてくる。

「まあ、こちらのお雪さんは、麻之助さんと親しい方なのですか。それは、どうして……ああ、おばあさまが、町名主の高橋家とご縁が深いと。そうなんですか」

ここで緒りつが、ああ良かったと言い、花のように笑ったものだから、お雪は面食らった。祖母のお浜《はま》が麻之助と親しいと、どうして緒りつが、嬉しく思うのだろうか。

「じゃあ、お雪さんと麻之助さんの間に、縁談があるとか、そういう事ではないのですね？」

「縁談？　いえ、ありません。麻之助さんは、やもめです。おじさんじゃないですか」

「やもめ？　おかみさんを亡くされたんですか。お子さんは……」

「お子さんも、生まれた時に亡くされたと聞いてます」

「まあ、お気の毒な」

「しばらく前のお話です。最近は祖母も、そろそろ次の縁を考えたら良いのにと、話していますけど」

麻之助は町名主高橋家の、跡取り息子なのだ。そして清十郎が落ち着いた今、仲人と親の目は、残った独り者に向かっていた。

途端、緒りつの瞳に、星が散ったように思えた。

「まあ、まあっ、そうなんですねっ」

きらきらと眼差しが輝くのを見て、お雪は呆然とし、一葉は目を見開き、お紀乃は何故だか笑みを浮かべている。

そして、ここで緒りつは、すぐ近くにまで身を寄せてくると、突然お雪の手を取り、こう言ってきたのだ。

「なら、お雪さん、わたしの味方となって下さいませんか？」

「み、味方、ですか？」

「わたし……わたし、麻之助さんて、優しくて頼りになる方ではないかと、思うんです」

「……それ、誤解だと思いますけど」

麻之助の支配町の皆も、お雪と同じ考えだと思うが、聞いてみたことがないので黙っていた。緒りつは、お雪よりも若い娘なのに、おじさんである麻之助のことを、良き殿方だと思うのだろうか。

するとお紀乃と一葉が、麻之助のことを話し始め、お雪は二人の方へ向き直った。

「わたしは、道場に通っておいでの頃しか、麻之助さんと話していませんけど。あの頃は、真面目な方だと思いました。ですが、今の評判は、少し違いますよね？」

そう語るお紀乃へ、一葉が頷いてみせる。

「今は、お気楽者で通っておいでです。でも吉五郎さんのお話を伺っていると、確かに頼ってもいい方だとは思います」

何とも暢気《のんき》に見えるが、何かを引き受けた時、麻之助はちゃんと始末をつけているのだ。あの厳しい小十郎も、時々麻之助を屋敷へ呼ぶと、一葉は続けた。

「今日も、そうでした。父は麻之助さんのことを、直ぐに逃げ出すお気楽者だが、鍛えがいはあると言ってます。ただ、飼っている猫のふにの方が、真面目なんだそうです」

猫の真面目とはいかなるものか、一葉には分からないが、とにかくそうなのだ。

「そして吉五郎さんは、麻之助さんのことを、生涯の友だと思っておいでです。そういう友だちを持つのは、いいことですね」

ここでお紀乃が緒りつを、優しい顔つきで見た。

「お仲人さんは麻之助さんのことを、良き婿がねだとおっしゃいますよ、きっと」

町役人は、安泰だと思われている仕事なのだ。その上、もし緒りつと高橋家との縁が決まれば、小加根屋を巡る妙な噂など消えるかも知れないと、お紀乃は言い出した。

「町名主はどの支配町でも、頼りにされる家です。そうでなければ、やっていけませんから」

そういう家と縁が出来れば、きっと緒りつの姉の縁談も進むだろう。お紀乃はお気楽にも、そう言い始め、しかもそれに、一葉は否と言わなかった。

「そういうことも、あるでしょうね」

お雪は益々、言葉を見つけられなくなってしまった。

（えっ、えっ、どうして？　あの麻之助さんとの縁談が、そんなに良く言われるの？）

緒りつは大きく頷くと、またお雪と向き合ってくる。そしてまたも、思いも掛けない話をし始めた。

「これからは、お雪さんが頼りです。麻之助さんと、もっとお話が出来るよう、機会を作って頂けませんか。お願いです」

「まあ……」

「それと一葉さんにも、お願いしたいことが出来まして」

「あら、何でしょう」

「わたし、お紀乃さんの縁談も、是非上手くいって欲しいと思ってるんです。お紀乃さんは長い間、ずっと吉五郎さんのことを、思っておいでなんですよ」

「緒りつさん、そんなこと、おっしゃって」

お紀乃が、顔を真っ赤にしている。

「それで今回、わたしの悩み事を、こちらの相馬家へ持ち込むと言われた時、直《す》ぐ承知しました」

お紀乃と吉五郎が、話す機会が増えるかもしれない。緒りつはそう考えたのだ。

「ですが、こうなるとわたしは、お紀乃さんへ力を貸す間を、作れないかもしれません。

ですから」

是非、お紀乃の思いを助けてあげて欲しい。緒りつは目を潤ませつつ、一葉へそう願ったのだ。

「あら、まぁ」

今度は一葉が、言葉を失っていた。

3

「高橋家は、同心の和木坂様とは、ご縁がほとんどない。清十郎、優しく、とても良い同心だという評判以外に、和木坂様のこと、何か知ってるかい？」

麻之助が声を掛けると、清十郎は首を横に振った。だが、しかし。

「うちの支配町に一軒、和木坂様を頼りにしている店が、あったはずだ」

というわけで二人は、翌日には時を作って、その米屋、西島屋《にしじまや》へ向かった。主は磊落《らいらく》な感じの大男で、店奥で、和木坂とは碁敵《ごがたき》の間柄だと話してきた。

「お武家様で、しかも町方同心なのに威張りもせず、本当に良いお方ですよ。おや高橋様、あの和木坂様に、何か困り事がなかったかと問われるのですか？　いえ、あのお方に限って、無法をされる訳がございませんが」

麻之助は苦笑し、和木坂が落とし物をしたとか、具合を悪くしたとか、そういう困り事を聞かないかと言い直したので、西島屋は頭を掻いた。

「これは申し訳ありません。町名主さんが、わざわざお二人で訪ねて来られたので、気を回しすぎました。いえ、最近のわきざし様は、腰の調子も良く、お元気そうですが」

「あの、わきざし様とは？」

麻之助達が首を傾げると、西島屋は一寸《ちょっと》、しまったという顔をしてから、大きく笑い出した。そして和木坂同心には、内緒にしておいて下さいと言ってから、〝わきざし様〟というのは、前々からある、あだ名なのだと教えてくる。

「和木坂様の脇差は家伝の品で、それは立派なものだそうです。ただ、こしらえは地味で、町人の私などには、名刀には見えませんが」

そういう小刀を帯びているからには、やはりかなりの使い手ではないかと、以前から噂があった。ただ町方同心が、脇差で戦う機会などまずないようで、その腕を目にした者はいない。

「和木坂様の亡きお父上は、道場の師範代であったとか。和木坂という名に引っかけ、わきざし様という通り名になったのは、そのお父上からだったと聞きます」

「なるほど。師範代の息子であれば、鍛えられているでしょうね。しかし困り事の一つも出てないとは、凄いお方だ」

ここで麻之助が、西島屋はいつから、わきざし様と縁があるのか問うてみる。すると驚いたことに、自分の代からだと返答があった。

「父の代では、別の同心の旦那にお頼みしていたんですが。その方のご長男とは、どうも合わない気がしまして」

それで同心の代替わりとなった時、西島屋は碁で知り合っていた和木坂へ、何かの折には頼りにしたいと挨拶をしたわけだ。麻之助が首を傾げる。

「西島屋さん、お店《たな》が頼みにされる同心の旦那は、替わることもあるわけですか」

「そりゃ、そうですよ。そもそもお店が左前になって、月末の払いにも困れば、旦那へ渡す金子《きんす》もなくなってしまいます」

同心への挨拶が無理になる店は、時々あるというのだ。

「なるほど。まれにある話だったんだ」

となると、強くて優しく、人付き合いの良い同心に、金と頼み事が集まってゆくのだろう。麻之助達は、大いに納得して西島屋を辞すと、表の通りへ足を向ける。だが店から出た途端、二人そろって溜息を漏らした。

「清十郎、困ったねえ。この一件、小加根屋さんと和木坂様の人柄が合わず、付き合いを変えただけかもしれないぞ」

もちろん、それが本当の事であれば、あの小十郎なら受け入れてくれる。ただ、納得してもらうためには、やるべきことがあった。

「我らはその証《あかし》を、手に入れなきゃならないだろうな。何しろ、小加根屋の縁談を壊している噂を、消したいんだから」

しかし噂の証を取れと言われても、困るだろう。麻之助は、眉間に皺を寄せ天を仰いだ。

「ねえ清十郎。小十郎様に、同心と店主の人柄が合わなかったのが、事の真相だと伝えちゃどうだろう」

その証はない。だがもし、小十郎が納得してくれたら、今回の件を、早々に幕引きとできるのだ。

「試しに一度やってみるのも、良い案だと思わないか？」

すると清十郎が、目を半眼にした。

「麻之助、そんな阿呆な話を小十郎様へ言いたいんなら、自分だけで言いなよ」

小加根屋が、左前になったわけでもない。なのに温厚な主が、皆の信頼も厚い八丁堀の旦那を取り替えるのは、奇妙な話なのだ。

では、どうして同心が交代したのか。小十郎が求めたのは、その事情と証であった。

「小十郎様が、わざわざ探らせたんだ。知らなきゃならないことがあるんだろう」

その調べを怠って、小十郎に殴られたいなら、止めはしないと清十郎から言われ、麻之助は急ぎ首を横に振った。

「嫌だよう。痛いの嫌いなんだ」

麻之助は仕方なく、もっと調べを進めてゆくことに決めた。そして、証を得ねばならないことは何か、改めて数えつつ歩んでいった。

一、和木坂は、皆が認める出来た同心だ。なのに出入り先の店を、一つ無くしたのは何故か。

二、小加根屋は、己が出入りの同心を替えたわけではないと、緒りつへ言っている。では、替えたのは誰なのか。

三、小加根屋は和木坂の件について、要らぬことを話すなと、緒りつへ釘を刺している。どうしてか。

「みごとにどれも分からないねえ」

ならば、小加根屋へ正面から事情を聞いてみようかと、麻之助は言ってみた。和木坂同心には、既に小十郎が、事情を問うているからだ。

「そうだね、小加根屋さんなら、何か承知しているはずだよなぁ」

清十郎は頷いたものの、小加根屋が何かを語るとも思えないと口にした。

「麻之助、今更言う気があるんなら、とっくに話してる。そして緒りつさんに、口止めなどしなかろうさ」

「そうかぁ。何で話せないんだろ」

そもそも、急に押しかけたところで、主が店にいるかどうかも分からない。麻之助は腕を組んで、難しいねえとぼやいた。

「でもさ、一度小加根屋を見てみるのは、いい考えだって気がするんだ。小加根屋が大店なのか、そこそこの店なのか知りたいし。それによって、わきざし様が貰っていた金子の多寡も、違ったただろう」

小加根屋は日本橋にあると聞いていたから、そうは遠くない。道を南へ辿る途中、麻之助はふと、八木《やぎ》家から嫁いだお由有《ゆう》の小間物屋も、近い場所にあるだろうと思い、町並みへ目を向けた。だが……悪友へ場所を、聞きはしなかった。

そしてじき、人混みの中から、道の先にある看板を見つけた二人は、目を見開くことになった。

「わあっ、清十郎、ごっつい大店だった」

「こりゃ同心の旦那は顔を出すたび、結構な金子を、袖内へ入れてもらってただろうね」

麻之助は己の顔に、笑みが浮かんでくるのが分かった。

「ねえ、ここまで大きな店なら、顔を出せば、ご主人がいなくても、お八つを出してもらえるかもしれない。清十郎、店へ入ってみよう」

「おいおいおい、お八つって、何の話だ。麻之助っ、待てっ」

清十郎が慌てている間に、麻之助はお気楽な様子で、小加根屋の暖簾《のれん》をくぐってしまう。すると奉公人達が一斉に二人の方へ向き、さっと身なりへ目を配ってくるのが分かった。

（うわっ、こりゃ大変）

「何のご用でございましょうか」

店先で奉公人から、店出入りの同心が交代した事情を、聞けるものだろうか。それでも麻之助は愛想良く笑うと、店先に腰を下ろし、ちょいと問いたいことがあると、明るく切り出してみた。

すると。返答は、思わぬ方からきたのだ。

「まあ、麻之助さんではありませんか。もしかして、わたしの相談事のために、おいでになって下さったのですか」

両替屋の店表には珍しい、かわいらしい声に驚いて目を向けると、華やかな振り袖姿が、男ばかりの店の真ん中に立っている。

「おや、緒りつさんだ。お嬢さんが店先に出て来られるのは、珍しいんじゃないですか」

「お嬢様のお知り合いでしたか」

番頭らしき男が、慌てた顔で寄ってくる。麻之助が笑って、町名主とその跡取りだと言葉を向けると、その間に緒りつは目を煌《きら》めかせつつ、素早く側へ寄ってきた。そして、父は在宅なので、是非、店奥へいらして下さいと、熱心に言ってくる。

「よろしければ、是非。ええと、清十郎さんもどうぞ」

「おや、これはどうも」

気が付けば、あっという間に茶が出てきたのを見て、清十郎が急に妙な笑いを浮かべ、麻之助を見てきた。奉公人が一人、急ぎ奥へと向かったから、主へ、麻之助達の来訪を告げに行ったのかもしれない。店表がざわつき、今まで両替をしていた客が、何故だか麻之助達の方を見て、小声で話を始めた。清十郎が片眉を、ぐっと上げたのが分かった。

(あれ、何で私を見てくるんだろう。あのお客、知り合いじゃないよね)

麻之助がちょいと首を傾げたその時、店表の道を、若い男が転げるような速さで、駆け抜けて行くのが見えた。しかもその後を、同心が追っていく。

すると、だ。ここで清十郎が麻之助の腕を取り、表で何かあったようだと言って引っ張ってきた。

「緒りつさん、申し訳ないが、仕事が表から手招きしてきた。麻之助へ茶菓子を出すのは、またにしておくんなさい」

「えっ、あの……それは残念で」

狼狽《うろた》える娘を置いて、二人は急ぎ表へ出る。しかし慌てて道を探して見ても、先ほど駆けて行った男は、もうどこにも姿が見えない。

「ありゃ、表へ出たのに、無駄足だったかね。あの男、何で追われてたのかね。せっかく小加根屋さんへ来たのに、話を聞きそびれてしまったよ」

麻之助がぼやくと、隣で清十郎が笑い出した。

「あのな、麻之助。お前さんが、さっぱり事を分かってないみたいだから、今回はあたしが、救い出してやったんだろうが」

そして腹を決める前に、相手の店へ行くのは拙《まず》かったと、妙なことを言ってくる。

「へっ、腹を決めるって、何を？」

本気で驚いて問うと、悪友はまた苦笑を浮かべた。そして日本橋まできたのだから、近所で話を聞いてみるかと言ってから、子供でも見るような目で、麻之助を見つめてきた。

4

麻之助達が、小加根屋の直ぐ先にあった茶屋へ入り、町名主と跡取りだと名乗った途端、近所の者達に囲まれた。清十郎と話を聞きに回らなくとも、今回は何故か、小加根屋をよく知る者達が、己から麻之助の周りへ集まってきたのだ。

棒手振《ぼてふり》が二人と、長屋のおかみさん達が五、六人、それに使いの途中なのか、お店の奉公人までが混じって、あれこれ話しかけてくる。

「おや、お前様が、昨日小加根屋さんが話してた、町名主の跡取り息子殿か」

「はい？　小加根屋さんが、私のことを話していたんですか？」

「顔は……優しそうじゃあるが、お連れほどの色男じゃないね。丈夫そうなのはいいか」

「確かに、そっちの町名主さんの方が、いい男だねえ。ああ、もうおかみさんを貰ってるんだ。それじゃ、婿になっちゃもらえないねえ」

「ええっ、婿？　誰が、誰の婿になるんですか？」

「高橋家の跡取り息子さんが、小加根屋さんのお嬢さんを、嫁取りするって聞いたよ」

「こりゃ、驚いた」

一体いつ、どうしてそういう方へ話が化けていたのかと横を見ると、悪友が苦笑している。

（さっき清十郎が、私を急いで表へ連れ出したのは、そんな訳だったのか）

麻之助は慌てて、嫁取りの件で訪れたのではないと言い、話を強引に、和木坂同心のことへ向けた。

「今日は、店と馴染みの、同心の旦那について聞きたかったから、小加根屋さんへ来たんだよ」

「同心の旦那？　ああ、よく顔を出してる、和木坂様のことかいな」

「優しい旦那だよねえ。でも、上のお嬢さんの縁談のために、小加根屋さんが、若い同心の旦那と替わってもらったって聞いたよ」

最近姿を見ないのは、そのためだろうと、振り売りが言ってくる。周りのおかみたちも、明るい声で話に加わった。

「しかし、今、頼りの旦那を替えるなんて、小加根屋さんは、度胸があるよ」

「少し前に日本橋の唐物屋が、大勢の賊に入られたところだものね。千両箱と、高い品ばっかり盗んだって噂の賊だ。まだ捕まってないんだよ」

「盗みの後、噂すら聞かないもん。その賊はとっくに上方へでも逃げたんだろうよ」

だが問題は、その大きな騒ぎからこっち、もっと小さな盗みがあちこちで起きていることだと、おかみ達は話している。

「上手く逃げた悪党がいたから、真似た馬鹿が出たんだ。自分も捕まったりしないと思うから、人様の物へ手を出すのさ」

おかげで、この辺りの同心も岡っ引きも、駆け回っている。

「和木坂様が離れて、小加根屋さん、大丈夫かね。賊に狙われたりして」

皆の言葉に、麻之助は清十郎と目を見合わせる。

（ありゃ、皆はまだ、前川様とは馴染んでいない様子だね）

こんなに好かれているなら、どうして和木坂は、急に大店から離れたのか。麻之助はここで思いついて、集まっている面々に、小加根屋の主について聞いてみた。

「何か噂を聞かないかい？」

「先々舅《しゅうと》になるお人について、話を聞きたいってわけかい？」

集った皆は、何故だかどっと笑い出した。

「あの旦那は、店を任せる奉公人を育てるのが、上手いって言われてますよ」

大店の主ならば、己で商いの全てをやろうとするより、それが正しいやり方なのだろう。

「両替屋は儲かってるって話で、結構なことなんだけど。だけど、さ。最近妙な噂を立てられ、小加根屋さん、顔色を青くしていたらしい」

「妾が五人いて、おかみさんと一緒に住んでるって、話が聞こえたんだよ」

しかし、あの噂は嘘だと、皆のにやにや笑いが続く。

「おかみさんが、綺麗なお人でね。小加根屋さん、他の男が美人のおかみさんへ、ちょっかいを出すんじゃないかって、ずっと心配してるくらいだもの」

おかみの方は、娘へ縁談が来るような歳なのだから、今更男が声を掛けてくるわけもないと言っている。いい加減に落ち着きなさいと、亭主に呆れているのだ。

「おやおや」

「でも小加根屋さんには、そうは思えないみたいだね。ま、あれだけの大店のご主人が、おかみさんの為に、自分で時々、甘い物なんか買ってる姿はかわいいもんさ」

　大年増のおかみ達が、豪快に笑う。

「おかみさん似の娘さん達にも、甘いって話だよ。町名主の跡取りさん、嫁に貰うのは緒りつさんの方だろ？　気前のいい舅が出来そうじゃないか」

「だから私と、小加根屋さんのお嬢さんの間に、縁談なんかありませんてば」

　麻之助が溜息を漏らした、その時だ。茶屋をかすめるようにして、先ほど小加根屋の店前を走って行った若者が、また道を駆けていく。すると今度は道の向こうから、盗人という言葉が聞こえてきた。誰か捕まえてくれと、泣くような声も重なった。

「おやま、本当に盗みをする馬鹿が、増えてるみたいだね」

　清十郎がさっと若者の後を追ったが、麻之助はちゃっかり茶屋に残った。そして若者の足の速さを認めると、一つ息を吐く。

「このままだと、清十郎が追いつくのは、ちょいと無理か。逃がしたら、次に小十郎様と会うとき、叱られそうだね」

　言うなり麻之助は、茶屋へ借りると断ってから、手近にあった木の盆を摑《つか》んだ。

「それは大事なお盆、勝手をしちゃ駄目ですよ」

しかし茶屋娘に断られたので、一枚が駄目なら二枚借りると妙な事を言って、横にあったのも摑む。そして大きく腕を振ると、盗人めがけ、続けて投げつけたのだ。

「あら、やっぱり投げちゃった」

茶屋娘が嘆く中、弧を描いて飛んだ盆は、片方が見事に背へ当たったが、盗人は転びなどしなかった。しかし、たたらを踏んだ盗人は、持っていた包みを落としてしまう。

「あ、拾うんだ。そのまま走り続ければ、逃げられたかもしれないのに」

追いついた清十郎が、拳固《げんこ》を一発繰り出し、包みと盗人が、人が行き来する道へ賑やかに転がる。

そこへやっと、茶屋横から走って出た男達も追いつき、盗人へのし掛かるのが見えた。男らが、清十郎へ頭を下げているのが分かったので、麻之助は手を振って、盆を拾っておくれと声を向けた。

「あら、一葉さん。まあ、本当に一葉さんだわ。その、お会いしたばかりですが、わたし……忘れ物でもしましたでしょうか」

一葉が、北山与力の屋敷へ顔を見せると、お紀乃がいささか慌てた様子で、玄関へ出てきた。

それもそのはずで、一葉は、お紀乃が恋うている吉五郎の、前の許婚《いいなずけ》なのだ。互いに少々話しづらい相手のはずで、その一葉が北山家へやってくるとは、思ってもいなかったに違いない。

「どうぞお上がり下さいな。今、お茶を」

「お紀乃さん、実は、伺いたい先が出来たのですが、子供のようなわたし一人では、行きづらくて。付き合っていただけませんか」

「あら……はい、分かりました」

とにかくお紀乃が、直ぐに他出を承知してくれたのはありがたかった。それで一葉は表の道へ出たとき、精一杯正直に、訳を話すことにした。

ただ、行きたい先はとても近かったので、語りきれるかどうか、分からなかったが。

「実はこれから、和木坂様のお屋敷へ、伺おうと思っております」

八丁堀には、南北の町奉行へ勤める与力、同心の屋敷が並んでいる。和木坂家の屋敷も、相馬家、北山家から、大して遠くはないのだ。

「あの、一葉さん、和木坂同心のお屋敷へ行って、どうなさるおつもりなのでしょう」

武家屋敷の間を歩みつつ、お紀乃が首を傾げた。両替屋への出入りが替わった事情なら、和木坂は既に、小十郎へ話している。

「腰の調子が悪くなったので、若い前川同心に、縁のある店を受け持ってもらった。確か和木坂同心はそのように、返事をなさったはずですよね？」

和木坂は不調に見えないから、あの言い訳には、少々無理があるらしい。しかし一葉が和木坂へ、もう一度同じ事を問うても、違う答えが返ってくるはずもなかった。小十郎へ嘘をついたと言える同心など、この八丁堀にはいないのだ。

「それは……」

言いかけて、一葉は言葉を切った。いくらも語らない内に、やはり和木坂家へ着いてしまったのだ。

ただ玄関で案内を請う前に、お紀乃へ一つだけは伝えておいた。

「その、和木坂様へお伝えするお話、実は、お紀乃さんにも、聞いておいて頂きたいものなんです。それで、同道をお願いしました」

「えっ……」

どんな話が飛び出すか、お紀乃にはまだ、見当がついていないと思う。一葉が心を落ち着けようと、胸に手を当てていたとき、二人の姿を見つけたらしく、和木坂家の屋敷内から玄関へ、足音が近づいてきた。

5

小十郎の娘だからか、和木坂は戸惑いつつも、客間で、若い一葉の言葉を聞いてくれることになった。一葉はきちんと礼を述べてから、お紀乃の横で、和木坂が出入り先を替えた件が、その後、どういう話になっているのかを告げた。

「今、小加根屋について、色々な噂が立ってしまっております」

抜け荷をしているとか、実は賭場を開いているとか、主に妾が五人いて、妻と一緒に住んでいるとかいう噂があることを、一葉は伝えた。そういう話になってしまった訳は、簡単だ。出入りの同心が、何もないまま交代するとは、周りの者達には思えないからだ。

「何と、そんな噂があるのか」

「そのせいで、小加根屋の姉娘の縁談が、滞《とどこお》っているそうです。それで妹の緒りつさんが、こちらのお紀乃さんと、父のところへ相談に来られました」

だが、噂話相手に奉行所が動く訳にもいかず、小十郎は、町役人二人に事を任せようと、相馬家へ呼んだ。小加根屋の緒りつは、町名主の跡取り麻之助と、出会うことになったのだ。そして。

ここで一葉は、真っ直ぐに和木坂の顔を見つめた。

「もしかしたらこの後、小加根屋さんは町名主高橋家へ、緒りつさんとの縁談を持ち込むかもしれません」

話がまとまったら、緒りつは喜ぶだろう。

「お、おや。それはまた……思わぬ成り行きになったものだ」

戸惑った顔で、和木坂が目を見開く。それはまさに、和木坂が運んできた縁とも言えた。

ただ。ここで一葉は一寸言葉を切って、両の手を握りしめる。

「和木坂様のことで麻之助さんが呼ばれた日、相馬家には四人、娘がおりました」

その内の一人が、相馬家の遠縁にあたる、お雪だ。

「お雪さんは、麻之助さんとは大分前からの、知り合いです。麻之助さんのこと、おじさんなどと言って、縁談相手とは思っていない様子でした」

しかし、だ。

「お雪さんと一緒にいることの多いわたしには、分かるんです。お雪さんはわたしに、麻之助さんの話を、よくするようになってました。最近は本当に、麻之助さんの話ばかりを繰り返してました」

「あら……まあ」

思いも掛けない話であったらしく、今度はお紀乃が驚いている。

「今、お雪さんと麻之助さんの間に、縁談がある訳ではありません。もし麻之助さんが、小加根屋の緒りつさんを後妻にされるなら、そういう縁だったと思います」

しかし、だ。一葉の眼差しが、厳しくなった。

「和木坂様は、小加根屋から離れた訳を、父の小十郎へ正直に話されていませんよね？」

和木坂は、他は滞りなく勤めている。どう考えても、腰が悪いようには見えないのだ。

「父から問われた時、もし全てを話して下さっていたら、父は麻之助さんを屋敷へは、呼ばなかったと思います」

緒りつと麻之助が、会うことはなかった。お雪にはもう少しの間、自分の気持ちがどちらを向いているのか、考える間があったはずなのだ。

後悔しない為の時を、持てたと思うのだ。

「わたしが、勝手を言っているのは分かってます。お勤めとは関係のない、おなごの話でございます」

だが、おなごの一生というのは、嫁入りの時、大きく変わる。そして今回和木坂は、緒りつの姉、緒りつ、お雪という三人のおなごの明日を、動かしてしまった。

だから。一葉は真っ直ぐに、和木坂と向き合う。

「和木坂様、まだ語っておいでではないことが、おありですよね。その全てを、お話し下さい」

なぜ大店小加根屋への出入りを、あっさり他の同心へ替えたのか。そこが納得出来ないから、妙な噂が生まれ、皆が振り回されているのだ。

「せめて、どういうことが起きたか、なぜ縁が変わる事になったのか、皆、知りたいはずなんです。わたしは、自分が馬鹿をして……。だからお雪ちゃんだけは……」

一葉の言葉が、途切れて消える。和木坂はしばし、声も出ない様子であった。一方お紀乃は寸の間、膝へ目を落としている。

そして……やがて和木坂はゆっくりと、一葉を見てきた。


麻之助と清十郎が、急ぎ相馬家を訪れた時、忙しいはずの吉五郎が在宅で、その上、客間に他の客がいて驚いた。

先日、娘四人が並んだ部屋に、小十郎、吉五郎、和木坂が並び、向かいに一葉、お紀乃が座っていたのだ。そこへ加わった麻之助と清十郎に、小十郎が上座から目を向けてきた。

「二人とも聞いてくれ。一葉が今回、大いに役に立ってくれた。和木坂殿を説得し、出入り先が替わった件の事情を語ると、約束を取り付けてきたのだ」

和木坂が、小十郎にも改めて聞いて欲しいと言ったので、相馬家で話をすることになったという。

「一葉さん、それはご立派な働きをされましたね。何と言って説得されたのか」

麻之助は、思わず驚いて問うたが、一葉は目を畳へ落としたまま黙っている。小十郎は声を立てずに笑うと、心得ておくべき話だろうから、居合わせた麻之助達も、和木坂の話を聞いておくよう言ってきた。

「お気遣い、ありがとうございます。ただ」

和木坂の話を聞く前に、急ぎ小十郎へ言っておきたいことがあると、麻之助は告げた。

「我らは、小加根屋さんを困らせている噂を調べようと、店の近所で話を聞いておりました。すると、町はいつもと様子が違った」

先日、近くの唐物屋を襲った盗人の話に、まだけりがついていなかったのだ。大泥棒は逃げたまま。悪行を真似した小者が現れ、盗みが増えていた。

そして麻之助達の目の前でも、物取りが起きた。

「その盗人は直ぐに捕らえました。投げつけたお盆と清十郎の拳固が、堅かったからですね」

ただ。盗人を自身番へ引っ張り、事情を聞いたところ、盗人は目こぼしを願って、意外なことを、あれこれ話してきたのだ。

清十郎が、ここで話を継ぐ。

「その盗人は、自分達のような小者が悪さをしても、今なら見逃してもらえるのではないかと、思っていたようで」

「おや、馬鹿を考えたものだな。して、何故だ？」

「小十郎様、その盗人によりますと、先に大仕事をした盗賊、日本橋の唐物屋を襲った奴らは、まだ日本橋辺りにいると言うんです。そして今度こそ他国へ逃げ出す前に、もう一仕事、する構えのようだと」

じゃの道は蛇《へび》という訳で、盗人達は剣呑《けんのん》な者達の動きを、感じていたらしい。そして、お上の目が大盗賊達へ向けられている間なら、自分達は放っておかれるだろうと、盗みに励んでいたのだ。

「それが、急に盗人が増えた訳か」

「ただ、その盗人は、盗賊達がどこに潜んでいるかまでは、知りませんでした」

清十郎はそう言ってから、一旦言葉を切る。麻之助が、小十郎へ目を向けた。

「近々また、どこかの大店が襲われるかもしれません。それで急ぎ、こちらへ事を知らせに伺った訳です」

今頃は、盗人を捕らえていた自身番から、見回りに来た同心へ、話が伝わっているはずと言うと、小十郎と吉五郎が頷く。麻之助は、ここでにこりと笑い、和木坂へ目を向けてから、また、やんわりと話しだした。

「和木坂様、実は今話に出ました盗人が、もう一つ話をしてくれました。先日、同心から脇差を盗んだ者が、いたと言うんです」

脇差が盗《と》られた場所は、盗人を捕まえた所からほど近い湯屋、つまり小加根屋のすぐ側であった。その盗人は、己なら同心の脇差には、手を出さないと言っていた。

「後が怖いですから」

その上、湯屋で見た者によると、同心の脇差は、地味な見てくれとは違い、抜くと、驚くほど良き品だったらしい。盗んだ者は、それは目が利く者だったのだ。

「盗人仲間は、その話でしばらく持ちきりだったとか」

すると麻之助の頭に、そういうむてっぽうな離れ業をした盗人のことが浮かんだ。

「例えば唐物屋へ押し入り、これはという品ばかりを選んで盗んだ、あの賊とかですね」

同じように目が利く賊が、湯屋で脇差を盗んでいる。小加根屋の近くに、今、その賊がいるわけだ。

「次の押し込みが起きると聞いた時、真っ先に、両替屋小加根屋さんのことが、思い浮かびました」

両替屋には、確実に金がある。

「盗賊が、今度こそ江戸を離れる気なら、売らねばならない品物ではなく、金を狙いたいでしょう」

小加根屋が襲われるとの、確証はない。だが和木坂は、日本橋に、同心の脇差を狙うような盗人がいることを知った。

和木坂は、金のある出入り先を、賊が狙うかもしれないと思った時、不安に包まれたかもしれない。

「もし和木坂様が……己では店を、守りきれないと思ったとしたら」

盗人の影がちらついていても、奉行所は小加根屋だけを、守る訳にはいかない。何しろ同心は、定廻り、臨時廻り、隠密廻りを合わせても、この広い江戸に、三十名もいないのだから。

「困った和木坂様が、せめて若く、腕の立つ方に店を託したいと、前川様に出入りを頼んだ。そういうことは、あり得ると思うんです」

それが、突然、小加根屋へ顔を出す同心が替わった、わけではないか。麻之助は、そう考えたのだ。

「しかし、近所の皆は事情を知らない。首を傾げ、妙な噂を立てた訳です」

和木坂は、わきざし様と言われるほど、強いと噂されていたからだ。

「そんな和木坂様が、小加根屋を守れないなど、思い浮かべられませんから」

さて、和木坂は強いのか、からっきしなのか。自分の推測は間違っていたのか、未だ分からないと麻之助は言い、静かに話をくくった。吉五郎が目を見開き、小十郎は怖いような笑みを浮かべている。

和木坂が、ここで一葉を見た。そして顔を歪め、絞り出すような口調で語り出した。

「これは……それがしが語ることは、なくなったようだ。一葉殿、今、麻之助が語った通りだ」

前川との交代や、噂の大本は全て、和木坂の情けない剣の腕前にあったと告げたのだ。そして。

「情けないのは、腕だけではなかった。それがしは己が弱いことを、人へ話すことをためらったのだ」

恥ずかしい気持ちがあった。弱い奴と見くびられてしまうと、明日からの市中見回りに、差し支えが出るとも思った。だから。

「それがしは、己の弱さを隠した。それこそが全ての騒ぎの元だな。済まなかった」

和木坂が、まだ子供のような一葉へ頭を下げた。麻之助はゆっくりと頷き、天井を向いた。

6

十日ほど後のこと。

日本橋に、めでたい噂が伝わっていった。

妙な噂が流れた為か、進まないでいた小加根屋の姉娘の縁談が、ようよう本決まりとなったのだ。

「上の娘さんの相手は、同じ両替屋の跡取り息子だってよ。何でも、町名主さんが間に入ったとかで、話が進んだとか」

「おや、良縁だ」

あっという間に、結納の日が近くなる。するとそこへ、新たな噂が聞こえてきた。さすが小加根屋は大店といおうか、親は娘の持参金として、地代を稼げる土地を持たせるというのだ。

「日本橋と神田の間にある土地を、急ぎこれから購《あがな》うっていう話だ」

その為か、土地の沽券《こけん》を扱う町名主が、走り回っている。馴染みの同心が、祝いのものを持って店へ入ってゆく。縁談が決まった小加根屋は、人の出入りが多かった。

「おかみさんや娘さんまでが、せわしく出入りしているねえ」

そして。

ある日の暮れ六つ時。店の大戸を下ろし、そろそろ夕餉《ゆうげ》にしようかという頃……めでたさに満ちあふれているはずの小加根屋の店奥は、酷く静かであった。年配の奉公人はおらず、小僧達も消え、金箱なども帳場にない。そんな中、勇ましくも棒を手にした小加根屋の主が、麻之助や清十郎と、店表に並んでいた。

明後日には小加根屋が、土地を買うことになっている。つまり賊は、今日か明日の内に、小加根屋を襲うに違いない。麻之助達はそう見当を付けて、待ち構えていたのだ。

「ほ、本当に来ますかね？」

「小加根屋さん、今日来なくても、賊は明日には来ます。確かです」

「ううっ、怖いですよ」

急に、思いも掛けない話が起きた場合、小加根屋に詰めた麻之助達が、仲間へ知らせに走ることになっている。そのため六尺棒を手に、小加根屋へ来ているのだ。

小加根屋は、緊張をふりほどくように、話を続けた。

「麻之助さん、緒りつがお紀乃様へ漏らした愚痴が、こんな大きな話に化けるとは、思いませんでした」

良い事もあった。麻之助のおかげで、滞っていた上の娘の縁談も動き出したのだ。

「持参金にする土地とて、他の町名主さんへ話を通して頂けたので、あっさり手に入りましたし」

あれは、誠にありがたいことだったと、小加根屋は麻之助と清十郎へ笑みを向ける。

「なのに手前は……騒ぎの片棒をかつぐようなことをして、申し訳ありませんでした」

小加根屋はもちろん、挨拶をする同心が替わる事情を、承知していたのだ。だが、麻之助達が苦労して事を探っていると分かっていても、事情を他へ漏らしはしなかった。

「和木坂様から、自分は剣の腕に覚えがないと言われた時は、驚きました」

蠟燭《ろうそく》の火が揺れる中、和木坂は店主と前川へ、真面目に話をしてきた。話を聞き終えた小加根屋は、和木坂同心の誠実さに、本当に感謝をしたのだ。

「黙っているということも出来たでしょうに。和木坂様は小加根屋を守る為、前川様と手前へ、ご自分が弱いという事を語って下さったのです」

近くの店が、賊に狙われたばかりであった。正直に言うと小加根屋は、腕の立つ同心に替わることを喜んだという。

ただ、事は前川一人で収められるものではなくなった。遥かに多くの者が、この夜、動くことになったのだ。

人の出入りに紛《まぎ》れ、おかみと娘達は既に、根岸の別宅へ逃れた。若い男以外の奉公人も、夜は余所《よそ》の店へ預かって貰っている。清十郎がやんわりと笑った。

「小加根屋さんが、緒りつさんが噂話をするのを止めたのも、和木坂様への配慮でしょう？　脇差が盗まれたことを、和木坂様はまだ、表沙汰にしておりませんので」

武家としての名誉を損なう話であったから、小加根屋は気を使ったのだ。

「それは……当家はこれからも、町方の方々に、お世話になってまいりますから」

守る者と守られる者。持ちつ持たれつでゆくものだと、店主は落ち着いた顔で語る。

だがこの時、店の表から物音が聞こえると、ぶるりと総身を震わせた。

「あの、こうしてお二人がいて下さって、本当にありがたいことです。ですが」

もし、本当に今日襲われたら、麻之助達二人に、奉公人と主だけで、小加根屋を守れるものだろうか。小加根屋が真剣な顔で問うて来たので、麻之助も真面目に言葉を返した。

「そんなこと、無理に決まってるじゃありませんか。相手は唐物屋で大勢に怪我を負わせ、大枚《たいまい》を盗って逃げた、賊達なんですよ」

「ひえっ、なら、なら、襲って来たら、どうしたらいいんですか?」

主が声を震わせたので、清十郎が麻之助をぺしりと叩き、大丈夫だと苦笑を向けた。

「今回の事は、あの小十郎様が承知なんですから。もうとうに、賊を迎え撃つ用意は、済んでいるんですよ」

今回二人は、実際、賊への構えを手配したりはしなかった。多分……小加根屋という大店の安泰を任せるには、まだ二人には、信頼が足りないのだ。

「ま、大店や、店の者達の命を預けると言われても、あと百年くらいは、無理だと答えたいですけど」

麻之助が勝手を言い、清十郎も深く頷いている。

「ただ、己ならばどうやって賊を捕らえるか、考えろとは言われ、返答をしました。だから小十郎様がどう動くおつもりか、分かってますよ」

聞けば安心するだろうし、今のうちに語っておこうかと、麻之助は言ってみた。今まで詳しく話す時すらなかったが、賊に狙われている小加根屋当人が、今宵の動きを知らないというのも、妙な話なのだ。

「盗賊が来るのは、今日か明日のどちらかだと、見当を付けています。来るのは、もっと遅い刻限でしょう。まだしばらくは時がありますね」

麻之助達は、ひょいと六尺棒を小脇に挟み、小十郎の問いにどう答えたかを、小加根屋へ語り始めた。

小加根屋の上の娘の為に、走り回っていた日のこと。小十郎が、麻之助と清十郎を呼び出した。

そして吉五郎と一葉も部屋へ同席させると、当然のような顔で、これからどうするかを問うて来たのだ。

「麻之助、早《はや》、くたびれた顔をしておるが、まだまだ続くぞ。和木坂殿の脇差を、取り戻さねばならん。小加根屋の周りにいる盗人達も、なんとかせねばば。そして何より、唐物屋を襲った賊を捕えねばならぬ」

さて、どう手を打つべきかと、重ねて聞いてきた。よって、この時ばかりはきっぱりと、麻之助は言い返した。

「小十郎様、ここから先の話は、奉行所が預かるべきことかと存じます」

盗賊や千両箱との関わりは、町名主の手に余るのだ。

「それどころか、町人の分際で、町奉行所の捕り物に口を挟んだら、お仕置きを受けちまいます。とんでもない、絶対にやっちゃいけないことですよ！」

なのに小十郎は、馬鹿をやれと麻之助をけしかけてくる。何故なのか。

「小十郎様と来たら、我らを試しておられるんですね。どうやったら賊を追い込めるか、我らから答えを聞きたいのでしょう」

「おやおや、そういう訳なんですか。小加根屋が近々襲われるという麻之助の考えは、当たってたみたいですね」

清十郎がそう言った途端、何故だか麻之助の方が、小十郎の拳固を食らった。そして、さっさと答えを言えと、二人へ促してきたのだ。

「つまり、この先小十郎様がどういう手を打っていくのか、当ててみろというわけですね」

賊を逃がさない為、多分小十郎は、もう大分手を打っている。何をやったか承知しているから、吉五郎には問わないのだろう。

「我らを先々都合良く使うため、この時とばかりに、鍛えに掛かってるんですよねえ」

余分なことを言った清十郎にも、拳固は迫ったが、友は上手いこと逃げた。

大事な猫の、のみ取りをする方が好きな麻之助は、いっそ逃げようかと庭へ目を向けたが、小十郎は引かない。

「麻之助、せめて知恵くらい絞れ。怠けていると、お主に惚れている小加根屋の下の娘、緒りつ殿が、危ない目にあってしまうぞ」

「えっ……」

麻之助は心底驚き、動けなくなった。しかも部屋内の皆は、驚いた様子も無く、麻之助からすっと目を逸らせたではないか。

「緒りつさんは、この私のことを好いてくれてるんですか？」

清十郎が、呆れた顔で言ってくる。

「自分のことだと鈍いねえ、麻之助は」

狼狽え、次の言葉が出ずにいると、麻之助さんの阿呆と、小声が耳に入る。心の臓がどきりと打ち、声の方へ目を向けると、何故だか一葉が、ふいとそっぽを向いた。

7

麻之助は、賊の襲撃に備えどんな手を打つべきか、小十郎へ並べた。

「まずは、小加根屋の大切な品を……そう、床下に掘ってある穴蔵へでも、入れろと言ったと思います」

賊なら、真っ先に狙うのは土蔵だ。穴蔵へ入れ、上から土を掛けておくと、取り出すのに時がかかる。店を襲われても上手くいけば、その間に奉行所の者が駆けつけられる。賊に持ち去られる危険が減るのだ。

「当たりだ。前川殿が、既に穴蔵へ入れろと言ったはずだ」

小加根屋は奉公人と、早くも穴へものを入れはじめているらしい。

妻と娘達は、根岸にある店の寮へ、早々に向かわせるとのことであった。

「妻と娘以上に、大事なものはないと言っていたようだ」

小加根屋のきっぱりとした言葉を伝え聞き、麻之助が大きく頷いた。

「賊が小加根屋を狙うとしたら、主が持参金を土地に変える前に動くと思います」

つまり土地を買う金を作ってから、買うまでの間に、店が襲われる日を絞れるわけだ。

「二、三日なら、大勢の男を揃えて、小加根屋さんを守れるでしょう」

この考えにも、小十郎は頷いた。

「ただ、店内へ賊をいれてしまうと、逃げるとき、付け火などされたら怖い。捕縛する場は、外になるね」

清十郎が口にした。

「どこで捕らえる?」

清十郎が、小十郎からそう問われた。決戦の場が外だと見当を付けたのは、当たっていたらしい。ただ、詳しい場所まで聞かれるとは思っていなかったようで、清十郎は寸の間黙った後、小加根屋前の通りになるだろうか、と続けたのだ。

「そこが近くで一番、広いです」

友は小十郎に、扇子で打たれた。

「そこまで店に近い場所で捕り物をすると、一つ間違えば、賊が小加根屋へ逃げ込むことになるではないか。店に残っている主達を、盾に取られるぞ」

「小十郎様、ならばどこで捕まえますか?」

「麻之助の阿呆が。龍閑川《りゅうかんがわ》沿いの道か、浜町川沿いだ」

一方が川で区切られれば、より少ない人数で、追い詰めやすいという。しかし、それでも道を塞ぐのに、奉行所の者達だけでは足りず、高利貸し丸三《まるさん》の所へ、若い者達を借りる話をしたと、小十郎から聞いた。

麻之助は頷き、次に口を開いた。

「あの、近くにある他の大店へ、賊が向かうかもしれないと、考えられましたか?」

そう言った途端、清十郎より強く、扇子で叩かれた。

「小加根屋一軒を狙ってくるよう、ちゃんと手を打ってあるだろうが」

「ということは……小加根屋さんの持参金の噂話を流し、賊達の目をこの両替屋へ向けたのは、小十郎様なんですね」

狙われたら危ういのを承知の上で、小加根屋を、賊をおびき寄せる餌としたのだ。

(自分なら、そういう手を打てたか分からないや。私は甘いね)

唇を噛む。

早々に、何か手を打つ必要があったのは、麻之助も重々承知だ。どの店に賊が来るか分からないままでは、守りが手薄になる。結局、小加根屋を十分守れなくなる。それは分かっていた。

(けれど)

自分でおびき出した賊が、小加根屋を殺してしまうかもしれなかった。店へ、火を放つ事もあり得た。怖かった。賊が暴れる姿が目に浮かび、涙がにじみ出そうになる。誰かを失うのが、未だに酷く怖い。

(……お寿《す》ず)

黙ってしまったら、他に言うことはないのかと、小十郎から更に問われた。麻之助は相馬家の客間で、慌てて言葉を続ける。

「今回の件では小加根屋だけでなく、もう一カ所、押さえておく必要があると思われます」

それを思いついたのは、大貞《おおさだ》が船頭達と親しかったからだ。

「賊の方が、二手に分かれるかもしれません。既に手に入れている唐物屋の金と一緒に、先に逃れる者がいないか、気をつけるべきでしょう」

日本橋あたりから、重い千両箱を持って逃げるとしたら、舟が都合が良い。龍閑川から隅田川へ出て、海辺の船着き場へ行くのが早かろうと思う。

「川筋の船頭達に、力を貸して貰う必要がありますね」

麻之助はまた打たれるのは嫌だと、引きぎみに動きつつ、考えを口にした。

「小十郎様は両国の顔役大貞さんに、話を通したはずです」

しかし、大貞は手強かったはずだと、麻之助は顔をしかめた。

「何かあるたび当てにするなって、あの大親分、言いそうです。今回は私が頭を下げても、動いてはもらえなかったでしょう」

大貞は己に厳しく、若い男らにはもっと厳しいお人であった。

「でも、船で上方へ逃げられるのを止める為には、大貞さんを味方に付けなきゃなりません。小十郎様は、大貞さんを味方に出来たのですよね？」

麻之助は叱られるのを承知で、どうやったのか、小十郎へ問うた。

「思いつかなかったとは、けしからんな」

やはりそう言われた。ただ小十郎は、さっさと訳を話してはくれた。何と今回の仕切りを、大貞ではなく、息子の貞《さだ》にやらせてみろと言い、切り抜けたらしい。

「大貞さんは少し前から、貞を鍛えようとしていたゆえ」

そろそろ跡取りに、次の両国の親分として、一人前の顔を持ってもらいたいわけだ。

麻之助と清十郎は、顔を見合わせた。

「けれど、その。今回の騒動は、貞さんが初めて船頭さん達を仕切るには、大きすぎる気がしますが」

しかし、だからこそ大貞が話を受けたと、小十郎は語った。清十郎が問う。

「小十郎様はあの貞さんに、今、大貞さんの代わりが出来ると、思っていらしたんですか？」

小十郎がにたりと笑い、堂々と言ってくる。

「出来るか出来ないかなど、考えておらぬ。でも、やってもらわねば、事をし損じる。よって貞に、役目を押っつけた」

「う、うわぁ」

今回の騒ぎで一番顔を引きつらせたのは、貞かもしれなかった。とにかく手は打たれ、夜の町に人が隠れた。

そして……麻之助達は今夜こうして、小加根屋で賊が現れるのを待っているのだ。話を聞き終えた小加根屋が、顔を引きつらせている。

「う、うちは餌ですか。あの、小加根屋まで賊が来ることは、ありませんよね？」

麻之助は店主へ、大丈夫だとまた告げ、笑みを向けた。

「今、この神田は幾重にも、様々な者達によって囲まれてるんですから」

賊の捕縛というのは、命がけの勝負をすることではないと、吉五郎から聞いている。

「捕り物というのは、逃がさないだけの準備をして、それこそ拍子抜けする程の間に、目当ての者達を捕らえることなんだとか」

三廻り同心は三十人に満たない。捕縛のたびに死んだり怪我をしていては、お江戸を守れないのだ。

「そうなんですか。矢面に立つのは、店を守って頂く手前じゃないのに。一番怯えていては、駄目ですね」

麻之助はここで、口の両端を引き上げた。

「しかし、きっちり店を守るための支度をするのは、大変だったんですよ」

麻之助も珍しく、せっせと働いた。諸事、小十郎へ知らせねばならなかったからだ。

「だから今晩は、憂《う》さ晴らしをする気でいます」

「おや、こんな夜に、何をするのですか？」

小加根屋が心配してきたので、麻之助は表を指した。

「賊が現れたら、私達も捕り物の場へ加勢《かせい》に行きます。今日は思い切り、賊を殴っておくつもりです」

八つ当たりだと、承知のことであった。しかし……この後、和木坂同心の脇差を取り戻しておく必要が、あるではないか。賊が向こうから、盗んだ品の話をしてくるとも思えないから、六尺棒は必要なのだ。

「そういえば和木坂様も、この捕り物に加わっておいでのはずですよ。確か貞さんと、舟を見張っておいでだ」

和木坂に強さがないとは、麻之助は思っていなかった。あの同心は、己の情けなさを認める勇気を持っている。

「強いお方ですよ」

「ええ、そうでございますね。良い方です」

この時清十郎が、さっと手を振り、小加根屋と麻之助の話を切った。

「来た」

耳を澄ませば、わずかに足音が近寄ってくるのが分かる。それは賊のものかも知れなかったし、賊の来襲を知り、それを知らせに来た、仲間のものということもあり得た。

「大戸は開けないで下さい。賊ではないと思いますが」

夜の中、店に緊張が走る。じき、小加根屋へやってきたのは仲間からの知らせで、戸を開けないまま、賊達を龍閑川沿いの道で囲んだと知らせてきた。麻之助と清十郎は六尺棒を手に裏手へ回り、静かに夜の道へ出てゆく。

「あの、お気をつけて」

心配げな小加根屋へうなずくと、麻之助と清十郎は、月下の合戦へと駆け出してゆく。打てる限りの手は、既に打ってあるのだ。

今日は負けないと、分かっていた。

かわたれどき

1

お雪《ゆき》は夜明け時の、薄闇の中にいた。

辺りは一面、川からあふれた水に浸かっている。海に近い深川《ふかがわ》を、野分《のわ》けと呼ばれる大嵐が襲い、あっという間に何もかもを、水の中に飲み込んでしまったのだ。

たまたま深川にいたお雪は、泊まっていた離れの部屋ごと、水に流されてしまった。濁流に放り出され、ろくに息が出来ない。そのまま、死ぬとしか思えなかった。

そんな時、体が不意に止まったのは、水の中でも流されずに立っていた、木に引っかかったからだ。

幹にしがみついた。枝へ手を掛け、肩まで水から上げると、辺りを見まわした。見事に黒一面で、何も見えなかった。

不安だが、何もできない。

呼んだが、誰も来てくれない。

寒かったが、木の上へ登ることすらできなかった。

そして……どれ程経っただろうか。

一帯は、夜とも朝ともいえない、薄闇に包まれていたのだ。少し離れた所に、おぼろげな形が見えたが、家なのか人なのかすら、はっきり分からない。ただ、低く恐ろしい水の響きだけが、周囲を包み込んでいた。

それでも必死に声を張り上げてみたが、応《いら》えはない。声は誰にも、届いていないのかもしれなかった。

景色も暮らしも、水と夜が根こそぎ運び去って、深川を違うものに、変えてしまったように思えた。

(寒い。苦しい……どうしてだろ、頭が痛い)

お雪は今、かろうじて木に摑《つか》まり、息をしているが、いつまでしがみついていられるだろうか。いや目の前の木が、大水に持っていかれてしまったら、お雪も一緒に、また流されていくしかない。

(誰か……誰か、助けて)

首を巡《めぐ》らせたとき、微《かす》かな明るさの先に、〝何か〟が見えた気がした。考えていたより近くに、家があるのかもしれない。そう考えると、木へしがみつく為の力が、少し増した。

（でも……あそこに見えるものは、幻かも。人がいるように思えるのは、あたしの思い込みかもしれない）

〝彼《か》は誰《だれ》〟なのか。前に祖母から聞いた言葉が、お雪の頭に浮かんでくる。

彼誰時《かわたれどき》

それは相手の顔すら、はっきりとは摑めない時刻のことだ。朝まずめの、闇と明るさの間に生まれる、夜とも朝とも言えない一時のことだったように思う。

（確かなものがない刻限だ）

それでも我慢できず、薄ぼんやりした何かに向け、手を伸ばしてみた。でも、ほの暗くおぼろげなそれは、ずっと先にあるようで、触れることなど出来ない。

体を伸ばしたことで、水の流れに持っていかれそうになり、恐ろしさに悲鳴を上げ、また必死に木へしがみついた。このままでは先が無いと思う。しかし今は、一本の木だけが頼りだとも思う。お雪は泳げないのだ。

（もう二度と、朝を迎えることなど、ないのかな）

親にも、祖母にも、親しい人たちにも、会えない気がして、段々と諦めが総身を包んでくる。大きな簞笥《たんす》が流れてゆくのを見た。家が壊れ、押し流されたのか、建具や壊れた障子までが、目の前を過ぎていった。

（こんな流れの中へ、来てくれる人なんかいない。来たくても、誰も来られやしないんだ）

もう駄目だ、と思った。ずぶ濡れの中、自分が泣いているのかすら、分からない。

その時、思いがけないほど近くから、鋭い音を聞いた気がして、お雪は思わずそちらへ目を向けた。

それでも、助かるとはとても思えなかった。

2

「麻之助《あさのすけ》、出かけるのかい？　その前に、ちょいと話があるんだが」

江戸は神田の古町名主《ふるまちなぬし》、高橋《たかはし》家の奥で、主の宗右衛門《そうえもん》が、廊下にいた息子を呼び止めた。麻之助はあっさり頷《うなず》くと、長火鉢の脇に座る父親の前へゆき、料理屋花梅屋《はなうめや》へ向かう所だったと告げる。

「大おかみのお浜《はま》さんから、文を頂きまして」

深川で出水があってから、まだ一ヶ月だ。麻之助を始め、江戸の町役人達が忙しいのは、お浜も分かっているようだ。しかし。

「都合がつくなら、一度花梅屋へ寄ってはもらえないかってことでした」

お浜は武家の出で、幼なじみにして悪友、吉五郎《きちごろう》の遠縁だ。今は高橋家とも、行き来のある間柄であった。

「おや、普段は無理など言わないお人なのに、珍しいね。なら役に立っておいで。深川も大分落ち着いてきた。お前が少しの間抜けても、構わないだろう」

こう忙しくては、町役人も交互に休まないと、身が保たない。そう父がつぶやくのを聞き、麻之助も頷いた。お気楽で名を馳《は》せている麻之助までが、ここ暫《しばら》く、休み無しに働いているのだ。

ちょうど一月《ひとつき》前、野分けと呼ばれる、とんでもない大嵐が江戸を襲って、潮が高くなり、大雨をもたらした。堀川の土手まで切れた。そして海に近い深川や本所の南の方は、押し寄せた水で、水没してしまったのだ。

特に、埋め立て地の多い深川は、縦横に堀川が通っているので、被害が大きかった。田畑が広い川となって、多くの家までが流れに飲まれ、人も流されたのだ。そうなってしまうと、己の力だけでは逃げることすら無理となる。

幕府は舟を諸方からかき集め、屋根などに逃げている深川などの人々を、助けに行くと決めた。江戸の町役人達は、かけずり回り、働き続けることになったのだ。

一方大商人達や、各町の主立った者達は、物や金を出した。余り強突《ごうつ》く張《ば》りでいると、店を打ち壊されかねないからだと、噂が聞こえた。

寺などで炊《た》き出《だ》しも行われる。町を焼き尽くすような火事や、大地震、それに水害も多い江戸では、そうやって繰り返し、災いから立ち直ってきているのだ。

麻之助は茶を一杯もらうと、親へ、ちょいとくたびれた顔を向けた。

「屋根に逃げてた人達は、舟で早めに運び出せました。水もやっと引いたと聞いてます。でも町が元の姿に戻るには、大分かかりますね」

そろそろ皆疲れており、若い麻之助すら、眠気が取れないでいる。

「だけどおとっつぁん、今回も大丈夫ですよね？　きっと、またみんな、立ちなおれますよね。何度も、そうやってきたんだから」

問うと、宗右衛門が茶をすりつつ、あっさり頷く。しかし、だ。

「正直に言うとさ、これからも、当分大変だろう」

だが嘆こうが文句を言おうが、明日は来るわけだ。

「だから、何とかするしかないじゃないか」

もっとも、その日暮らしの者達を、長く支えるだけの金品は、幕府にもない。そして、水が町から引いたので、片付けの手伝いなどしてくれる水見舞いの客が、そろそろ皆の家へ向かっていた。立ち直るため、手助けが入る時が来ているのだ。

「とにかく、泥と瓦礫《がれき》を片付けるのが大変ですねえ。集めた舟を、今は、瓦礫を運ぶのに使ってると聞いてます」

麻之助の言葉に、頷いた宗右衛門が、濡れ縁へ目を向ける。用があると言って呼ばれたのに、宗右衛門がなかなか話を切り出さないので、麻之助は片眉を引き上げた。

「で、おとっつぁん、こんなときに、話って何です？」

火鉢の向こうで首を傾げる息子へ、宗右衛門は目を向けた。

「そうそう、用があったんだった。麻之助、お前さんに縁談が来てるよ。両替屋、小加《こが》根屋《ねや》さんの娘さん、緒《お》りつさんとのご縁だ」

「あれま、こんな忙しい時に」

驚いて、黙ってしまった息子へ、宗右衛門は苦笑を向ける。

「忙しいから無理だと言ってたら、町名主はなかなか、自分のことを考えられないよ。だからまあ、それはいいんだ。小加根屋さんは、ご縁を持ちたいような相手だし、緒りつさんは良い娘さんだ」

よって。宗右衛門は今回、縁談を知った周りの者達から、何度も同じことを言われているのだ。

「親として、このご縁、まとめてしまいなと皆が言ってる。麻之助は最初、腰が引けるだろうけど、夫婦になれば、きっと上手くいく筈だって言うんだ。支配町の皆は、この縁談、大丈夫だと思ってるようだよ」

お寿《す》ずとの縁組みの時も、麻之助は乗り気とも思えなかった。しかし、存外夫婦は上手く過ごしていた。お産の時、不幸にもお寿ずが命を落とさなかったら、夫婦は今も仲良くやっていたに違いないのだ。

宗右衛門は、火鉢の傍らで頷いている。

「麻之助はお気楽者だ。だから、やんわり、のんびり、人とやっていけるからねえ」

町内の人達は、本当に良く人を見ていると、宗右衛門は感心しているのだ。

「そしてね、私もそろそろお前に、落ち着いて欲しいと思ってるんだ」

息子が、やっとお寿ずの名を、余り口にしなくなってきたからだ。

「もう先へ、進んでも良かろうさ」

言われて麻之助は、返答が出来なかった。それで、今は時が無いゆえ、また今度考えますと言い立ち上がった。

すると、廊下へ出た麻之助の背に、宗右衛門の声が追いかけてくる。

「麻之助、私は縁談のこと、お前さんに伝えたからね」

どうやら今度の話は、今までの縁談とは違うらしい。麻之助は一寸《ちょっと》、緒りつの顔を思い浮かべてから、また先へと歩みだした。

日本橋も大嵐には見舞われたが、出水がなかった場所ゆえ、今は壊れた塀一つ見ない。

日本橋の北にある花梅屋は、何事も無かったかのように、今日も賑わっていた。

隅田川近くの料理屋ほど大きくはないが、堀川沿いにあり、場所は良い。そして客には、日本橋にある大店《おおだな》の主達が多くいると、麻之助は聞いていた。

「料理に舌鼓《したつづみ》をうった客は、かなりの支払いをすることになるんだろうな」

洒落《しゃれ》た作りの店へ顔を見せると、馴染みの奉公人が、麻之助を直《す》ぐに花梅屋の隠居所へ案内してくれる。お浜は茶菓子と共に、待ち構えていた。

「忙しいときに、済みませんねえ。でも今は、八丁堀の小十郎《こじゅうろう》さんも、やっぱり忙しくて」

縁戚とはいえ、同心へ頼み事ができる時ではないという。麻之助は頷き、さっそく用件を聞くと、お浜は何故だか、ゆっくりと茶を注ぎ、一拍置いてから話し始めた。

「実は、うちのお雪のことが、心配になってるんですよ。随分と気に掛かってるの」

お雪はお浜の孫娘で、麻之助とも結構親しい。これは気になる話であった。

「お雪さんは先の大嵐の日、深川に居たんで大変だったと、吉五郎から聞いてます。でもあいつ、無事に戻ったから大丈夫だとも、言ってたんですが」

本当は、何かあったのだろうか。忙しすぎる町役人に遠慮してか、詳しい話を伝えてくる人が、いなかったのだ。するとお浜は、子細を話し出した。

「実はね、お雪は深川で、休んでいた離れごと、洪水に流されてしまったんですよ」

「えっ、そんな……」

「あの子、頭に怪我をしたあげく、大水の中、木にしがみついていたって聞いてます」

もっとも、それでも無事、帰ってこられたのだ。命を落とした者も大勢いた中、幸運だったのは本当だ。

「あれから一月経った今だから、こうして落ち着いて話せることだわね」

「済みません、知りませんでした。見舞いにも来ず、申し訳ないです」

「花梅屋は、あの時は大騒ぎになったけど、江戸の町役人さん達も、深川の人を助ける為に飛び回ってた。だから事情を伝えるのは、先にした方がいいと思ったの。謝らないでね」

とにかくお雪が助かって良かったと、麻之助はほっとした顔で、改めて見舞いの言葉を口にする。

お浜は頷くと、ここで、初めて聞く名を口にした。

「実は嵐の日、あの子の命が助かったのは、矢田屋《やだや》さんのおかげなんですよ」

矢田屋は深川にある両替屋だが、今回の洪水で、とんでもないことになった。跡取り娘で、昨年婿を迎えたばかりのお市《いち》が、出水に流され行方知れずになったのだ。

「そのお市さんを、ご亭主の八《や》三郎《さぶろう》さんが、舟を出し捜しておいでだった。その最中に、お雪は見つけていただけたんです」

あの時、肝心のお市は、まだ見つかっていなかった。だが八三郎は、流されたお市も、お雪のように生きているかもしれない、力づけられたと言ってくれたのだ。

矢田屋の二階へ駆けつけたお雪の二親《ふたおや》は、八三郎へ深く頭を下げたという。

「深川の矢田屋さんは、その時、水を被らなかった二階で、奉公人達と暮らしていたそうです。でも泥の匂いが凄かったんで、息子は矢田屋さん達に、花梅屋へ来ないかと誘ったとか」

花梅屋は料理屋だから、部屋の用意はできる。お雪の命を助けて貰ったのだ。暫くは花梅屋から深川へ通い、泥の始末がついてから、深川へ戻ってはどうかと言ったらしい。

「でも矢田屋さん達は、来なかったの。深川にいないと、お市さんを見つけられない気がするからって」

両親、妹、亭主、両替屋の奉公人達は、総出でお市を捜し、お雪が帰ってから数日後に見つけた。お市は亡くなっており、その遺骸は深川の寺へ運び込まれていたのだ。

「深川は海に近いわ。だから大水にさらわれると、海へ流されてしまうこともあると言います」

お市が親の元へ戻って来られたのは、せめてものことだった。弔いも終わり、泥を出した今、矢田屋はまだ片付かない深川で、早《はや》、店を開けているという。

その日暮らしで、働かなくては食べていけない者も多いのだ。だから両替の店も早く開けねば、皆が困ってしまうと、若主人が言ったかららしい。

「おや、立派な考えですね」

「こう言ってはなんだけど、矢田屋さんは主じゃなくて、若主人や奉公人達が支えてるって噂なの。あの店の奉公人から婿を貰えば、間違いはないって話も聞いたわ」

先代の矢田屋は、人を育てるのが、それは上手かったという話だ。若主人八三郎も、奉公人上がりとのことだった。

「そうでしたか。それで……お浜さん、今、何に困っておいでなのですか？」

わざわざ麻之助へ文を出し、こうして花梅屋へ呼んだのだ。一月前に片の付いた、お雪の難儀を伝える為だけとは思えなかった。

麻之助が顔を覗き込むと、お浜は眉尻を下げてしまった。

「その、実はお雪は今も、困っていて」

「えっ、お雪さん、溺れかけただけじゃ、なかったんですか？」

その時だ。麻之助の耳に、馴染みの声が届いてきた。廊下から、茶を持ってきたと声が掛かったのだ。

「お雪ね。入りなさい」

すいと障子戸が開くと、以前と変わらず、元気そうなお雪の姿が現れてきて、麻之助は一つ息をついた。それで、顔見知りの気軽さを込め、見舞いの言葉を口にする。

「お雪さん、深川では大変でしたね。怪我をしたと聞きましたが、もう大丈夫なんですか」

するとここで、麻之助の目が見開かれた。麻之助を見たお雪が、不意に、とんでもないことを口にしたからだ。

「これは、ご丁寧にお見舞いの言葉、ありがとうございます。こちら様は、祖母とご縁のあるお方でございましょうか」

「は？」

まるで生まれて初めて、麻之助と会ったかのような、お雪の挨拶であった。

「あの、お雪さん？　どうしたんですか」

呆然としていると、お雪の方も、訳が分からない顔で首を傾げている。すいと目だけ動かしたところ、横でお浜が眉間《みけん》に皺を寄せ、溜息を漏らしていた。

（もしやこれが、お浜さんの抱えた悩みなのか？）

怪我の跡は見えないし、寝込んでいる様子もない。そしてお浜とは、まともに話しているではないか。なのに。

（なぜ私のことだけは、見知らぬ人のように扱うのかな？）

訳が分からない。そして、自分が驚く程狼狽《うろた》えていることに、呆然とする。麻之助は花梅屋の離れで、しばし声を失っていた。

3

翌日のこと。

麻之助は落ち着いて仕事が出来ず、同じ町名主の八木《やぎ》家へ向かった。

すると、だ。悪友が縁談のことを、相談しに来たと思ったのだろう。清十郎《せいじゅうろう》から直ぐ、とにかく見合いしてみろと言われ、麻之助は面食らった。

「えっ、清十郎、お前さんまで、おとっつぁんと同じことを言うのかい？」

「うちのお安《やす》も、同じ考えだから、それで間違いはないよ。麻之助、いつまでも一人でいると、気が付いたら、じじいになっちまうぞ。親が亡くなったら、寂しいぞ」

もちろん、緒りつ以外の娘と見合いを望むなら、それでもいい。だがその場合、直ぐに他の娘の名を、挙げねばならないらしい。

「そんな相手いないだろ？　ならば緒りつさんで良かろうと、この辺りの皆の考えは、まとまってるんだ。吉五郎や丸三《まるさん》さんに話を持っていっても、他の答えは返っちゃ来ないよ」

「清十郎、皆の考えって、何なんだい。今日は見合いの話を、しに来たんじゃないんだ」

「あたしもふらふらしてたから、腰が据わらない麻之助を、阿呆だとは言わない。けどさ、いい加減腹をくれとだけは、言っておこう」

どうやら今、八木家で麻之助に優しいのは、飼い猫のみけだけらしい。麻之助は溜息と共に、その暖かい毛並みを撫でた後、大きく息を吐いてから、お雪のことを語り出した。

「だから清十郎、今日は、お浜さんが抱えてる悩みの、相談に来たんだってば」

花梅屋のお雪が大変だと言うと、清十郎はやっと用が違うと分かったのか、眉尻を下げる。

「お雪さん、洪水に巻き込まれたと聞いてるよ。でも、一月も前の話じゃなかったっけ？　何で今頃、話を持ってくるのさ」

「それがね、お雪さん、今、様子が変なんだ。二、三年の内に会った人達のことを、忘れちまってるんだよ」

「えっ？　二、三年分忘れた？」

この話には、清十郎も驚いた顔になる。

「私も、きっぱり忘れられてた。清十郎がお雪さんに会っても、やっぱり初対面の挨拶をされるんじゃないかな」

「ほおお。何かの拍子に、物忘れをするって話、耳にしたことはあるけどさ。実際、知り合いが忘れたと聞くと、驚くね」

「ただね、頭から飛んだのは、最近のことだけだ。それ以前のことは、覚えてるんだよ」

助けられた後、深川へ駆けつけた二親のことは、お雪はちゃんと分かったし、変わった様子などなかったという。それで誰もお雪の異変に気づかず、何事もなかったかのように、花梅屋へ戻ったのだ。

おかしいと知れたのは、見舞いに行った相馬《そうま》家の一葉《いちは》が、誰だか分からなかった時だという。二人は、仲が良かった。

「周りが驚いて、慌てて医者を呼んだんだ」

医者は、頭を打ったからだろうと言ったとか。その内、前の事を思い出すか、このままか、それは分からないと話した。

「もっとも一葉さんとは、あっさりまた、仲良くなったらしい。お雪さんは今、大して困ることなく過ごしているんだよ」

自分は忘れられっぱなしだから、納得出来ないが……麻之助は、ぼやいてみた。

「まぁ、私が寂しいだけなら、こっちが諦めればいいんだろうけど。でもね」

すると悪友は、段々眉間に皺を寄せてきた。要するに、お雪は物忘れをしたが、何も困ってないという話だ。ならば。

「お浜さんの相談事とは何だ。さっさと要の点を話せ」

でないと、麻之助の見合い話を、まとめてしまうぞと脅してくる。麻之助は慌てて、お浜の悩みの大本《おおもと》を切り出した。

「実はね。お雪さんは花梅屋へ帰ってから、夜、大きな声を出して、飛び起きるようになったんだと」

深川で死にかけた時のことが、忘れられないのだろう。夜中に悪夢を見ては、〝止《や》めてっ〟と声を上げ、目を覚ますというのだ。清十郎は一寸、戸惑うような顔つきとなった。

「止めて？　何だ、そりゃ。〝助けて〟じゃなくって、〝止めて〟と言ってるのか？」

「確かに〝止めて〟だそうだ。妙に思える言葉だよね」

麻之助は頷く。それは誰かに、頼んでいる言葉なのだ。

「止めて下さいと頼む相手がいないと、おかしいよね？」

だが、お雪がなぜ悪夢の中で、その言葉を言うのかが分からない。深川で死にかけたのは、辺り一面が洪水で覆われ、助けを得られなかったからだ。誰も周りにいなかったのだ。

「お雪さんは一体誰に、何を〝止めて〟欲しいんだろうか」

だがお雪自身に聞こうにも、ここしばらくのことなど思い出せない。つまり、悪夢の訳が分からないものだから、夜中に目を覚まし続けているのだ。

清十郎は考え込んでしまった。

「麻之助、こりゃきっと難題だぞ」

洪水の日、お雪は何を見たのか。当人さえ思い出せないことを、知ろうというのだ。

「あたしにはその話、突き止める自信、ないな」

「でも清十郎、放ってもおけないじゃないか。お雪さんは、飛び起きるような悪夢を、見続けてるんだから」

麻之助は忘れられてしまったが……知り合いなのだ。何とかしてやりたいと思う。

「そりゃあ、な」

一つ溜息をついてから、仕方がない、お雪の件は一緒に考えると、清十郎は言ってくれた。ただし。

「見合いのことは、自分できちんと決めろよ。余り延び延びにしていると、宗右衛門さん、ある日嫁さんを高橋家へ入れちまうぞ」

「怖いことをいう。あの……見合いはまたにしたらいいと、お前さんからおとっつぁんに、言ってくれてもいいんだけど」

麻之助は手を合わせてみたが、清十郎は頷いてくれない。とにかく二人は、お雪の悪夢をどうにかしようと、動き出すことになった。

二日後、麻之助は深川へ向かった。とにかく一度、洪水の最中、お雪が掴まっていたという木を、見てみることにしたのだ。

「誰に〝止めて〟と言ったにしろ、だ。お雪さんが居た場所から、見えるところにいた、誰かに向けて言ったはずだ」

だが深川へ着くと、麻之助はまず、お雪の恩人、八三郎のいる矢田屋を訪ねることにした。

店は海にも堀川にも近い町にあり、辺りにはまだ泥や瓦礫が多く残っている。それでも早、建て直している家があり、大工達が使っている鋸《のこぎり》や鑿《のみ》が、時折日の光を弾いていた。

矢田屋は店表や前の道を、既に綺麗にしていた。神田の町名主の跡取りだと名乗ると、麻之助は直ぐ奥へ通してもらえた。茶も出たが部屋は板間で、簡素な円座を勧められた。

「畳は、まだ手に入らないんですよ」

応対に出た若主人、八三郎は挨拶の後、そう口にする。

「水に浸かった畳は、使い物になりません。この辺りから一斉に注文を受けたので、今畳屋さんは大忙しです。うちはまだ、畳を届けてもらえないんですよ。済みません」

麻之助は、大変な時に訪れたのはこちらだからと、反対に頭を下げた。

そして今日来たのは、町役人としてではないと、正直に話した。

「実は手前、知り合いである花梅屋のお浜さんから頼まれて、動いております」

「花梅屋さんですか。日本橋にある、お雪さんの家ですよね」

「はい。助けて頂いたお雪さんは、息災です。隠居のお浜さんは、矢田屋さんへの感謝を、何度も口にされていました」

ただし、困った事も起きている。麻之助が、お雪の物忘れや悪夢を告げると、八三郎は目を見開き、顔つきをぐっと厳しいものにした。

「なんとお雪さん、大変なことになってたんですね。その上夜中に〝止めてっ〟と声を上げ、目を覚ましているとは」

ここで八三郎は、直ぐに首を傾げた。

「しかし、です。お雪さんはあの洪水のさなか、誰にその言葉を言ったのかな」

今でこそ水は引き、泥を被っているとはいえ、道も堀川の土手も姿を現している。家の片付けも進み、随分と先のものまで見ることが出来るのだ。

しかし。八三郎は板間へ目を落とすと、早口で語った。

「ですが洪水が起きた日は、本当に酷かった」

濁った水が押し寄せ、道と川の見分けなどつかなかった。舟で逃げることすら危うかったが、二階まで水がきたら、逃げ場がない。おなご達は、屋根に登るのも難儀だと思われた。

「それで、とにかく義父《ちち》とおなご達だけは、先に舟で逃がそうという話になったんです」

いざという時の為、用意をしていた舟を、店脇へ下ろした。お市が先に乗って、様子を確かめていたという。するとそこへ流木がぶつかってきて、舟ごと持っていかれたそうだ。

「お市は棹《さお》を操れませんでした。いや、棹は水の流れへ、落ちたのかも知れません」

知らせを聞いた八三郎が、商いに使っていた小舟で、お市を捜し回った。しかし、夜になっても見つからない。じき真っ暗になり、捜す事もできなくなった。

「明け方近く、また舟を出したところ……たまたま、流されずにいた木の近くで、お雪さんを見つけた次第です」

「たまたま、ですか。何か訳があって、見つけたんではないんですね」

「そうだった気がします。その、お市のことばかりを考えていたので、他は覚えてなくて」

八三郎は首を傾げ、そして問い返してくる。

「でも、やっと明るんできた刻限だったのは確かです。お雪さん、あんな中で、何を見たと言うんでしょう」

今度は麻之助が、首を横に振った。

「八三郎さん、お雪さんを見つけた明け方、声など聞きませんでしたか？」

何か見はしなかったか。重ねて問うたが、こちらも否と言われた。

「見聞きしていたら、お市かもしれないと思って、そちらへ行ってます」

しかしあの日耳へ届いたのは、大水が流れる、恐ろしげな音ばかりだったという。何も手がかりはなく、麻之助は眉尻を下げた。

「あの、お雪さんが摑まっていたという木ですが、矢田屋からどれくらい離れている所にあるのでしょうか」

すると晴れた日に見れば、意外な程、店の近くにあると返答があった。

「店の者に案内させますので、見ておかれますか？　申し訳ないが、私はこれから、町内の集まりがある。同道出来ないのですが」

「これはお忙しいところ、お手間をおかけしました。ええ、木の場所を教えて頂ければ、助かります」

麻之助が礼を言うと、直ぐに千太《せんた》という手代が、案内をするため呼ばれた。二人で矢田屋の横手へ出ると、堀川が店脇を流れているのが分かる。

麻之助が思わずその川の流れを見つめると、横に立った千太が苦々しく言った。

「普段は、便利に使える堀川なんですがね。大水が出た日にゃ、災いの元になっちまう」

　そう言いつつ、千太は堀川沿いにある階段から、杭に縛ってある小舟へと器用に飛び乗った。舟は小ぶりで、ささくれが目立つ古いものだ。お市を探すため、八三郎はこの舟を使っていたという。

　深川で暮らす者は、多くが舟の扱いには慣れているようで、千太も漕ぐのが達者だった。

「町名主さん……えっ、まだ跡取りだから、麻之助さんと呼べって？　じゃあ麻之助さん。ほれ、あそこだ。お雪さんが摑まってた木は、あれだってよ」

　堀を幾らもいかない内に、千太がある木を指し示す。

「おや、思っていたより、細めの木ですね」

　それは思いがけない程、目立たない楠《くすのき》だった。大水に耐えたと言うから、二抱えもあるような老木を思い描いていたと言うと、千太が笑った。

「あの木は若いから、しっかり根が張ってて、洪水の中でも持ちこたえたんだろうな」

　お雪の命の恩人は、八三郎というより、あの楠だろうと千太が言う。確かに、その木より隅田川に近い方は、何もかも見事に流され、しがみつくものすらない。

「うちのお嬢さんも、この木に救ってもらいたかったよ」

　その言い方を聞いて、麻之助はちらりと連れへ目を向けた。

(お市さんは奉公人の間じゃ、未だにお嬢さんと呼ばれてるみたいだね)

店へ入ったときも耳にしていたが、若おかみとか、おかみさんではないのだ。

(そして若だんなは、八三郎さんと言われてた)

「お雪さん、あの洪水の日、この木の所から、何を見たんだろ」

「えっ？　この辺りには何か出るのかい？」

千太が震えたような顔になって、麻之助を見てくる。堀川に浮かぶ舟の中で、麻之助は少しの間、考え込んでしまった。

4

手代の千太と共に、矢田屋へ戻った後、麻之助は神田へ帰る前に、まずはちょいと店の周りを歩いた。そしてその後、矢田屋の裏方へ顔を出してみた。

お雪が救い出された日の様子を、奉公人達からも聞いておきたかったのだ。

(お市さんが先に一人で、舟に乗ったと聞いたけど。何か妙なんだよね。洪水の日だよ。危ないじゃないか)

店の皆や八三郎が、洪水の時、どこでどうしていたのか知りたい。八三郎夫婦は、未だに若だんな、若おかみとは呼ばれていないが、その訳も問いたいところだ。

（お雪さんは洪水の時、何かを見たに違いない。そして目に出来たのは、矢田屋の辺りであったことだよね）

矢田屋の両側には家が残っていたが、片付けの人に聞くと、出水の時は、水が来る前に家を離れたという。少し離れた所に、武家屋敷の塀も見えたが、こちらは中など見えなかった。

麻之助は矢田屋の裏手で名乗ると、水を一杯もらうことにして、台所の板間へ腰を下ろした。そして最初は麻之助ばかりが、のんびりと話していた。初めて顔を出したのだし、町名主の跡取りだから、奉公人達はきっと身構えてしまうように思えたからだ。

だがその内、慣れてきたようで、皆は己の用をこなしつつ、麻之助へ色々語り始める。

「何と町名主さん、お前様は、うちの若主人が助けたお雪さんの、知り合いなのかい。あの後、娘さんはどうしていなさる？　ああ、無事に暮らしておいでか。そりゃ良かった」

その内、麻之助さんと呼ばれ始めた。

「こちらの若おかみ、お市さんも、助かれば良かったんだが」

麻之助がそう口にすると、板間で雑巾がけをしていた女中と、土間で働いている職人が頷いた。男は台所の竈《かまど》を作り直しているようで、こてを握っている。

「でも、あの洪水に流されたら、とてもじゃないが助からないと思ってた。木に引っかかったお雪さんは、余程運が強かったんだろう」

深川に住んでいる皆は、出水の怖さが身に染みているという。

「そしてさ、あたしらでも今回の洪水は、飛び抜けて怖かったよ」

「うん、ほんとうに」

こてを滑らかに使いつつ、職人が首を縦に振った。

「おれの家じゃ逃げるのが遅れて、皆で二階に残るしかなかった。でもまあ、そのおかげで助かったんだが」

だが運が悪ければ、二階建てとて押し流されていただろう。

「若だんなは、店に残ることになったんでしょう？　若おかみは、自分だけ店を離れると決まって、辛かったでしょうね」

ここで麻之助は、ひょいと若夫婦のことを口にしてみた。すると、この何気ない一言をきっかけとして、板間で交わされる声が密やかになった。

「そういえば旦那様は、お嬢さん達とおかみさんを連れて、知り合いの宿屋へ行くって言ってたな」

「確かに、八三郎さんが店を離れるとは、言わなかったわね」

「何で若だんなは行かないことに、なったんですか」

「そりゃ、八三郎さんは……奉公人上がりだからね。我らの仲間っていうか、だな」

左官や女中、下男の声が入り交じり、誰が何を話しているのか、よく聞き取れない。とにかく次々と語られるのは、若だんな八三郎の話であった。

「お市お嬢さんは亡くなった。子もいない。八三郎さんはこの先、どうなるんだろうね」

「旦那様は、まだ隠居なすってない。つまり矢田屋を継ぐのは……お次《つぎ》お嬢さんだ。血縁でない八三郎さんじゃ、ないわよねえ」

「そう、お次お嬢さんだ」

そこは考えが揃って、板間に居た一同、重々しく頷く。だがそうなると、今の若だんな八三郎は、どうなるのだろう。

麻之助は思いきって、問うてみた。

「八三郎さんはじき、この矢田屋を出て行くってことですか？」

すると、板間の掃除を終えた女中二人は、揃って首を横に振る。そしておまつと呼ばれた年かさの方が、口を開いた。

「あたしは、そうは思わないねえ。そう、八三郎さんはお次さんの、婿になると思うな」

もちろん、暫《しばら》く間を置いてのことになるだろうが。しかし八三郎の立場は、安泰だと言ったのだ。

　これには職人が、まさかと口にした。

「店が泥にまみれて、商いも暫く止まった。旦那様はお次お嬢さんの婿として、大店の次男にでも来て欲しいんじゃないのかい？」

　持参金が入れば、店が楽になるではないか。すると下男が腕を組み、そういう都合の良い相手がいるかねと、疑うように言った。洪水の後だ。皆、持参金付きの嫁や婿を、迎えたがる時であった。

「その点さ、八三郎さんは、本当に商いが達者だもの。稼いでもらったらいいのさ」

「八三郎さんは、相場で儲けることも出来るからさ」

　おまつの言葉に、皆が頷く。

「相場、ですか？」

「麻之助さん、お市お嬢さんの婿に決まった後、八三郎さんは大坂にある知り合いの店へ、一時行ってたんだよ」

　先々矢田屋を継ぐ者として、他の店で鍛えてもらっていたのだ。

「その時さ、米相場で大もうけをしたんだって。亡くなった大旦那様が随分、自慢してたよ」

　八三郎が稼いだ金は、婿の持参金として、矢田屋へそっくり入ったのだ。麻之助は思わず、考えてしまった。

（そんなことが出来るお人なら、また矢田屋の婿にならなくても、大丈夫だよな）

八三郎は、自分の力で店を持つことも、出来そうなのだ。すると女中のおしんが、麻之助の考えを見透かしたように話し出した。

「あたしは、八三郎さん、矢田屋を出ると思うな。実は、大坂から帰りたがらなかったって、噂を聞いたもの」

八三郎はお市との縁組みに、そう乗り気でもなかったと、おしんは言い出した。

「先代が、お市お嬢さんとの縁組みを決めたのよ。でも八三郎さんは最初、立場が違うと言って断ってるし」

何しろ、同じ店で寝起きを共にしている奉公人仲間のことだから、そういう話は筒抜けであった。

「けど大旦那様は、考えを変えなかったのよねえ」

板間での話し声が、一段低くなる。

「八三郎さん、お市お嬢さんに惚れてるようには、思えなかった」

そしてもう、商人として八三郎を鍛えてくれた大旦那は、この世にいない。

「さて八三郎さんは、この後、どうするのかしら」

何故だか話し声は、更に小さくなった。

「八三郎さんが上方へ行ったら、お次お嬢さん、がっかりするかもね」

「八三郎さんは、ほっとするかもよ」

「矢田屋から離れられるんで、今、喜んでるってことですか？」

「麻之助さん、さあ、それはどうでしょう」

「おや、話が段々、剣呑《けんのん》になってきた」

麻之助が思わず、手を握りしめたその時、台所の話し声が急に途切れる。麻之助が、皆が見ている方へ向くと、土間の先に、初めて見る男が立っていた。

「こりゃ、門前の親分さん、おいでなさいまし」

おしんが直ぐに声を掛けたから、この辺りを受け持つ岡っ引きなのだろう。四十路《よそじ》に見える男は、見慣れない麻之助を気にしてきたので、名乗った。矢田屋の若だんなに助けられた娘の使いで、礼をしにきたと言うと、やっと親分は笑った。

そして岡っ引きは何故だかここで、八三郎のことを、麻之助に問うてきたのだ。

「今、聞こえちまったんだが、八三郎さんはこの先、大坂へ行くのかい。それともこのまま、深川にいる気かな。話した時、何か言ってなかったかい？」

そういう話は、身内でない方が語りやすいときもある。岡っ引きはそう言ってきたのだ。

「さあ。私は何も聞いてませんが」

「おお、そうかい。まあ八三郎さんは、あんまりお喋りじゃないからねえ」

岡っ引きが、引っかかる言い方をしているように、麻之助には思えた。そしてこの御仁も、八三郎の話をしたいようだ。

（皆は若主人のことばかり、気にしてるな。何でだろう）

確かに、跡取り娘を失った、奉公人上がりの若だんなが、この先どうなるのかという話なら、よみうりの種にもなりそうだ。そして麻之助も幾つか、気になったことはあった。

（やっぱり八三郎さんは、未だに周りから、名前の方で呼ばれてるみたいだ）

（つまり矢田屋では、婿と言うより、奉公人の頭のような扱いをされてるのか）

（そして八三郎さんのこの後を、皆、気にしてる）

（八三郎さんはやもめになって、今、本当に、ほっとしてるのだろうか。それとも静かに、嘆いているのだろうか）

（岡っ引きの親分は、八三郎さんのこと、好いてないのかな）

義理の妹お次と、縁があるかどうかは、さっぱり分からない。だが八三郎が、このまま深川で暮らすと、長く、噂に悩まされるかも知れない。麻之助はそう感じた。

（お雪さんの困り事を、何とかしに来たのに。八三郎さんのことばかり、話が集まったな）

麻之助は立ち上がると、水の礼を言ってから、表へ出た。辺りには泥の匂いが満ちており、まだまだ片付けは続きそうであった。

5

父の宗右衛門に、深川でのことを伝えに行くと、用でいなかった。すると代わりに、母から呼び止められた。そして今度花梅屋へ行くときは、お雪へ見舞いの品を届けて欲しいと言われたのだ。

「麻之助、花梅屋のお雪さんが、ここ最近のことを忘れてしまったんですって？」

「いけない、おっかさんへ、話していませんでしたっけ」

お雪のことは、父からおさんに伝わるだろうと考え、直《じか》に言っていなかったのだ。慌てて話そうとすると、おさんは、同じ町名主の妻である、八木家のお安から聞いたから、大丈夫だと言って笑った。

「お安さんは、丸三さんのところの、お虎《とら》さんから聞いたとか。丸三さんは、吉五郎さんから聞いたの。丸三さんは色々なつてを、お持ちでしょうから。物忘れを治せる良い医者を知らないかと、吉五郎さん、丸三さんへ問うたんですって。その時、話が伝わったんです」

多分吉五郎は、小十郎から頼まれたのだろうと、おさんは言う。小十郎はお雪の祖母、お浜の縁者なのだ。

「おやぁ、随分話が巡ってたんですね」

麻之助が苦笑を浮かべると、おさんは笑いながら話を続けた。

「お雪さん、難儀に遭ったけど、無事に暮らしておいでで良かったわ。けれど、麻之助のことを思い出すかどうかは、まだ分からないみたいね」

だがそうなると、お雪との縁を考えるのが、難しくなる。緒りつとの縁組みを考えるのが、麻之助にとって一番良かろう。おなご達は今、そう話しているというのだ。

麻之助は、目を見開いた。

「お雪さんとの縁って、どういう話の繋がりなんですか。おなご方？　おっかさん以外に、誰が私の縁談のこと、知ってるんです？」

「今、話が巡ってるって、言ったじゃありませんか」

おさんはお虎と、子供のことで会った時、緒りつの話をした。お虎は丸三へ話し、それは話のついでに吉五郎へ伝わり、屋敷で一葉が聞いた。一葉はお安とも親しいから、二人はその話をじっくりと考え、そしてお安から、皆の考えと共に、おさんへと戻ってきたわけだ。

「ついでを言うと、小十郎様も、話を聞いていらしたそうですよ」

つまり、だ。

「緒りつさんと麻之助の縁談、丸三さんから両国の顔役、大貞《おおさだ》さんや貞《さだ》さん、それに札差の大倉屋《おおくらや》さんにも、きっと伝わってるわねえ」

「ありゃあ」

「麻之助、縁談にどう返事をするか、そりゃ、お前次第だけど」

断れずに見合いまで行ったら、縁組みは決まりだよと、おさんは言ってくる。そして、だ。

「縁談を断るなら、今、名前が出た皆さんが、納得するような訳を、ちゃんと自分で考えておくれ」

わたしは、息子の尻ぬぐいをするのは嫌だと、おさんはあっけらかんと口にする。

「ねえ、ふにだって、嫌だよねえ」

みゃあと答えが聞こえたので、目を畳へ向けると、飼い猫のふには、おさんの足にすり寄っている。ここ暫く、忙しくてふにの世話は、おさんに頼みっぱなしであった。

つまり餌もあげない飼い主は、見捨てられたのかもしれない。

「やれ悲しいよう、ふに」

ふにの頭を撫で、それで一旦話が途切れると、とにかく仕事へ行きますとの言葉を残し、麻之助はおさんの部屋から逃げた。

「今回の縁談は、大事になってるな」

廊下で、そろそろ時が来ているのかなと思う。高橋家は町名主だから、女主人が必要なのだ。麻之助が跡を継ぐ気なら、嫁に支えてもらう必要がある。

いや己だけでなく、高橋家と支配町の皆が、おかみを必要としていた。今はおさんが、明るくこなしているその役目を、継いでくれる人がいなければならないのだ。

そして皆は、麻之助が縁があったお人を、大事にしていくものだと思っている。ただ。

(じゃあどうして、見合いをしようって言えないのかしらん)

自分のことなのに、答えを摑みかねている。

(大体、おっかさんは何で、縁談話の間に、お雪さんの名を出したのかしら)

麻之助は首を横に傾け、表へ踏み出した。

(ああ、分からない。こりゃまるで洪水の時、お雪さんが取り残されていた〝かわたれどき〟に、いるみたいだ)

闇の中ではないが、明けてもいない一時だ。朝まずめの、闇と明るさの間で、何もかもが、はっきりとは形をとらない刻限であった。

(見えているようで、全ての形がぼやける時だよね)

麻之助はここで空へ目を向けると、首を振った。

(お雪さんは、そんな中で、木に摑まって洪水に耐え抜いたんだね)

そして八三郎に救われたのだ。歩いていると段々、考えが縁談から離れ、深川のことへと向かう。

（お雪さんがそんな時目にした何かが、分からないでいる）

泊まっていた離れごと流されたのだから、洪水に呑まれた刻限、深川は既に暗かった筈だ。お雪が何かを見たとしたら、明けてきた後、〝かわたれどき〟に違いない。

（はっきりとは見えない刻限、何を見たのか）

すると麻之助の頭へ、更に、新たな疑問が浮かんでくる。

「あれ？　そういえば、もう一つ分からないことがあるぞ。八三郎さんはそんな時、どうやってお雪さんを見つけたんだろう」

八三郎はお市を捜しに出た時、たまたま見つけたように言っていた。

「もちろん、お市さんを捜してたんだから、若いおなごがいないか、気を付けて見てたんだろうけど」

それでも大水の中、木にしがみついていたお雪の姿が見えやすかったとは、とても思えない。

（どうやれば、気づけたんだろうか……）

考え込んだまま歩んでいたら、道で宗右衛門と行き会ったのに、そのまま前を通り過ぎてしまったらしい。気づいた時、麻之助は親から、ぽかりと拳固を食らっていた。

6

麻之助は、おさんからの見舞いの品を持って、花梅屋へ顔を出した。

そしてついでに、深川で見聞きしたことを、お浜とお雪へ告げた。たまにお浜と会う麻之助のことを、お雪は今、遠縁である吉五郎の友だと、承知している様子であった。

お浜はお雪が未だ、時々夜中に、飛び起きているという。お雪は夜中に起きることすら、少し慣れたと苦笑した。

「洪水が怖かったとか、死にかけたのが忘れられないという気持ちは、多分少しずつ薄れて行くと思うんです」

だが麻之助達が心配しているように、事に他の人が関わっているとしたら、この先、どう転がるか分からない。

「あたし、何年かの間のことを覚えていないのは、諦めがつく気がします。けれどせめて、毎日、ゆっくりと眠りたいんですけど」

「そうですか。……忘れてることの方は、そのままでいいのかぁ」

溜息と共に、また深川へ行ってみますと、麻之助が告げる。するとお雪はここで、驚くようなことを言い出した。お雪の命を助けてくれた木を、その内自分も、見に行きたいと言ったのだ。

「何か、思い出すかも知れませんし」

途端、お浜に叱られた。

「お雪っ、お前は自分が思ってるより、元に戻ってないんですよ。大人しくしてなさいっ」

「はは、色々忘れても、お雪さんは変わらないですねえ。無鉄砲さはそのままだ」

「あら麻之助さん、あたしは無鉄砲なんですか？」

久方ぶりに、お雪の前で笑った後、神田へ向かうと、途中の通りで吉五郎と出くわした。麻之助に聞きたいことがあり、高橋家の屋敷を訪ねるところであったと、友は言ってきた。

「何があった？」

「深川で騒ぎが起きた」

矢田屋の若だんな八三郎が、お市を弔いに来た身内に、堀川へ突き落とされたというのだ。

「は？　何でだ？」

もっとも深川育ちだから、八三郎は泳ぎが達者で、船着き場の杭まで泳ぐと、己で水から上がった。八三郎は、たまたま体が当たったことにし、騒ぎにはせず事を収めたという。

知らせてくれたのは、吉五郎が懇意にしていた、本所見廻りの同心横田《よこた》であった。

「お雪さんの為に、横田殿から、色々矢田屋のことを聞いていたのだ。今回はその横田殿から、こちらへ問い合わせがあった。八三郎が襲われる心当たりはないかと、反対に聞かれたわけだ」

つまり横田は、八三郎が落ちたわけを、ちゃんと承知しているのだろう。麻之助は深く息を吐いた。

「堀へ落とされるとは、怖い話だ。私だったら泳げないから、土左衛門《どざえもん》になっちまったよ」

八三郎が揉め事に巻き込まれる心当たりは、山と浮かびそうだと麻之助は口にする。ならば聞きたいので同道しろと友から言われ、近くにいた子供に、高橋家への短い文を託すと、共に歩き出した。

「麻之助、八三郎が襲われるのに、例えばどんな訳を思いつくんだ?」

「矢田屋さんは今、跡目が決まってない」

跡取り娘のお市さんが、亡くなったばかりだからだ。

「その揉め事に、巻き込まれたとか」

次女のお次が継ぐか、八三郎が若だんなとして留まるか、それともお次と八三郎が、夫婦になって店を守るか。養子に入りたい親戚も、いるかもしれない。

両替屋で、それなりの財があると思われている店の、先々が気になる者は多いはずであった。

「もう一つ、先に深川へ行ったとき、八三郎さんの噂話が多かった。そいつも気になってる」

奉公人までが、八三郎のことを名前で呼び、若だんなと呼んでいなかった。そういう言葉の端に、八三郎への気持ちが、にじみ出ている気がするのだ。

「どういうことだ？」

「お市さんと八三郎さん、まだ子もいなかったし。仲の良い夫婦とは、思われていなかったみたいだ」

八三郎は、早くに離縁されるかもしれない。奉公人達は、そう考えていたのではなかろうか。だから元の仲間を、ぞんざいに扱っていたのだ。

「お市さんが亡くなって、亭主はほっとしてるんじゃないか。そういう噂話も聞いたんだ。妻のお市さんのこと、好いてはいなかっただろうって言われてたよ」

しかし麻之助は、縁者から堀へ突き落とされるほど、八三郎の噂話が剣呑になっているとは、感じていなかった。

「あの後、何か起きたのかな」

するとで横で吉五郎が、一寸口を歪めた。

「ああ、噂を大きくし、八三郎さんへの風当たりを強くする出来事が、あったんだ」

そして。何故だかここで真っ直ぐ、麻之助の顔を指してきたのだ。

「麻之助、お前さんだよ。深川へ行っただろう。そのせいだ。本所方の横田殿から聞いた」

「ええっ？」

心底驚き、麻之助は悪友の顔を見つめる。

「何で私が深川へ行くと、八三郎さんが堀川へ、突き落とされなきゃならないんだ」

自分は八三郎へ礼を言っただけで、何もしていない。変な噂を流してもいない。麻之助が必死に言うと、吉五郎が歩きながら手を振り、その言葉を止めた。

「麻之助、分かってる。だから落ち着け」

ここで堀川へ行き着いたので、吉五郎は舟を使うことにした。深川へ向かうなら、やはり舟が速い。二人で乗り込んで座ると、ゆっくりと話すことも出来た。

「麻之助は深川の矢田屋で、お雪さんのことを話しただろ？　今は元気でやっているが、ここ何年かのことを忘れてしまった。そして、〝止めて〟と声を出し、夜中に飛び起きている事も、言ったはずだ」

「うん、話したよ。だって、深川で何があったのか、調べなきゃいけなかったからさ」

かわたれどき、お雪が何を見たのか分かれば、悪夢を鎮めることも出来ると思う。麻之助は真面目に動いていたのだ。

吉五郎が頷く。

「麻之助の考えは、真っ当だ。実は俺も、本所見廻りの横田殿へ、洪水の時、何か特別なことが起きていないか、問うている」

するとと深川では、麻之助達が考えもしなかった噂が、あちこちを巡ることになったのだ。

「お雪さんがしがみついていた木だが。結構矢田屋から近いそうだな」

「ああ。店の裏手にある堀川を行けば、直ぐの所にあった」

「その木からは、矢田屋が使っている船着き場が、見えるんだそうだ」

「そうだったっけ？」

「お市さんが洪水に流された。お雪さんが木の所から、〝止めて〟という声を上げた。どちらも、洪水の時のことだ」

つまり多くの者達が、こう考えたわけだ。

「矢田屋の船着き場で、お市さんは殺されたのではないかと」

「……………」

「そしてそれを、お雪さんが見たんじゃないかと」

驚いたお雪が大きな声を上げ、人殺しは見られたことを知ったわけだ。

「だから人殺しは慌てて、洪水の中、その娘の所へ行った」

するとだ。娘は頭に大怪我をしており、ものを覚えていられなかった。よって、大丈夫だと踏んだ人殺しは娘を殺さず、助けることにした。

つまり、その人殺しは誰かというと。麻之助は天を仰いだ。

「洪水の時、矢田屋で舟を使っていたのは、八三郎さんだけだ。つまり、あのお人が、人殺しだと言われてるんだね」

その噂は、日に日に大きくなっているという。今日など、矢田屋の船着き場で、刃物を振りかざしている男を見たという話まで出て、益々物騒らしい。

「その話を信じた矢田屋の親戚が、八三郎さんを堀川へ突き落としたのか」

今度は、舟の上で頭を抱えた。

「おいおい、その話、穴だらけじゃないか」

思わず顔をしかめてしまう。

「洪水に襲われた日、矢田屋の人達は昼間、舟で逃げようとしたんだ。だがお市さんが、舟と共に洪水に流された」

直ぐに八三郎が舟で探しに出ているから、その頃、まだ明るかったのは確かだ。

「その後、他の堀川も溢れたのか、洪水は広がった。夜中、お雪さんは離れと一緒に流された」

　暗くなった後では逃げられず、家に留まっていたら、恐ろしい水の流れに襲われたのだ。

「つまり嵐の中、一帯は真っ暗だったはずだ。どこへ流されようが、お雪さんには何も見えない」

　だから、お雪が何かを目にしたのなら、次の日、明けてきてからなのだ。お市は前日流されており、とうに矢田屋にはいなかった。

「お市さんが殺される場を、お雪さんが見たはず、ないんだけど」

「ああ、そうなんだ。本所見廻りの同心も、あの噂はおかしいと言ってるんだが」

　だが、噂はなくならない。細かい話の齟齬《そご》は関係なく、皆が八三郎を疑っているから、消えないのだ。麻之助は一度、歯を食いしばった。

「多分、矢田屋の皆が、八三郎さんのこと、何となくすっきりしない思いで、見てたからだろうな」

「すっきりしない思い？」

「台所にいた人が、言ってた。八三郎さんは、お市さんとの縁談が来たとき、大喜びしてなかったって」

　奉公人なのに、生意気な振る舞いだと思われたかもしれない。

「夫婦になってからも、お市さんと、仲がよさそうには見えないでいた」

これも、悪いのは奉公人上がりの亭主だと、言われそうだ。

「でも八三郎さん、商売の腕はいい。矢田屋の財を狙わなくても、自分で店くらい持てそうだと言われる程に、いい」

そんな才を持てない者にとって、ねたましい男かもしれない。

「ならば上方で頑張れば良かったのに、矢田屋の婿に収まった」

なんだ、やはり矢田屋が欲しかったんじゃないか。そういう思いを持たれても、仕方がない。

「八三郎さんのことを面白く思わない心が、多くの人に溜まってたのかな。皆がそう思ってたから、なかなか若だんなとは、呼ばれなかったんだろう」

八三郎は、きちんとした男に思えた。だが。

「お喋りが上手くて、皆と馴染みやすい性分には思えないもの。損なお人なのかもしれないね」

となると、人は悪い噂ばかりを信じていく。

「やれやれ。八三郎さんの困り事、どうやって終わらせるんだ？　吉五郎、腹づもりはあるのか？」

「麻之助は、お雪さんが〝かわたれどき〟に見たもの、どうやって突き止める気だ？

それと同じくらい、私も困っている。

「私も吉五郎も、お手上げだってわけか」

舟の上で身をかがめ、頬杖をついて岸を見れば、やがて深川の景色が、麻之助の目に入ってくる。何度も通い、馴染みとなってきた町では、沢山の家が建てられている真っ最中であった。

「こりゃ、職人さん達は大忙しだな」

時々普請場でちかりと光っているのは、西日を浴びた鋸だろうか。麻之助はもう一回溜息を漏らすと、八三郎はこの後、上方へ行った方が良かろうと言ってみた。

「本所見廻りの同心が、八三郎さんは人殺しじゃないと思ってるんだ。捕まったりはしないだろうけどさ」

しかし妻が亡くなった土地で、長く陰口を背負っていくのは辛かろう。それに矢田屋は多分、お次が継ぐことになる。お次の親も、人殺しだとの噂を負った八三郎を、もう婿にすることはないだろう。

「お市さんが、どうして一人で舟の様子を確かめたのか、とか、細かいことは、まだ分からないけど。全部すっぱり忘れて、西でやり直すのがいいと思う」

「そうだな」

八三郎の旅支度がすんなり済むよう、町名主のつてを使おうかと言うと、吉五郎が麻之助へ、礼を言ってくる。

「そういう風に、事を収めるしかないよなぁ」

頷いた後、そちらはどう収めるんだと問われ、麻之助は口を尖らせる。

「分かんないんだよ。ときぐすりに頼るって言ったら、お浜さんに叱られそうだし」

深川の謎は手強い。麻之助は恨めしそうに言うと、時々光る深川の普請場へ、もう一度目を向けた。

7

深川で矢田屋に着くと、八三郎が、麻之助達が通された部屋へ急いできた。そして、やっと思い出したと、麻之助達へ明るく言ったのだ。

「はて、何のことでしょう?」

「かなり前に、聞かれた事です。洪水の中、お雪さんをどうやって見つけたのか、麻之助さんは問われたでしょう?」

「えっ……ああ、そうでした。分かったんですか?」

「はい。思いがけず思い出しました。舟でお市を探していた時、何かが柔らかく光ったんですよ。それで寄っていったら、お雪さんがいたんです」

娘の姿を見て、最初はお市かと思ったそうで、光のことなど忘れていたらしい。

「ところが最近、深川は普請場だらけになったでしょう？　日を受けて、大工道具などが光ってまして。それで、気が付きました。髪にさした櫛の、螺鈿《らでん》がわずかに光ったんです」

「何と櫛が、お雪さんを助けたんですか」

薄暗いかわたれどき、八三郎は舟に明かりを置いていた。だから櫛はその光を、弾《はじ》いたのかもしれないという。

「やれ、一つすっきりしました」

色々分からない事だらけだったからと、八三郎は眉を八の字にして、わずかに笑う。するとここで吉五郎が、自分はお雪の遠縁だと名乗り、八三郎と向き合った。先に八三郎が、堀川へ突き落とされた件も、横田同心から話を聞いている。このままでは、もっと大きな諍《いさか》いが起きるのではと、心配していることを告げたのだ。

「よってだ、いきなりの話になるが、この先の事を、ここで話させてもらえぬか」

何度も深川へ来られないから今日言うと、吉五郎は続ける。そして八三郎へ、上方行きを勧めたのだ。

八三郎は突然の話を聞いても、大きくは動じなかった。

「私は己に、どんな噂が流れているか、承知してます。わざわざ教えにきてくれるお人も、いたので」

だから吉五郎と麻之助へ、頭を下げてきた。八三郎を心に掛け、助けようとしてくれるのはありがたいと、律儀に言ったのだ。

「妻の四十九日が済んだら店を出ると、矢田屋の義父へ言った方がいい。ずっと、そう思ってはいたんですが」

ただ。八三郎には一つ、心にひっかかっていることがあった。それで深川を離れると、言いそびれていたのだ。

「お市は洪水の日、なぜ一人で舟に乗ったんでしょう」

あの日、水の流れは速かった。もちろん、慣れないおなごが一人で、舟を動かせるとは思えなかった。なのに親達より先に、舟へ乗ったのは、どうしてなのか。

「ずっと気に掛かっているんです」

「それが、深川から離れられない訳ですか」

すると麻之助は、ふと笑みを浮かべた。そして、深川へ来てから一番というくらい優しく微笑んで、八三郎へ告げたのだ。

「八三郎さん、お前様はおかみさんのこと、それは大事に思ってるんですね」

「えっ？　あ、あの、妻ですから」

「ああ、何となく、訳が分かってきた気がするな。多分おかみさんは、止めて欲しかったんじゃないかなと」

「……はい？　何を、ですか？」

「店に若だんなが残るのなら、若おかみも一緒に残らないか。そう言って欲しかったのでは？　そんな気がします」

もう確かには、分からない事だがと、麻之助は続けた。しかし八三郎にとって、それは戸惑う考えであったようだ。

「でも、店に残った方が、多分危なかったんですよ。義父達も、お市を連れていく気だったんです」

そんな時、妻へ残れとは言えなかったと、八三郎は狼狽えている。誠に真っ当だが、お嬢さんに対する、奉公人のような振るまいとも言えた。

(こういう様子が続いちゃ、妻も亭主を立てるのに困っただろう)

麻之助は頭を掻いた。

「やれやれ、こんな風だからお市さんは、亭主に確かめたかったのかな」

「何を、です？」

麻之助は一応、町名主の跡取りなのだ。支配町の玄関で喧嘩と、仲直りと、どうしようもない心の移り変わりを、それは沢山見てきた。

そのせいだろうか。自分のことは分からないが、人のものは違う。

「心のありようは、見えるもんだねえ。お市さん、知りたかったんだよ。ちゃんとわたしを、好いてますかって」

八三郎は益々狼狽えた顔となり、しばし言葉を途切れさせていた。泣き出しはせず、何も言わず、ただただ、膝に置いた手を握りしめている。

そして。何か言おうとしたが、言葉にはならなかったのか、口を閉じた。

代わりに、寸の間の後、すっと顔を上げた。それから、はっきりと言ったのだ。

「もうこちらに、心残りはございません。矢田屋をなるべく早く、いや今日の内にも離れたいと存じます」

暫くは顔見知りの寺にでも、厄介になるつもりだと続ける。

「そして手形などが揃い次第、西へ立つことにいたします」

己がこの地を離れると言えば、妙な噂は収まっていくだろうと言うと、吉五郎が頷いている。自分がいる内にと、吉五郎が主を呼び、八三郎の考えを伝えると、事が決まるのは本当に早かった。

矢田屋から、旅に要り用な金が渡され、八三郎が、必要なものを書いて渡すと、あっけない程簡単に縁が切れてゆく。

八三郎は次に、奉公人達の所へ行き、すぐに矢田屋を離れることを告げた。そしてお市の四十九日が終わりしだい、深川からも出る事を知らせる。すると、あれ程かしましく噂をしていた者達が、黙ってしまった。

「……ああ、そこが区切りだったんですか」

おまつが最後に、ぼそりと言った。


一応若だんなだったから、大きめの行李《こうり》一つに、詰める程の荷があった。よって八三郎は、手代の千太が、舟で永代寺へ送ることになった。

すると奉公人達が使っているという、小ぶりな舟へ荷を運んだ麻之助が、眉根を寄せる。舟の脇に付いていた、ささくれだった傷は、新しいもののように見えたからだ。

「ああ、先の洪水の時、付いたみたいです。何の傷なんでしょうね」

八三郎はあっさりと言い、矢田屋の主達の見送りもなく、旅立とうとしていた。すると棹を握った千太が、ここで唇を歪め、吐き出すように言ったのだ。

「その傷は、おれが付けた」

お市が婿として、奉公人の中から八三郎を迎えたことに、腹が立っていたと千太は言った。その後、八三郎がお市を大事にしていないように思え、益々怒った。

更に、お市の乗った舟が流され……千太は怒りをどこへぶつけたら良いのか、分からない程になったのだ。

だから。

「お市さんが流された、次の朝。八三郎さんが舟でまた、捜しに出る事は分かってた」
それで、店にあった鑿《のみ》をよく研いだ。その鑿で、舟へ亀裂を入れておく気だったのだ。
実際、舟には跡が残っている。あの朝、本気で何度か鑿を振り下ろした。八三郎など、
消えてしまえばいいと思っていた。
すると。
「少し明るくなってきた頃だ。どこからか、声が聞こえてきた気がしたんだ」
辺りは薄暗いばかりで、全てがぼやけ、誰の声なのか千太には分からなかった。水の
底から、声が湧き上がってくるかのようにも思えた。自分が情けない事をしているから、
お市に見られたと思った。
「ありゃきっと、お市さんの声だった。怖くなった」
千太は慌てて鑿を水の中へ投げ捨て、その場から逃げたのだ。
「そこにあるのが、その時ついた傷だよ」
すると。ここで八三郎は、思いがけない言葉を、千太へ向けたのだ。
「千太、お前はお市の、最期の声を聞いたのか。羨ましい」
千太が、黙ったまま大きく、それは大きく目を見開く。それから歯を食いしばると、
後は二人とも、もう話をせず、荷と共に矢田屋から離れていった。八三郎は多分これき
り、二度と矢田屋へは戻って来ないだろう。江戸さえ、離れたきりになるかもしれなか

った。

麻之助が、深川のあちこちにある普請場へ目を向け、ほうっと息を吐き出す。そして、笑うように言ったのだ。

「八三郎さん、惚れてたね。お市さんに、そりゃ惚れていたんだ」

だから上方での商いを捨て、深川へ婿にきた。そしてお市が居なくなると、この地から離れて行くのだ。

「ああ、惚れるって、そういうことなのかもな」

やがて八三郎達が遠ざかると、麻之助達も深川から出た。当分この地への用は、無いだろうと思われた。

8

麻之助は次の日の朝、両の親へ、縁談の返事をした。

「やはり緒りつさんとの話は、無かったことにしてください。余り知らない相手です。一緒になれば、何とかなるよって言われても、困ると思うんで」

お寿ずとの縁談の時は、初めてのことだったので、正直、狼狽えてはいた。

「ただ、です。それでもちゃんとお寿ずに、惚れてたと思うんですよ」

片割れが亡くなったら、地の底から湧き上がる声でもいいから、聞きたい。静かでも、そんな思いがあることを、麻之助は知っているのだ。

宗右衛門は、溜息をついた。

「じゃあお前、当分、一人でいる気かい?」

「いえ。緒りつさんと婚礼をあげないなら、ちゃんと別の名を言え。そう言われたのは、分かってます」

だから。麻之助は、嫁さんにしたい相手の名を、白状しにきたわけだ。

「おやま」

おさんが、目を丸くしている。麻之助は精一杯落ち着いた顔を作り、必死に言った。

「花梅屋のお雪さん。あのお人と添えたらと、思います」

「お、お雪さんかい」

さすがに、驚かれてしまった。

「良い子だよ。分かってるけどね」

ただ。洪水に巻き込まれ、麻之助のことを、覚えていないはずであった。

「それでもあのお雪さんが、いいのかい?」

問われたので、ちょいと寂しいのは本当だと、正直に答える。だが。

「お雪さんも私も、まだ若いんです。あちらがそれでも構わないと言うなら、一緒に時を重ねて行けたらと思います」

思い出も、喧嘩も、仲直りも、これからやっていけばいい。麻之助はそう腹を決めたのだ。

「でもねえ、お雪さんが、それをどう思うかしらねえ」

おさんは、麻之助は振られるかもねと、やんわり言ってくる。何しろ今のお雪にとって、麻之助は突然現れた、良く知らない男でしかないのだ。しかもこちらは、お雪のことを知っているのだ。いささか、奇妙な心持ちかもしれない。

深川から帰った後、麻之助は既に花梅屋へ行き、お雪が洪水の時目にしたのは、千太が舟へ、鑿を振り下ろす姿だったと伝えていた。それが、かわたれどきの薄暗さの中、人へ刃物でも振り下ろしているように見え、お雪は酷く怯《おび》え、〝止めて〟と声を上げたのだろうと、答えを出したのだ。

もっとも、証《あかし》はない。だから、納得出来なかったのかもしれない。お雪はその後も時々、夜中に起きていると聞いている。

ただ、少しは悲鳴が、減っているともいう。

「確かに、私の調べは、かわたれどきの薄闇みたいに、はっきりしないものだったからなぁ」

役に立たなかったのかと、麻之助は肩を落としている。すると宗右衛門がそこへ、更に追い打ちをかけてきた。

「お雪さんは、相馬小十郎様の遠縁でもあるよ。お前、お気楽者だけど、相馬家と縁続きになって、大丈夫かい?」

「それはその……相馬様が舅殿《しゅうとどの》になるわけでなし。何とかなるかなと」

「そうかねえ。私は麻之助が、度胸を付けたのかと思ってたよ」

とにかく宗右衛門は、息子の気が変わらない内にと、お浜へ話を持っていった。

そしてその後、暫く返事は来なかった。

解説

江戸人の了見

南 伸坊

畠中恵さんの「まんまこと」シリーズのイラストレーションを担当しはじめてから、もう16年が経ってしまったらしいです。

担当の方にそう伝えられたけれども、あまりピンときていない。私はいま74になるんで始めたころは58歳でした。

江戸時代の人だったら、とっくに亡くなっている年齢だろう。まだ生きているんだから、ありがたいことだと思いました。

江戸時代の10歳まで生きた人の平均余命は男52・4歳、女50・6歳だそうです。ですがまァ、平均余命だの寿命だのは、結局、だれの命でもないんで、こんなことを言っても知っても、どうということはありません。

葛飾北斎は、百ちかくまで生きたんだろ?と思ってたら、インターネットによると、88歳ということでした。

ちなみに、徳川家康は73歳、毛利元就は74歳まで生きていたそうですが、私の今の年齢と、どっこいどっこいです。

私がコドモの頃に読んだ、コドモ用の「日本の歴史」の本には、

「徳川家康は天ぷらを食べすぎて死にました」

と書かれてあって、私は「この本を書いた人は豊臣方だな……」と思いました。

この書きようでは、まるで徳川家康が、なんだか大食い大会に出場して、死ぬまで天ぷらを食べていたようです。

「人聞きが悪い」

と、身内の方なら、思うんじゃないでしょうか。

私は、いまNHKの大河ドラマ『青天を衝け』を毎週見ていますが、北大路欣也さんが「こんばんわ徳川家康です」と言って出てくるたんびに笑っていました。

徳川家康が、狸親父とほんとうに言われていたかどうかは知りませんが、絵で見る徳川家康は、ほんとうに狸親父と言われても「さしつかえない」という顔に描かれているからです。

ひきくらべると、北大路欣也さんは、いかにも若すぎる。と思っていましたが、先刻、言及いたしました通り、徳川家康は73歳で亡くなっているわけですから、ずっと若く見える北大路欣也さん（78歳）のほうが、5歳も年上なんでした。

私は「さまざまなことにくわしくない」のですが、江戸時代についてもくわしくないので、いつもひやひやもので仕事をしています。たとえば、女の人の髷《マゲ》の結い方ひとつとってみても、あまりにも沢山の種類があるうえにどちらが先に流行《はや》っていたのか、どういう人の髪型がこうこうで、こうこうじゃなかったのか、少しもわかりません。そのうえ、資料として残っている絵は、かならずしも、髪型が、どのような構造になっているのか、しっかり描かれていず、その髪型は遊女のしていたものなのか、武家の娘のものなのか、まちがいのないように、詳しく調べようものなら、とんでもない大仕事になってしまいそうです。

そんなわけで私は、時代物の挿し絵を描く場合は、昔の人、できれば江戸時代の人の描いた絵を参考にして描く。という方法を取っています。

江戸時代の絵描き、というと大概、浮世絵師だったりします。哥麿《うたまろ》とか鈴木春信とかは好きですが、私がそのままマネして描くのはおそれ多いような、ダレかからご注意を受けそうな気がするので、なるべく、あんまり知られていない、素人《しろうと》に毛の生えたくらいな絵師のマネをするようにしています。

畠中さんの小説を読んでから、その小説の様子を想像して、素人くさい絵の中から、それらしい人物をさがしてきて、物語のあるシーン、私が想像できるシーンを、その絵を参考にして描くのです。

なるべく、江戸時代の人になったような気持で、今は亡き、落語家の柳家小さん師匠言うところの、江戸時代の人の「了見」になって描くわけです。

私は江戸時代の、あんまり売れてない絵草紙の絵師でもって、絵は好きではあるけど、あんまり水際立った腕があるわけじゃなし。

作者の先生の物語を、読んで「ほー」と思ったり「なるほど」と感心したり「うーむ」とそのうまいのにうなったりしたあとに、じゃあ、あのオイラが「うまいナ」と感心したところか、「へえ、こんなカラクリが、世の中にはあるんだねぇ」など思ったところを選んで絵にしようとしますが、なかなかそれが、うまいこといかないことのほうが多いです。

ですから、あっしは、その読んでるしとの苦にならねえってーか、じゃまにならねえような絵を、なにかしようと、よけいなことをして、ややこしくならねえように、そういうとこに、気をつけておりやす。

まァ、16年なんて、長え間、おつとめできたのはほんとに、ありがてえ、めったにねえことだと思っておりやす。

私が思うには、畠中さんの小説は、江戸時代を現代に置き変えてとか、というんじゃなしに、現代人とは違う江戸人の気持や考え、つまり「了見」を、現代の私達に伝えてくれているんじゃないか？

現代ではもめ事があれば「訴えてやる」だの「法廷で争うことになりますよ」とかになって、我々はそのコトバにびくつきますが、町名主のような制度は、とてもうまくできたやりかただと私は思います。

そんなところに目をつけたのが、畠中さんのお手柄です。たくさんの読者がついているのも、ほんとうにすばらしいことです。

（イラストレーター）

[初出一覧]
オール讀物

きみならずして　二〇一七年六月号
まちがい探し　二〇一七年九月号
麻之助が捕まった　二〇一七年一二月号
はたらきもの　二〇一八年三月号
娘四人　二〇一八年六月号
かわたれどき　二〇一八年九月号

[単行本]
二〇一九年二月　文藝春秋刊

文春文庫

かわたれどき

定価はカバーに
表示してあります

2022年2月10日　第1刷

著　者　畠《はたけ》中《なか》　恵《めぐみ》
発行者　花田朋子
発行所　株式会社 文藝春秋

東京都千代田区紀尾井町 3-23　〒102-8008
TEL 03・3265・1211㈹
文藝春秋ホームページ　http://www.bunshun.co.jp

落丁、乱丁本は、お手数ですが小社製作部宛お送り下さい。送料小社負担でお取替致します。

印刷・凸版印刷　製本・加藤製本
Printed in Japan
ISBN978-4-16-791824-8

（　）内は解説者。品切の節はご容赦下さい。

葉室　麟
大獄
西郷青嵐賦

西郷隆盛は薩摩藩主の島津斉彬に仕え、天下国家のことに目覚める。一橋慶喜擁立のため主斉彬とともに暗躍するが、主の急死、そして安政の大獄により全てを失い……。（内藤麻里子）

は-36-11

安部龍太郎・伊東　潤・佐藤賢一
葉室　麟・山本兼一
合戦の日本史

当代きっての歴史小説家五人が、日本史を大きく変えた、桶狭間の戦いから幕末維新の戦いまでを徹底的に分析した大座談会をここに収録！

は-36-51

畠中《はたけなか》　恵
まんまこと

江戸は神田、玄関で揉め事の裁定をする町名主の跡取・麻之助。このお気楽ものが、支配町から上がってくる難問奇問に幼馴染の色男・清十郎、堅物・吉五郎と取り組むのだが……。（吉田伸子）

は-37-1

畠中　恵
こいしり

町名主名代ぶりは板についてきたものの、淡い想いの行方は皆目見当がつかない麻之助。両国の危ないおニイさんたちも活躍する、大好評「まんまこと」シリーズ第二弾。（細谷正充）

は-37-2

畠中　恵
こいわすれ

麻之助もついに人の親に?!　江戸町名主の跡取り息子高橋麻之助が、幼なじみの色男・清十郎、堅物・吉五郎とともに様々な謎と揉め事に立ち向かう好評シリーズ第三弾。（小谷真理）

は-37-3

畠中　恵
ときぐすり

恋女房のお寿ずを亡くし放心と傷心の日々に沈む麻之助。幼馴染の清十郎と吉五郎の助けで少しずつ心身を回復させていく。NHKでドラマ化もされた好評シリーズ第四弾。（吉田紀子）

は-37-4

畠中　恵
まったなし

妻を亡くした悲しみが癒えぬ麻之助。年の離れた許婚のいる堅物の吉五郎とともに、色男・清十郎に運命の人が現れることを願うが――「まんまこと」シリーズ第五弾！（福士誠治）

は-37-5

（　）内は解説者。品切の節はご容赦下さい。

畠中　恵
ひとめぼれ
盟友・吉五郎の様子が最近ヘンなのは、許嫁の一葉のせい？　町名主の跡取り息子・麻之助が様々な謎ともめ事に挑む大人気シリーズ。そんな彼にも新たな出会いが――。（紗久楽さわ）
は-37-6

平岩弓枝
花影の花
大石内蔵助の妻
大石内蔵助の妻の視点から描いた平岩弓枝版忠臣蔵。華々しく散った夫の陰で、期待に押しつぶされる息子とひたむきに生きた妻。家族小説の名手による感涙作。吉川英治文学賞受賞作。
ひ-1-129

平岩弓枝
蘭陵王の恋
新・御宿かわせみ4
麻太郎の留学時代の友人・清野凜太郎登場！　凜太郎は御所に仕える楽人であった。凜太郎と千春は互いに思いを募らせていく。表題作ほか「麻太郎の友人」「姨捨山幻想」など全七篇。
ひ-1-238

平岩弓枝
千春の婚礼
新・御宿かわせみ5
婚礼の日の朝、千春の頰を伝う涙の理由を兄・麻太郎は摑みかねていた。表題作ほか、「宇治川屋の姉妹」「とりかえばや診療所」「殿様は色好み」「新しい旅立ち」の全五篇を収録。
ひ-1-239

平岩弓枝
お伊勢まいり
新・御宿かわせみ6
大川端の旅宿「かわせみ」は現在修繕休業中。この折に「かわせみ」の面々は、お伊勢まいりに参加。品川宿から伊勢路へと慣れぬ旅を続けるが、怪事件に見舞われる。シリーズ初の長篇。
ひ-1-240

平岩弓枝
青い服の女
新・御宿かわせみ7
大嵐で休業を余儀なくされた旅宿「かわせみ」が修復され、お伊勢まいりから戻った面々。相も変わらず千客万来で、奇妙な事件も。明治篇七巻目となるシリーズ最新作。（島内景二）
ひ-1-241

火坂雅志
天地人
（上下）
主君・上杉景勝とともに、信長、秀吉、家康の世を泳ぎ抜いた名宰相直江兼続。〝義〟を貫いた清々しく鮮烈なる生涯を活写する長篇歴史小説。NHK大河ドラマの原作。（縄田一男）
ひ-15-6

（　）内は解説者。品切の節はご容赦下さい。

火坂雅志
真田三代（上下）
山間部の小土豪であった真田氏は幸村の代に及び「日本一《ひのもと》の兵《つわもの》」と称されるに至る。知恵と情報戦で大勢力に伍した、地方の、小さきものの誇りをかけた闘いの物語。（末國善己）
ひ-15-11

火坂雅志
常在戦場
家康を支えた異色の者たち七名を描く短篇集。行商人ワタリの情報力で仕えた鳥居元忠、「馬上の局」と呼ばれた阿茶の局、「利は義なり」の志で富をもたらした角倉了以など、（縄田一男）
ひ-15-13

火坂雅志
天下《てんが》家康伝（上下）
信長のアイデアも、秀吉の魅力もない家康が、何故天下人という頂に辿り着けたのか、その謎に挑んだ意欲作！　惜しまれつつ急逝した著者最後の文庫本。（島内景二）
ひ-15-14

百田尚樹
幻庵《げんなん》（全三冊）
「史上最強の名人になる」囲碁に大望を抱いた服部立徹、幼名・吉之助は、後に「幻庵」と呼ばれ、囲碁史にその名を刻む風雲児だった。天才たちの熱き激闘の幕が上がる！（趙　治勲）
ひ-30-1

藤沢周平
隠し剣孤影抄
剣客小説に新境地を開いた名品集〝隠し剣〟シリーズ。剣鬼と化し破牢した夫のため捨て身の行動に出る人妻、これに翻弄される男を描く「隠し剣鬼ノ爪」など八篇を収める。（阿部達二）
ふ-1-38

藤沢周平
海鳴り（上下）
心が通わない妻と放蕩息子の間で人生の空しさと焦りを感じる紙屋新兵衛は、薄幸の人妻おこうに想いを寄せ、闇に落ちていく。人生の陰影を描いた世話物の名品。（後藤正治）
ふ-1-57

藤沢周平
逆軍の旗
坐して滅ぶか、あるいは叛くか―戦国武将で一際異彩を放ち、今なお謎に包まれた明智光秀を描く表題作他、郷里の歴史に材をとった「上意改まる」「幻にあらず」等全四篇。（湯川　豊）
ふ-1-59

（　）内は解説者。品切の節はご容赦下さい。

藤沢周平
回天の門（上下）
山師、策士と呼ばれ、いまなお誤解のなかにある清河八郎は、官途へ一片の野心ももたない草莽の志士でありつづけた。維新回天の夢を一途に追った清冽な男の生涯を描く。（関川夏央）
ふ-1-61

藤沢周平
蟬しぐれ（上下）
清流と木立にかこまれた城下組屋敷。淡い恋、友情、そして忍苦―苛烈な運命に翻弄されながら成長してゆく少年藩士・牧文四郎の姿を、ゆたかな光の中に描いた傑作長篇。（湯川　豊）
ふ-1-63

藤沢周平
春秋の檻　獄医立花登手控え（一）
居候先の叔父宅でこき使われながら、小伝馬町牢医者の仕事を黙々とこなす立花登。ある時、島流しの船を待つ囚人に思わぬ頼まれ事をする。青年医師の成長を描く連作集。（末國善己）
ふ-1-65

藤沢周平
風雪の檻　獄医立花登手控え（二）
重い病におかされる老囚人に「娘と孫を探してくれ」と頼まれ、登が長屋を訪ねてみると、薄気味悪い男の影が――。青年獄医が数々の難事件に挑む連作集第二弾！（あさのあつこ）
ふ-1-66

藤沢周平
愛憎の檻　獄医立花登手控え（三）
新しい女囚人おきぬは、顔も身体つきもどこか垢抜けていた。そのしたたかさに、登は事件の背景を探るが、どこか腑に落ちない。テレビドラマ化もされた連作集第三弾。（佐生哲雄）
ふ-1-67

藤沢周平
人間の檻　獄医立花登手控え（四）
死病に憑かれた下駄職人が過去の「子供さらい」の罪を告白。その時の相棒に似た男を、登は牢で知っていた。医師としての理想を探りつつ、難事に挑む登。胸を打つ完結篇！（新見正則）
ふ-1-68

藤井邦夫
恋女房　新・秋山久蔵御用控（一）
〝剃刀〟の異名を持つ南町奉行所吟味方与力・秋山久蔵が帰ってきた！　嫡男・大助が成長し、新たな手下も加わってスケールアップした、人気シリーズの第二幕が堂々スタート！
ふ-30-36

（　）内は解説者。品切の節はご容赦下さい。

藤井邦夫
騙《かた》り屋《や》
新・秋山久蔵御用控（二）
可愛がっている孫に泣きつかれた呉服屋の隠居が金を用立ててやると、実はそれは騙りだった。どうやら年寄り相手に騙りを働く一味がいるらしい。久蔵たちは悪党どもを追い詰める！
ふ-30-37

藤井邦夫
裏切り
新・秋山久蔵御用控（三）
大工と夫婦約束をしていた仲居が己の痕跡を何も残さず姿を消した。太市は大工とともに女の行方を追い見つけたかに思えたが、彼女は見向きもしない。久蔵はある可能性に気づく。
ふ-30-38

藤井邦夫
返討ち
新・秋山久蔵御用控（四）
武家の妻女ふうの女が、名前も家もわからない状態で寺に保護されたが、すぐに姿を消した。女は記憶がない〝ふり〟をしているのではないか――。女の正体、そして目的は何なのか？
ふ-30-39

藤井邦夫
新参者
新・秋山久蔵御用控（五）
旗本を訪ねた帰りに柳河藩士が斬殺された。物盗りの仕業ではなく辻斬りか遺恨と思われた。だが藩では事件を闇に葬ろうとしている。はたして下手人は誰か、そして柳河藩の思惑は？
ふ-30-40

藤井邦夫
忍び恋
新・秋山久蔵御用控（六）
四年前に起きた賭場荒しの件で、江戸から逃げた主犯の浪人がどうやら戻ってきたらしい。しかも、浪人を追う男の影もちらついて……。久蔵の正義が運命を変える？　シリーズ第6弾。
ふ-30-41

藤原緋沙子
切り絵図屋清七
ふたり静
絵双紙本屋の「紀の字屋」を主人から譲られた浪人・清七郎は、人助けのために江戸の絵地図を刊行しようと思い立つ。人情味あふれる時代小説書下ろし新シリーズ誕生！　（縄田一男）
ふ-31-1

藤原緋沙子
切り絵図屋清七
紅染の雨
武家を離れ、町人として生きる決意をした清七。与一郎や小平次らと切り絵図制作を始めるが、紀の字屋を託してくれた藤兵衛からおゆりの行動を探るよう頼まれて……新シリーズ第二弾。
ふ-31-2

（　）内は解説者。品切の節はご容赦下さい。

藤原緋沙子
切り絵図屋清七
飛び梅
父が何者かに襲われ、勘定所に関わる大きな不正に気づく清七。武家に戻り、実家を守るべきなのか。切り絵図屋も軌道に乗ったばかりだが――。シリーズ第三弾。
ふ-31-3

藤原緋沙子
切り絵図屋清七
栗めし
二つの殺しの背後に浮上したある同心の名から、勘定奉行の関わる大きな陰謀が見えてきた――大切な人を守るべく、清七と切り絵図屋の仲間が立ち上がる！　人気シリーズ第四弾。
ふ-31-4

藤原緋沙子
切り絵図屋清七
雪晴れ
勘定奉行の不正を探るため旅に出ていた父が、消息を絶った。父の無事を確かめられるのは自分しかいない――清七は切り絵図屋を仲間に託し、急遽江戸を発つ。怒濤の展開の第五弾。
ふ-31-5

藤原緋沙子
切り絵図屋清七
冬の虹
繁盛する紀の字屋を恨む同業者の近江屋が、悪徳商売で店の乗っ取りをはかっているという噂がたつ。一方仲間が身に覚えのない罪で捕まり――。大人気書下ろしシリーズ、最終巻。
ふ-31-6

藤原緋沙子
花鳥
生類憐れみの令により、傷ついた小鳥を助けられず途方に暮れていた少女を救ったのは後の六代将軍家宣だった。七代将軍家継の生母となる月光院の人生を清冽に描く長篇。（菊池　仁）
ふ-31-30

誉田哲也
吉原暗黒譚
吉原で狐面をつけた者たちによる花魁殺しが頻発。吉原大門詰の貧乏同心・今村は元花魁のくノ一・彩音と共に調べに乗り出すが……。傑作捕物帳登場！（末國善己）
ほ-15-5

万城目　学
とっぴんぱらりの風太郎（上下）
関ヶ原から十二年。伊賀を追われ京で自堕落な日々を送る〝ニート忍者〟風太郎。行く末は、なぜか育てる羽目になった「ひょうたん」のみぞ知る。初の時代小説、万城目ワールド全開！
ま-24-5

（　）内は解説者。品切の節はご容赦下さい。

松井今朝子
老いの入舞い
麴町常楽庵　月並の記

若き定町廻り同心・間宮仁八郎は、上役の命で訪れた常楽庵で、元大奥勤め・年齢不詳の庵主と出会う。その周囲で次々と不審な事件が起こるが…。江戸の新本格派誕生！　（西上心太）

ま-29-2

松井今朝子
縁は異なもの
麴町常楽庵　月並の記

町娘おきしの許婚が祝言間近に不審な死を遂げる。「私が敵を討ちます」――娘の決意に間宮仁八郎は心を揺さぶられる。大奥出身の尼僧と真相に迫る江戸の新本格第二弾。　（末國善己）

ま-29-3

宮城谷昌光
楚漢名臣列伝

秦の始皇帝の死後、勃興してきた楚の項羽と漢の劉邦。覇を競う彼らに仕え、乱世で活躍した異才・俊才たち。項羽の軍師・范増、前漢の右丞相となった周勃など十人の肖像。

み-19-28

宮城谷昌光
三国志外伝

「三国志」を著したのは、諸葛孔明に罰せられた罪人の息子だった（「陳寿」）。匈奴の妾となった美女の運命は（「蔡琰」）。三国時代を生きた、梟雄、学者、女性詩人など十二人の生涯。

み-19-35

宮城谷昌光
三国志読本

「三国志」はじめ、中国歴史小説を書き続けてきた著者が、自らの創作の秘密を語り尽くした一冊。宮部みゆき、白川静、水上勉らとの対談、歴史随想、ブックガイドなど多方面に充実。

み-19-36

宮城谷昌光
華栄の丘

詐術とは無縁のままに生き抜いた小国・宋の名宰相・華元。大国・晋と楚の和睦を実現させた男の奇蹟の生涯をさわやかに描く中国古代王朝譚。司馬遼太郎賞受賞作。　（和田　宏・清原康正）

み-19-34

宮城谷昌光
孟夏の太陽

中国春秋時代の大国・晋の重臣、趙一族。太陽の如く苛烈な趙盾に始まるその盛衰を、透徹した視点をもって描いた初期の傑作の新装版。一国の指導者に必要な徳とは。　（平尾隆弘）

み-19-44

（　）内は解説者。品切の節はご容赦下さい。

くせものの譜
箕輪　諒
武田の家臣であった御宿勘兵衛は、仕える武将が皆滅ぶ。いつしか世間は彼を「厄神」と呼ぶ。滅んだのは依田信蕃、佐々成政、北条氏政、結城秀康、そして最後に仕えしは豊臣秀頼！（縄田一男）
み-59-1

あくじゃれ　瓢六捕物帖
諸田玲子
知恵と機転を買われて牢から解き放たれた粋な悪党・瓢六と、不承不承お目付役を務める堅物同心・篠崎弥左衛門の凸凹コンビが、難事件解決に活躍する痛快時代劇。（鴨下信一）
も-18-2

波止場浪漫（上下）
諸田玲子
稀代の俠客として名を馳せた、清水の次郎長。ご維新以降、旧幕、官軍入り乱れる清水で押しも押されもせぬ名士となった。その養女のけんの人生もまた時代に翻弄される。（植木　豊）
も-18-15

あかね空
山本一力
京から江戸に下った豆腐職人の永吉。己の技量一筋に生きる永吉を支える妻と、彼らを引き継いだ三人の子の有為転変を、親子二代にわたって描いた直木賞受賞の傑作時代小説。（縄田一男）
や-29-2

たまゆらに
山本一力
青菜売りをする朋乃はある朝、仕入れに向かう途中で大金入りの財布を拾い、届け出るが——。若い女性の視線を通して、欲深い人間たち、正直の価値を描く傑作時代小説。（温水ゆかり）
や-29-22

火天《かてん》の城
山本兼一
天に聳える五重の天主を建てよ！　信長の夢は天下一の棟梁父子に託された。安土城築城の裏に秘められた想像を絶する創意工夫。第十一回松本清張賞受賞作。（秋山　駿）
や-38-1

いっしん虎徹
山本兼一
その刀を数多の大名、武士が競って所望し、現在もその名をとどろかせる不世出の刀鍛冶・長曽祢虎徹。三十を過ぎて刀鍛冶を志して江戸へと向かい、己の道を貫いた男の炎の生涯。（末國善己）
や-38-2